그리스인 조르바

MINI BOOK
CLOUD
LIBRARY
17

그리스인 조르바
-2-

Zorba
the Greek

니코스 카잔차키스 지음
안영준 옮김

생각뿔

3월 1일 토요일 오후, 나는 바닷가 바위에서 글을 쓰고 있었다. 그날 아침, 난 첫 제비를 봐서 기분이 좋았다. 내 속에서 부처를 물리치는 의식은 종이 위에서 문제없이 진행되었다. 그와의 싸움은 전보다 한결 쉬워졌다. 구원에 대한 확신이 왔기에 난 더 이상 서두르지 않았다.

그때 자갈을 밟는 소리가 들렸고, 나는 고개를 들었다. 우리의 늙은 세이렌이 뒤뚱거리며 해변으로 걸어오고 있었다. 그녀는 한껏 치장하고 빨갛게 상기된 얼굴로 숨이 차서 헐떡이고 있었다. 그는 걱정이 있는 듯 보였다.

"편지 왔어요?" 그녀가 큰 소리로 외쳤다.

"네, 왔어요!" 하고 내가 웃으며 대답했다. 일어나 그녀를 맞았다. "조르바가 부인의 안부를 물었어요. 밤낮으로 부인

생각이 나서 밥을 먹을 수도 잠을 잘 수도 없다고 합니다. 부인이 그리워서요."

"다른 말은 없어요?"

나는 그녀가 불쌍했다. 그래서 나는 주머니에서 편지를 꺼내 읽는 척했다. 늙은 세이렌은 이가 빠진 입을 벌리고, 조그만 눈을 지그시 감으며 열심히 내 말에 귀를 기울였다. 그러니 나는 생각이 막힐 때마다 글씨를 알아보기 힘든 척하며 시간을 끌 수밖에 없었다.

"보스 양반, 어제 밥을 먹으러 어떤 음식점에 갔어요. 배가 고팠지. 그런데 거기서 엄청난 미녀를 봤습니다. 진짜 요정 같았죠. 맙소사. 나의 부불리나와 어찌나 닮았던지! 내 눈에는 곧바로 눈물이 넘쳐 흘렀고, 목이 메어 아무것도 먹지 못했죠. 그래서 곧장 일어나 계산하고 나와 버렸어요. 상사병에 걸린 나는 평소에 성자들을 잘 찾지 않음에도 불구하고, 성 미나스 교회로 달려가 촛불을 켜고 기도를 드렸죠. 성 미나스여, 부디 내가 사랑하는 천사에게 기쁜 소식을 듣게 해 주시옵소서. 우리 두 사람의 날개가 다시 만날 수 있게 해 주소서!"

"히히히!" 그러자 오르탕스 부인은 웃었고, 그녀는 얼굴을 붉혔다.

"왜 웃으시나요?" 내가 잠깐 숨을 고르며 다른 거짓말을 하기 위해 질문했다. "왜 웃죠? 저러면 눈물이 날 것 같은데요."

"그게…… 당신은 살 몰라요."라고 말하며 부인은 또 "히히히!" 하고 웃었다.

"내가 뭘 모른다는 거죠?"

"날개요. 히히히. 그 짓궂은 양반은 다리를 날개라고 해요. 우리 둘이 있으면 날개를 포개자고 말해요. 히히히."

"그다음 말을 들어보세요. 오르탕스 부인."

나는 편지를 넘기고 다시 읽는 시늉을 했다.

"오늘 이발소 앞을 지나고 있는데, 바로 그때 이발사가 대야에 담긴 비눗물을 밖으로 쏟았소. 거리 전체에 비누 냄새가 진동했소. 그러자 나는 또 나의 부불리나가 생각나 울음이 터졌소. 보스 양반, 더 이상은 미쳐 버릴 것 같소이다. 심지어 나는 엉터리 즉흥 시인이 되었어요. 며칠 전에는 통 잠이 오지 않아 시 하나를 썼죠. 그녀에게 읽어 주세요. 내가 얼마나 괴로운지 알 수 있도록.

  우리가 좁은 길에서 서로 만나기를
  우리가 만나는 좁은 길은 우리 마음을 담을 정도로 넓기를
  남들이 나를 조각내어 요리에 넣어도
  내 뼈는 그대 위에 안식할 것임을!"

오르탕스 부인은 금세 나른해져 졸린 듯한 표정으로 계속 듣고 있었다. 목을 조르던 리본마저 풀어 버려 이내 주름살이 드러났다. 그녀는 아무 말 없이 생긋 웃었다. 그녀의 영혼은 아주 멀리 잊혀 버린 바다로 항해하고 있었다.

파릇파릇한 새싹이 돋는 3월. 빨강, 노랑, 분홍빛의 꽃들이 만발했고, 맑은 물 위에서는 흰색과 검은색 무리의 백조들이 사랑을 나누고 있었다. 또 푸른빛의 곰치는 바다에서 몸을 번쩍이며 튀어 올라 하늘빛 뱀들과 짝짓기를 하고 있었다. 오르탕스 부인은 다시 열네 살의 소녀가 되어 알렉산드리아와 베이루트, 이즈미르, 콘스탄티노플의 동방 양탄자 위에서, 그리고 크레타에서 정박한 배의 윤이 나는 나무에서 춤추었다. 그녀는 모든 기억이 뒤죽박죽되어 제대로 기억할 수 없었다. 모든 기억은 하나가 되어 섞이며 그녀의 가슴은 울렁거렸고, 해안선은 이리저리 뒤엉켰다. 그녀가 춤추자 황금빛 뱃머리의 천막과 비단 깃발들이 화려한 차양을 달고 해안가에 들어섰다. 전함에서 새빨간 모자를 쓴 파샤들과 손에 봉헌물을 든 귀족들, 반짝이는 삼각 모자를 쓴 제독들, 바람에 펄럭이는 바지를 입은 젊은 선원들이 내렸다. 그리고 옅은 하늘색의 바지를 입고 노란색 긴 장화를 신은 크레타 남자들도 걸어 나왔다. 마지막으로 엄청나게 키가 큰 조르바가 손가락에 굵은 약혼반지를 끼고 머리 위에 레몬 꽃 화환을 두른 채 내렸다.

전함에서는 평생 부인을 스쳐 간 남자들이 한 명도 빠짐없이 모두 내렸다. 어느 날 저녁, 그녀를 아무도 보지 않는 밤에 바닷가로 데리고 나갔던 이빨 빠지고 늙은 사공도 내렸다. 모두가 내렸다. 그들 뒤에서는 곰치들, 뱀들, 백조들이 서로 교미하고 있었다.

  남자들은 전함에서 나와 봄철에 발정이 난 뱀들처럼 무더기로 바위에 올라가 한 무리가 되어 그녀와 사랑을 나눴다. 그녀는 우윳빛 피부에 아무것도 걸치지 않은 채 날카로운 이를 드러내고 젖꼭지를 꼿꼿이 세운 채 꼼짝도 하지 않았다. 만족을 모르는 열네 살, 서른 살, 마흔 살, 예순 살의 그녀가.

  어느 것 하나 사라진 것은 없었다. 어느 애인도 죽지 않았다. 모든 것이 그녀의 말라비틀어진 가슴 위에서 부활했다. 오르탕스 부인은 마치 돛이 세 개나 달린 전함 같았다. 그녀가 사랑했던 모든 남자들이(그녀는 45년이나 그 직종에 종사했다.) 오르탕스 부인의 몸으로 기어올랐다. 화물칸에, 갑판에, 돛대 줄에 올라탔다. 수천 곳에 홈이 파이고 수천 번 풍랑에 시달렸지만 그녀는 그토록 기다리던 항구, 즉 결혼을 향해 서둘러 항해 중이었다. 그리고 조르바는 터키인, 유럽인, 아르메니아인, 아랍인, 그리스인의 얼굴을 하고 있었다. 그런 조르바를 껴안는 것은 이 신성한 행렬 모두를 껴안는 것과 같았다.

늙은 세이렌은 내가 편지를 읽다 멈춘 것을 눈치 챘다. 환상이 사라지고 그녀는 무거운 눈을 떴다. "다른 말은 없나요?" 여자는 탐욕스레 입술을 핥으며 투정했다.

"무슨 말이 더 듣고 싶나요? 이 편지 전체가 온통 당신 이야기인데요. 자, 무려 네 장이라고요! 그리고 여기 하트를 보세요. 사랑의 화살 하나가 관통하고 있잖아요. 이건 말 그대로 사랑한다는 거죠. 그리고 그 밑에 비둘기 두 마리가 다정하게 끌어안고 있잖아요. 눈에 잘 보이지 않지만 날개에 빨간색으로 '오르탕스-조르바'라고 쓰여 있어요."

물론 비둘기도 글씨도 없었다. 하지만 시력이 약한 세이렌은 오직 보고 싶은 것만 볼 뿐이었다.

"또요? 또 다른 것은요? 다른 건 없어요?" 그녀는 불만스럽게 다시 물었다.

날개, 이발사의 비눗물, 아주 작은 비둘기들. 이 모든 것들은 아름답고 거룩했다. 그러나 이 여인은 그밖의 다른, 손에 잡히는 구체적인 것을 바라고 있었다. 평생 이같은 허풍이라면 얼마나 많이 들어봤을까. 그녀는 알고 있었다. 그렇게 수십 년을 일했지만, 결국 철저히 버림받고 혼자 남겨진 것이었다.

"또 없어요?" 오르탕스 부인은 다시 불만 섞인 목소리로 물었다. "또 없냐고요."

부인은 쫓기는 사슴 같은 눈으로 나를 바라보았다. 그녀가 불쌍했다.

"다른 이야기도 있죠. 제일 중요한 것이라 마지막으로 남겨 뒀어요."

"그게 뭔지 듣고 싶어요." 그녀가 지친 듯이 말했다.

"조르바가 마을에 돌아오자마자 당신 발 앞에 무릎 꿇고 청혼할 것이라고 합니다. 더 이상은 견딜 수 없어요. 그래서 당신을 조르바 부인으로 만들고 다시는 헤어지지 않겠대요."

근심과 걱정이 가득하던 자그마한 눈에서 눈물이 주르륵 흘렀다. 마침내 평생을 바랐던 안식이 성취된 것이었다. 드디어 떳떳한 잠자리에서 안정을 찾고 누울 수 있는 것이었다. 이것으로 충분했다.

부인은 눈물을 닦았다.

"좋아요. 받아들일 거예요." 부인은 선심 쓰듯 수락했다. "하지만 그이에게 이렇게 써 주세요. 이 시골에는 결혼식 화환이 없으니, 카스트로에서 그것을 사 오라고요. 하얀 양초 두 자루와 분홍색 리본도. 아몬드가 들어간 최고급 과자도요. 아, 하얀 웨딩드레스랑 실크 스타킹이랑 실크 슬리퍼도요. 침대 시트는 있으니 됐다고 하세요. 침대도 있고요."

주문을 마친 그녀는 남편에게 무언가를 부탁하고 있었다. 갑자기 그녀는 기혼 여성이 된 듯 위엄 있는 태도를 보였다.

"난 당신께 부탁이 있어요. 중요한 거예요." 그녀는 감격한 듯 말을 잇지 못했다.

"말씀하세요. 들어드릴게요."

"조르바와 저는 당신이 좋아요. 당신은 친절하니 저희를 부끄럽게 하지 않을 거예요. 우리 결혼의 증인이 되어 주시겠어요?"

나는 기분이 오싹했다. 예전에 우리 집에 디아만도라는 하녀가 있었는데, 그녀는 예순도 넘은 노처녀였다. 시집을 못 가서 그런지 몹시 신경질적이었으며, 가슴은 빈약했고, 콧수염을 길렀으며, 반쯤 정신이 나간 사람이었다. 그 여자는 수염도 안 나고 토실토실 살이 찐 미초스와 사랑에 빠졌다. 시골 총각인 미초스는 마을 식료품 가게에서 일하고 있었다.

"나랑 언제 결혼해 줄 거야?" 하녀는 일요일마다 그에게 물었다. "나를 어서 데려가란 말이야. 난 못 참겠는데 넌 어떻게 참고 있는 거야?"

"나도 못 참겠어요." 하지만 하녀를 단지 고객으로 생각한 이 교활한 젊은이는 달콤한 말로 그녀를 꾀기만 했다. "나도 못 참겠어요. 하지만 내가 수염 날 때까지만 참으세요."

그렇게 몇 해가 흘렀다. 늙은 디아만도는 참을성 있게 기다렸다. 신경질은 진정됐고, 두통도 줄었고, 한 번도 키스를 하지 못한 입술에서 미소가 흐르기도 했다. 빨래도 더 잘했고, 접시도 덜 깨고, 음식도 훨씬 잘했다.

"도련님, 제 결혼의 증인이 되어 주실 거죠?" 어느 날 저녁, 그녀는 내게 물었다.

"그럼요. 내가 증인이 되어 줄게요." 나는 슬픔에 목구멍이 막히는 것 같았다.

이 약속은 오랫동안 나를 아프게 했다. 그래서 나는 오르탕스 부인의 제안에 놀랐던 것이다.

"네, 그렇게 해 드리겠습니다. 영광입니다." 내가 대답했다.

부인은 일어서서 모자 아래로 삐죽 나온 앞머리를 정돈하며 입술을 핥았다.

"안녕히 계세요. 쿰바로스(그리스 정교회 결혼식에서 신랑과 신부 머리 위에 왕관을 교환해 주고 증인 겸 들러리가 되고 평생 영적 지도자 역할을 하는 남자)." 그녀가 말했다. "잘 가요. 이제 그를 잘 맞이하자고요."

나는 소녀가 된 듯 늘어진 허리를 흔들며 종종걸음으로 사라지는 그녀를 바라보았다. 그녀는 기쁨에 취해 가볍게 걸었다. 그녀의 낡은 구두가 모래 위에 작은 구멍들을 만들어 냈다.

그런데 그녀가 미처 곳을 돌기도 전에 해변에서 끔찍한 비명이 들려왔다.

나는 곧장 밖을 바라보았다. 멀리 맞은편 곳에서 여자들이 곡을 하듯 울고 있었다. 나는 바위에 올라가 살펴보았다. 마을에서 남자와 여자들이 달려왔고 그 뒤로 개들이 짖으며 뒤쫓아 왔다. 그리고 말을 탄 두세 명이 앞장서 달려 나왔고, 그 뒤로 먼지가 피어올랐다.

'뭔가 사고가 났군.' 나는 이렇게 생각하며 서둘러 곳으로 달려갔다.

시끄러운 소리가 점점 크게 들렸다. 해는 지고, 장밋빛의 조각구름만이 하늘에 걸려 있었다. '아가씨 무화과나무'에는 벌써 파릇한 새 잎이 돋고 있었다.

갑자기 오르탕스 부인이 내 앞에서 쓰러졌다. 머리는 헝클어지고 벗겨진 구두를 손에 쥐고 울면서 돌아오고 있었다.

"쿰바로스! 쿰바로스!" 그녀는 이렇게 소리치며 비틀거리며 달려왔다. 나는 그녀를 일으켰다.

"왜 우는 거예요?"

나는 그녀가 벗겨진 신발을 다시 신는 것을 도와줬다.

"무서워요. 무서워……."

"뭐가 무서워요?"

"죽음!"

부인은 공기 속에서 죽음의 냄새를 맡고 공포에 질려 있었다. 나는 그녀의 팔을 잡아 주었지만, 늙은 몸은 내 손을 밀쳐 내며 벌벌 떨었다.

"싫어요!" 그녀는 소리쳤다.

이 불쌍한 여자는 죽음이 발을 디딘 곳과 가까이 갔던 것이다. 저승의 강을 이어 주는 나룻배 사공 카론이 그녀를 기억하는 일이 있어서는 안 된다. 모든 늙은이들이 그렇듯 세이렌은 푸른빛으로 변해 땅 위 풀숲에 숨고자 했다. 살찌고 구부정한 몸을 감춰 카론이 그녀를 발견하지 못하게 하고 있었다. 그녀는 어깨에 머리를 파묻고 몸을 떨었다.

그녀는 올리브 나무 근처로 기어들어가 기워 입은 외투를 벗었다.

"이걸로 저를 덮어 주시고, 어서 가세요."

"추우세요?"

"네, 추워요. 덮어 주세요."

나는 정성스럽게 그녀를 가려 주고 그곳을 떠났다.

곶에 다다르자 곡소리는 더 분명하게 잘 들렸다. 미미토스가 내 앞으로 뛰어왔다.

"미미토스, 무슨 일이야?" 나는 소리쳤다.

"물에 빠져 죽었어요." 그는 멈추지 않고 대답했다. "물에 빠져 죽었어요."

"누가?"

"파블리스요. 마브란도니 영감의 아들이요."

"왜?"

"과부 때문에……."

경쟁처럼 커지는 곡소리 때문에 미미토스의 목소리는 더 이상 들리지 않았다. 하지만 '과부'라는 단어를 듣자, 내 머리 위 과부의 육감적인 육체가 캄캄한 대기를 채웠다. 나는 마을 사람들 전체가 모여 있는 큰 바위에 이르렀다. 사내들은 모자를 벗고 아무 말 없이 서 있었고, 여자들은 머릿수건을 어깨까지 내리고 머리카락을 잡아당기며 울고 있었다. 그리고 자갈밭에는 통통 부은 시퍼런 시체가 눕혀져 있었다. 마브란도니 영감은 오른손에 짚은 지팡이에 몸을 기댄 채 고개를 푹 숙이고 있었다. 왼손은 곱슬거리는 잿빛 수염을 쥐고 있었다.

"이 망할 과부 년! 벼락이나 맞아라! 하느님, 그녀에게 천벌을 내리소서!" 어디선가 날카로운 소리가 들렸다.

한 여인이 앞으로 나와 남자들을 향해 말했다.

"이 마을에 과부 년을 무릎 꿇고, 새끼 양 모가지를 따듯 먹을 딸 사나이가 한 명도 없는 거요? 에라이." 여자는 말 없이 자신을 보던 남자들에게 침을 뱉었다.

그러자 카페 주인인 콘도마놀리오가 급히 끼어들었다.

"우리를 모욕하지 마. 이 난폭한 델리카테리나. 우리 마을에 진정한 '사나이'가 있다는 것을 알게 될 거야!" 그가 소리를 질렀다.

나는 더 이상 참지 못하고 소리쳤다. 가만히 있을 수 없는 노릇이었다. "모두 부끄럽지도 않소? 그 여자 잘못이 뭡니까? 저 애의 운명이에요. 하느님이 두렵지 않나요?"

내 말에 대답하는 사람은 없었다.

죽은 이의 사촌인 마놀라카스가 시신을 안고 마을로 향했다. 여자들은 시신이 그 앞을 지나면 달려들어 잡으려고 했다. 그러자 마브란도니 영감이 지팡이로 그들을 떼어 냈다. 영감이 맨 앞에서 걸어가자 곡하며 우는 여자들이 그 뒤를 따랐고, 그 뒤로 남자들의 행렬이 이어졌다.

이내 사람들이 어둠 속으로 사라졌다. 바다의 조용한 숨소리가 다시 들려왔다. 주위에는 나 혼자 뿐이었다.

"나도 이제 집으로 가자." 혼잣말을 했다. "오늘의 독약은 이걸로 충분해. 이런 날이 있다니." 나는 생각에 잠겨 길을 걸었다. 어스름한 빛만이 남았을 때 아나그노스티 영감의 모습이 보였다. 그는 지팡이 손잡이에 턱을 괸 채 바다를 보고 있었다.

내가 그를 불렀지만 그는 듣지 못했다. 그에게 가까이 다가가서야 그는 나를 보고 고개를 흔들었다.

"하느님께 완전히 버림받은 세상일세." 그가 중얼거렸다. "젊음이 아까워. 그 불쌍한 녀석은 슬픔을 견뎌 내지 못하고, 결국 바다에 몸을 던졌구나. 이제는 구원을 받았겠지."

"구원이라뇨?"

"구원이지. 생각해 봐. 그 젊은이의 삶이 좋았을까? 과부와 결혼한들 여자는 곧 불평을 늘어놓았겠지. 그리고 망신을 당했을 수도 있지. 욕정만이 끓는 암말 같은 여자니까. 반면 그녀와 결혼하지 못했다면 그는 평생 가슴앓이하며 살았을 거야. 하늘이 내린 복을 놓쳤다고 생각했을 테니. 앞에는 낭떠러지, 뒤에는 건널 수 없는 강인 거지."

"영감님, 그런 말씀 마십시오. 오싹해집니다."

"젊은 양반, 무서워할 것 없소. 누가 내 말에 귀를 기울이겠소. 설령 기울인다한들 누가 믿겠소? 생각해 보시오. 나보다 더 복 많은 사람이 어디 있겠나. 밭도 있고 포도원에 올리브 과수원에 이층집까지 있겠다, 아들을 낳아 준 착한 마누라도 있고. 우리 마누라는 나에게 눈 한번 치켜뜬 적이 없지. 그리고 애들도 다 착하겠다. 나는 인생에 불만이 없소. 손자들도 있으니 내가 뭘 더 바라겠소? 나는 이 땅에 뿌리를 깊이 내렸소. 그런데 내가 이 세상에 다시 태어난다면, 나도 파블리스처럼 돌멩이를 달고 바다로 뛰어들 거요. 산다는 건 지겹지. 아무리 복 많은 인생도 고통뿐이오. 빌어먹을 인생!"

"영감님, 뭐가 부족한 게 있으신가요. 왜 그런 소리를 하십니까?"

"아니, 난 부족한 게 없소. 하지만 젊은 양반, 인간의 마음이 어떤 건지 곰곰이 생각해 보시구려."

영감은 말없이 점점 어두워지고 있는 바다를 바라보았다. "헤이, 파블리스. 잘했다." 그는 지팡이를 들며 소리쳤다. "여자들은 곡소리나 지르게 내버려 둬. 여자들은 그저 그런 존재들이니까. 그건 네 아버지도 알 거야. 너도 봤지? 그래서 아무 말도 안 하는 거야." 아나그노스티 영감은 하늘을 바라보다가 어둠 속으로 사라지는 산들을 보았다. "밤이군. 난 가야겠소."

영감은 자신이 한 말을 후회하듯 다시 주워 담기 위해 애쓰는 것 같았다. 그러고는 비쩍 마른 손을 내 어깨에 얹었다.

"자네는 아직 젊어. 늙은이 말을 듣지 마시오. 만일 세상 사람들이 늙은이 말을 듣는다면 얼마 못 가 망하겠지. 만약 과부 하나가 나타나면 올라타도록 하게. 결혼도 하고 애도 낳고. 고통이란 사나이들을 위한 거니까."

오두막으로 돌아온 나는 불을 지펴 차를 끓였다. 나는 지쳤고 배가 고팠다. 차를 마시며 휴식을 취하자, 인간의 쾌락보다 깊은 원초적인 동물의 쾌락이 밀려왔다.

그때 미미토스가 조금 모자란 자신의 머리를 들이밀고 나를 보며 미소를 지었다.

"무슨 일이냐?"

"과부가 안부 전해 달래요. 이거 오렌지 한 바구니요. 과부가 그러는데 과수원에서 마지막으로 딴 거래요."

"과부가?" 나는 당황스러웠다. "이걸 왜 나에게 보내지?"

"오늘 마을 사람들에게 과부 편을 들어줘서 드린대요."

"편을 들어주다니?"

"난들 알아요? 과부가 그렇게 말했고, 난 전할 뿐이에요."

미미토스는 내 침대 위에 오렌지를 쏟았다. 오렌지 향기가
온 오두막을 채웠다.

"고맙다고 전해 드려. 또 당분간 조심하라고 말씀드리럼.
특히 마을에는 절대 가지 말라고 말씀드리고, 이 불행한 사건
이 잊힐 때까지 집에서 가만히 계시라고 전해라. 내 말 알겠
지, 미미토스?"

"그럼요! 다른 말은요?"

"없어. 잘 가."

미미토스가 돌아갔고, 나는 오렌지 하나를 깠다. 즙이 많
고 꿀처럼 달았다. 침대에 누우니 잠이 쏟아졌다. 나는 이내
꿈속에서 오렌지 나무 아래를 거닐고 있었다. 바람은 따뜻했
고, 나는 털이 수북하게 난 가슴을 열어젖힌 채 귀 뒤에는 박
하 잎을 꽂고 있었다. 나는 스무 살 마을 청년이 되어 과수원
을 오르내리며 휘파람을 불며 누군가를 기다리고 있었다. 내
가 알지 못하는 그 누군가를 기다리는 중이었다. 내 마음은
기뻐서 심장이 쿵쿵 뛰었다. 나는 콧수염을 만지작거리며 오

렌지 나무 너머에서 바다가 여자처럼 한숨 쉬는 소리를 들었다.

15

오늘은 사막에서 남동풍이 불어왔다. 모래 먼지가 하늘로 올라갔다가 목구멍을 거쳐 창자까지 들어왔다. 치아 사이에서 모래가 서걱거렸고, 모래 때문에 눈 또한 아팠다. 모래가 묻지 않은 빵을 먹기 위해서 창문을 잠가야 할 정도였다.

불볕더위에 주저하며 조금씩 싹을 내는 봄이 나를 나른하게 했다. 가슴은 벅차오르는데, 나는 나른하기만 했다. 크지만 단순한 행복의 갈망이 나를 사로잡았다. 날개가 돋는 애벌레도 나 같은 아픔을 느끼리라고 생각했다.

나는 자갈투성이 오솔길로 들어섰다. 산으로 올라가는 이 길을 세 시간 정도 가면 삼사천 년 만에 땅 위로 드러난 크레타의 태양 아래 몸을 드러낸 미노아 문명의 옛 소도시에 들르고 싶은 충동이 들었다. 서너 시간 걸어서 녹초가 된다면 봄철 우울증이 가벼워지고 피로가 풀릴지도 모른다고 생각했다.

회색 바위가 햇빛에 노출되어 있었다. 나는 거칠고 황량한 그 산이 좋았다. 부엉이는 둥글고 노란 눈으로 나를 보며 꾸르륵거렸다. 매력적이었다. 나는 부엉이가 내 발소리를 들을까 조용히 걸었다. 하지만 부엉이의 귀는 예민했다. 푸드득 날아올라 조용히 날다가 이내 사라졌다. 대기에서는 백리향 향기가 났다. 가시금작화는 벌써 노란 꽃을 내밀고 있었다.

폐허에 도착하자 놀라운 광경이 펼쳐졌다. 나는 잠시 홀린 듯 멈췄다. 햇빛은 수직으로 쏟아지며 빛으로 바위를 비추고 있었다. 이 폐허의 도시는 위험했다. 대기는 아우성과 망령으로 가득했다. 나뭇가지가 부러져도 도마뱀 한 마리가 기어갔고, 구름 한 조각이 지나도 망자의 신음이 들려왔다.

내 눈은 천천히 빛에 길들여졌다. 폐허 속에서 인간이 남긴 흔적을 그나마 볼 수 있었다. 두 개의 넓은 길이 보였고, 왼쪽과 오른쪽은 돌로 울퉁불퉁한 오솔길이었다. 가운데에는 둥근 광장, 그리고 민중 정치의 겸양이 돋보이는 왕의 궁전, 그 안의 이중 회랑으로 된 돌계단, 좁은 창고들이 서 있었다.

도시 중심부의 포석들은 인간의 발길 때문에 많이 닳은 듯했다. 아마도 그곳에 성소(聖所, 제사장이 하느님에게 제물을 바치고 의식을 베풀던 곳)가 있었던 것 같았다. 그곳에는 위대한 여신이 가슴을 드러낸 채 손에 뱀을 감고 있는 신전이 있었다.

도처에는 조그만 가게들과 기름을 짜는 공장, 청동 공예 공방이 있었고, 안전한 위치에 개미들이 구축한 개미집과도 같은 어떤 공방에는 장인의 무늬가 있는 항아리가 있었다. 물결무늬로 빚었으나 완성할 시간이 없었는지 수천 년 후에 미완성의 작품으로 발견된 듯했다.

영원한 질문들이 고개를 들고 나왔다. 장인의 자신만만한 열정이 꺾여 완성되지 못한 항아리를 보고 있으려니 마음이 슬퍼졌다.

그때 햇볕에 까맣게 그을린 양치기가 머릿수건을 쓰고 바위 옆에서 나왔다.

"아저씨, 안녕하세요?" 양치기가 인사했다.

나는 내 기분을 방해받고 싶지 않아 못 들은 체했다. 그러나 양치기는 날 비웃으며 놀렸다.

"저런, 못 들은 척하시다니. 담배 있어요? 하나 주세요. 이 황량한 곳에 있자니 인생이 지겨워요."

그는 있는 힘을 다해 마지막 부분을 끌며 말했다. 그 말투가 비참해서 문득 양치기가 가여웠다.

하지만 나는 담배가 없어서 돈을 주려고 했다. 그러자 양치기는 화를 냈다.

"돈은 악마에게나 줘요. 그걸 가지고 뭘 하겠어요. 난 담배가 피우고 싶을 뿐이에요."

"난 담배가 없어요." 내가 질망적으로 말했다.

"없다고요? 그럼 그 주머니에 불룩한 건 뭐죠?" 양치기는 소리쳤다.

"책, 손수건, 종이, 연필, 주머니칼이에요. 주머니칼이라도 드릴까?"

"그건 다 내게도 있어요. 빵, 치즈, 올리브, 송곳, 장화를 만들 가죽, 병에는 물이 있어요. 그런데 담배, 그것만 없어요. 담배가 없으니까 아무것도 없는 것이나 마찬가지죠. 그런데 이런 폐허에서 뭘 뒤지나요?"

"골동품을 연구하지요."

"그걸 뭐 하러 연구해요?"

"글쎄요."

"글쎄라니. 여기는 모두 죽어 있어요. 우리는 살아 있지만. 이제 잘 가요. 행운을 빌어요."

"안 그래도 가는 중이네." 나는 고분고분 그의 말에 대답했다.

나는 약간 불안한 마음으로 왔던 흔적을 보며 걸었다. 오솔길로 되돌아오다가 나는 뒤를 돌아보았다. 지겨움에 지친 양치기는 아직도 돌 위에 있었다. 검은 머릿수건 밑으로 삐져

나온 그의 머리가 세찬 바람에 휘날렸다. 그는 머리부터 발끝까지 햇빛을 받았다. 젊은이에게서 청동상을 보는 기분이었다. 그는 지팡이를 어깨에 걸치고 휘파람을 불고 있었다.

나는 다른 길로 들어서서 해변 쪽으로 왔다. 이따금 뜨거운 아람의 숨결과 정원의 풀 향기가 불어왔다. 땅은 진한 향기를 풍겼고, 바다는 웃고 있었다. 하늘은 푸르게 반짝거렸다.

겨울은 사람의 몸과 마음을 움츠러들게 하지만, 그래도 지금은 따뜻함이 찾아온다. 길을 걷던 와중에 공중에서 나팔 소리가 들려왔다. 고개를 들어 보니 소년 시절부터 나를 매혹시킨 장엄한 광경이 보였다. 겨울을 나고 돌아온 두루미 떼가 전투 대형으로 날고 있었다. 우리의 상상처럼 날개와 뼈만 남은 앙상한 몸 구석구석에 제비들을 태운 채 오고 있었다.

계절의 리듬, 생명의 윤회, 태양 아래에서 차례로 변하는 대지의 네 얼굴, 떠나가는 생명체와 그들과 함께 가는 우리. 이런 것들이 다시금 내 가슴을 조여 왔다. 두루미 떼의 울음소리가 나의 내면에서 경고를 주었다. 생명이란 한 번 훌쩍 왔다가 다시는 주어지지 않는다. 이 세상에서 즐길 수밖에 없다는 경고였다.

이토록 가차 없는, 동시에 연민으로 가득한 경고를 들은 나는 초라함과 비열함, 헛된 희망을 이겨 내리라 다짐했다.

그리고 영원히 사라져 가는 순간들을 최대한 즐기겠다고 결심했다.

우리의 길 잃은 영혼은 삶이 어떻게 하찮은 쾌락과 고통, 그리고 경박한 대화로 낭비되고 있는지 보여 줬다. "이건 수치야." 나는 소리치며 피가 나도록 입술을 깨물었다.

두루미 떼는 하늘을 가로질러 북쪽으로 사라졌지만, 내 머릿속에서는 여전히 그들이 소리를 내며 이쪽에서 저쪽으로 관자놀이 사이를 날아다녔다.

바다에 이르렀다. 나는 그곳에서 빠른 걸음으로 물 가장자리를 걸었다. 혼자 바닷가를 걸으며 우리의 의무를 떠올렸다. 남들과 함께 걸으며 웃고 떠들다 보면 새의 말소리는 들리지 않는다. 아니, 새와 파도는 아무 말을 하지 않을 수도 있다. 우리의 수다 속에 입을 다물어 버렸는지도 모른다.

이내 자갈에 누워 눈을 감았다. 나는 궁금했다. '영혼이란 무엇인가. 영혼과 바다와 구름과 향기 사이에는 무슨 은밀한 관계가 있을까. 영혼이 바다고 구름이고 향기인가.'

나는 다시 걷기 시작했다. 마치 결심한 것처럼. 하지만 어떤 결심이었는지는 몰랐다.

뒤에서 말소리가 들렸다.

"선생님, 어디로 가시나요? 수녀원으로 가시나요?"

몸이 다부진 노인 하나가 손을 흔들며 내게 미소를 지었다. 늙은 여자 하나가 뒤따르고 있었고, 그 뒤로는 까만 피부에 눈빛이 사나운 처녀 하나가 머리에 하얀 수건을 하고 뒤따르고 있었다.

"수녀원에 가시나요?" 노인이 다시 질문했다.

그때 나는 수녀원으로 가기로 결심했다. 몇 달 전 바다 가까이에 있는 수녀원으로 가고 싶었지만 못 가고 있었는데, 이날 오후 내 몸은 불쑥 결정을 내렸다.

"그렇습니다. 찬송을 들으러 수녀원으로 갑니다."

"성모님께서 당신을 축복하시기를." 노인이 내게 다가왔다.

"갈탄 회사 사장님이라고들 하던데, 맞으신가요?"

"그렇습니다."

"그래요. 성모님이 선생님께 노다지를 내리시길. 지역을 위해 좋은 일을 하고 계십니다. 가난한 집에 빵을 주시니 복 많이 받으십시오."

하지만 우리 사업이 잘 되지 않고 있다는 것을 안 영감은 나를 위로하기 위해 말을 덧붙였다.

"수지를 못 맞추더라도 걱정 마세요. 선생님은 패배자가 아니고, 결국 천국으로 갈 테니까요."

"저도 그러기를 바랍니다."

"난 배운 것이 많지 않은 사람입니다. 하지만 하루는 성당에서 예수님이 하신 말씀을 들었지요. 이 말씀이 잊히지 않아요. 가진 것, 안 가진 것을 모두 팔아 진주를 사라고 말하셨어요. 진주는 영혼의 구원이지요. 그러니 선생님도 큰 진주를 얻기 바랍니다."

큰 진주. 얼마나 자주 내 머릿속의 어둠에서 눈물처럼 반짝였던가.

우리는 걷기 시작했다. 남자 둘이 앞장 서 걸었고 여자들은 손을 포갠 채 따라왔다. 우리는 말을 주고받았다. 올리브 꽃이 피었는지, 비가 와서 보리의 상태가 어떠한지, 혹은 음식에 관한 잡담 등을 나누었다.

"영감님은 어떤 음식을 제일 좋아하시나요?"

"다 좋아하지요. 음식이라면 가리지 않아요. 가리는 건 죄악이에요."

"왜요?"

"절대 안 됩니다."

"왜죠?"

"굶는 사람들이 있으니까요."

나는 부끄러워 아무 말도 하지 않았다. 내 마음은 아직 그런 배려에 이른 적이 없었다.

수녀원의 종소리가 유쾌한 여자의 웃음소리처럼 울려 퍼졌다.

노인은 성호를 그었다.

"성모여, 우리를 도우소서. 성모님께서 목에 칼을 맞고 피를 흘리셨죠."

노인은 그곳 성모상의 수난에 대해 이야기하기 시작했다. 마치 실제 살아 있던 여성의 이야기처럼 생생했다.

"이 성녀는 동방에서 박해를 받고 피난을 오시다가 칼에 찔렸지요. 1년에 한 번씩 성녀의 상처에서 뜨거운 피가 흐른다오. 옛날이야기인데 제가 젊은 시절 성녀의 축제에 갔었어요. 시골 마을 사람들도 모두 예배에 참석했지요. 8월 15일이었어요. 우리 남정네들은 마당에서, 여자들은 수도원 안에서 잠을 잤죠. 제가 막 잠이 들었을 때, 성녀께서 저를 부르시기에 가 보았습니다. 그런데 그녀의 목을 만져 보니 내 손가락에 피가 묻어 있었습니다!"

노인은 성호를 긋고 여자들을 향해 소리쳤다.

"어서 와! 거의 다 왔어."

그러고는 목소리를 낮추었다.

"그때 난 미혼이었어요. 나는 성녀 앞에서 이 세상을 버리고 수도승이 되기로 맹세했죠." 노인은 웃음을 터뜨렸다.

"왜 웃으십니까?"

"제가 어찌 안 웃을 수 있겠어요. 축제 당일에 악마가 여자의 옷을 입고 나타났어요. 바로 저 여자가."

그는 돌아보지 않고 엄지손가락을 뒤로 젖혀 우리 뒤에 있던 여자를 가리켰다.

"지금은 만지는 것조차 끔찍하지만 그때 그녀는 바람둥이였죠. 물고기처럼 싱싱하고. 사람들은 그녀를 속눈썹이 긴 미인이라고 불렀죠. 그런 소리를 들을 만했어요. 그 긴 속눈썹은 다 어디 갔나. 불에 타 버렸나?"

뒤에 따라오던 노파는 맹견처럼 나지막이 으르렁거렸다.

"다 왔어요. 수녀원에 도착했습니다." 영감이 손가락으로 가리키며 말했다.

바닷가 끝, 두 개의 높은 바위 사이에 있는 조그만 수녀원이 하얗게 반짝였다. 한가운데에는 예배당이 있었는데, 그것은 우유로 칠한 듯 동그랗고 조그마했다. 성당 주변에는 파란 창문이 있는 수도실이 있었고, 마당에는 커다란 삼나무가 세 그루 서 있었다. 꽃이 핀 선인장이 울타리를 이뤘다.

우리는 걸음을 재촉했다. 성전의 창문 사이로 찬송이 흘러나왔다. 짭짤한 공기 속에서 향내가 났다. 아치 한가운데 현관문은 활짝 열려 있었고, 검은 자갈과 흰 자갈이 깔린 마당으로 통하고 있었다. 외벽 양쪽에는 줄지은 화분에서 로즈메리, 박하, 바질 등이 자라고 있었다.

고요하고 단아했다. 마침 해가 지고 있어 회칠한 벽은 핑크빛으로 물들어 갔다.

훈훈하고 은은한 불빛으로 밝힌 예배당에서는 초 냄새가 났다. 사람들이 초의 연기 속에서 조금씩 움직였고, 온몸을 검은 옷으로 칭칭 감은 듯한 수녀들은 부드럽게 찬송을 부르고 있었다. 예배 중 그들은 무릎을 꿇었다. 옷이 바스락거리는 소리가 새의 날갯짓 소리 같기도 했다.

성모 마리아에게 바치는 찬송을 들은 지 오래되었다. 사춘기의 반항기 시절, 나는 분노를 품고 모든 교회를 외면했다. 시간이 조금 흐른 뒤에는 마음이 나아져서 크리스마스나 부활절과 같은 종교 축일에는 나가 보기도 했다. 내 속의 동심이 다시 살아나는 것이 기쁘기도 했다. 야만인들은 악기가 종교적인 제의에 쓰이지 않으면, 그 신성의 힘을 잃고 비로소 아름다운 화음을 낸다고 믿었다.

나는 성당의 구석 자리로 가서 신자들의 손길에 닦여 반짝이는 성가대석에 기대어 아득한 곳에서 들려오는 성가에 귀를 기울였다. "인간의 마음이 닿지 못할 높이여. 찬송하세. 천사의 눈이 꿰뚫지 못하는 깊이여. 찬송하세. 순결한 신부를 찬송하세."

수녀들이 바닥에 엎드리자, 옷자락이 서로 스치며 날갯짓 소리가 들렸다.

안식향의 내음이 나는 날개가 달린 천사들이 성모 마리아의 아름다움을 찬양하며 시간은 흘러갔다. 해가 완전히 저문 뒤, 나는 성당을 나왔지만 내가 어떻게 성당 밖으로 나왔는지 기억이 나지는 않는다. 나는 가장 키가 큰 삼나무 아래에서 수녀원장과 어린 수녀 두 명과 함께 있었다. 젊은 수련 수녀 (수녀가 되기 위해 수련하고 있는 여자)가 안에서 나와 내게 잼과 물과 커피를 권했다. 대화는 평화롭고 조용했다.

우리는 성모 마리아가 이룬 기적과 갈탄의 이야기, 봄이 되어서 새끼를 낳은 새들과 에우독시아 수녀의 뇌전증에 대해 대화했다. 그녀는 예배당 바닥에 쓰러져 물고기처럼 파닥거린다고 했다. 게거품을 물고, 자기 옷을 찢는다고도 했다.

"서른다섯 살이에요." 수녀원장이 한숨을 쉬었다. "그 젊은 나이에 안됐지요. 10년, 15년 후에는 낫겠지요."

"10년이나 15년이요?" 나는 놀라 중얼거렸다.

"10년이나 15년은 아무것도 아니지." 수녀원장은 엄하게 말했다. "영원을 생각해 보세요."

나는 대구하지 않았다. 영원이란 지금 흐르는 순간과 순간이었다. 이내 나는 수녀원장의 유향 냄새가 나는 통통한 손에 입맞춤하고 나왔다.

완전히 밤이 되었다. 까마귀 몇 마리가 서둘러 둥지로 돌아가고 있었다. 올빼미들은 나무의 빈 구멍에서 나와 사냥을 시작했다. 달팽이, 애벌레, 들쥐가 올빼미에게 먹혔다.

신비스러운 뱀이 나를 그 원 속에 가두었다. 대지는 자식을 낳고, 그 자식은 자식을 낳고 또 잡아먹는다. 그렇게 원이 된다.

주위를 둘러보니 캄캄했다. 완전히 어둠이 내려 아무것도 보이지 않았다. 나를 볼 수 있는 사람은 아무도 없었다. 나는 신을 벗고 바다로 갔다. 그러다가 모래에 누웠다. 내 맨몸으로 돌, 물 그리고 공기를 느끼고 싶은 충동이 일었다. 수녀원 장이 말한 영원이라는 단어가 나를 사납게 만들고 이내 덮쳤다. 그 낱말은 야생마를 잡는 올가미처럼 내 목을 옥죄는 것 같았다. 나는 벗어나기 위해 몸부림쳤다. 나는 벌거벗은 채 땅과 바다에 몸을 밀착시켰다. 이 사랑스러운, 덧없는 존재들을 느끼고 싶었다.

존재의 심연에서 나는 속으로 외쳤다. "존재한다. 너만이 존재한다. 내가 그대의 자손이다. 그대의 가슴을 움켜쥐고 놓지 않을 것이다. 내가 단 한 순간만이라도 살게 해 주오."

나는 마치 '영원'이라는 단어로 빨려 들어갈 것 같았다. 예전에는 이런 적이 없었다. 나는 그 단어를 생각하다가 눈을 감고 팔을 벌린 채 그 속에 몸을 던지고 싶었다.

초등학교 1학년 때 알파벳 수업으로 쓰이는 책에 이런 이야기가 있었다. 한 아이가 우물 속에서 화려한 정원, 꿀과 맛있는 과자, 장난감 등이 넘치는 도시를 발견했다는 이야기였다.

그 글을 읽었을 때, 나는 우물로 달려가 고개를 숙인 채 반짝이는 물의 표면을 넋을 잃고 바라보았다. 내 눈에도 환상의 도시, 집, 거리, 포도 덩굴이 보였다. 나는 더 이상 참을 수 없어 머리를 우물 속으로 들이밀었다. 그 순간 어머니가 소리를 지르며 내 허리를 잡았다.

그렇게 어린 나는 우물에 뛰어들 뻔했다. 그리고 커서는 '영원'이라는 단어에 빠질 뻔했다. 사랑, 희망, 에로스, 조국 같은 말들도 나를 위험하게 했다. 해가 지나며 나는 그 단어를 정복하고, 위험에서 빠져나온 것 같은 느낌이 들었다. 그러나 그게 아니었다. 나는 앞으로 나아간 것이 아니라 단어를 바꿔 놓고 그걸 구원이라고 부르고 있었다. 그리고 지난 2년은 '부처'라는 말의 가장자리에 매달리고 있었다.

그러나 이제 나는 확실히 느낀다. 조르바 덕분에 이것이 마지막 우물이고, 마지막 단어라는 것을. 이걸로 나는 영원히 구원받을 것이다. 영원히? 그것은 우리가 자주 하는 말이다.

나는 일어났다. 머리 꼭대기에서 발끝까지 행복감에 젖었다. 나는 옷을 벗고 바다로 뛰어들었다. 신이 난 파도와 함께 놀았다. 어느새 몸이 노곤해졌다. 가볍고 큰 발걸음으로 걸었다. 밤바람에 몸을 말렸다. 나는 큰 위험에서 벗어난 것 같았고, 대지의 가슴을 단단하게 움켜쥐고 있었다.

16

갈탄광 앞쪽 해안이 보이는 곳을 걸을 때, 오두막에서 불이 새어 나오고 있는 것이 보였다. 나는 걸음을 멈추고 생각했다. '조르바가 왔구나.'

매우 기뻐서 당장 뛰어가고 싶었지만 자제했다. 속마음을 드러내지 않으리라고 생각했다. 화난 표정으로 조르바를 혼내야지. 급한 업무로 보냈는데 술집 여가수와 뒹굴고 내 돈을 낭비하고 열이틀이나 능장을 부렸다니. 그러니 화내야만 해.

나는 아주 천천히 걸었다. 화날 시간을 벌기 위해서였다. 나는 나 자신을 화나게 하기 위해 노력했다. 미간을 찌푸리거나 주먹을 쥐며 화났다는 행동을 해 봤다. 하지만 화가 나지 않았다. 집에 다가올수록 반가운 마음이 커졌다.

까치발로 조용히 다가가 불이 켜진 조그마한 창문으로 안을 들여다 보았다. 조르바는 무릎을 꿇고 앉아 커피를 끓이고 있었다. 순간 내 마음이 스르르 녹았다.

"조르바!" 나는 소리를 질렀다.

순간적으로 문이 열리며 조르바가 옷도 갖춰 입지 않고 맨 발로 뛰쳐 나왔다. 그는 나를 안으려고 팔을 활짝 벌렸다가 이내 팔을 내렸다.

"보스 양반, 다시 만나 반갑소." 그가 침울한 목소리로 말 했다.

나는 진지하게 낮은 목소리로 말했다.

"다시 돌아와 줘서 고맙네요." 그리고 비아냥거리며 말했 다. "가까이 오지 마세요. 향수 비누 냄새가 심하네."

"내가 얼마나 씻었는지 알지도 못하면서." 그는 중얼거렸 다. "보스를 만나러 오기 전까지 이 망할 가죽을 얼마나 깨끗 이 문지르고 닦았는지 아시나요. 한 시간이나 문질렀어요. 그 런데도 이 향수 냄새가 도무지……. 하지만 뭐 점차 사라질 거예요."

"안으로 들어갑시다." 나는 더 있다가는 웃음이 나올 것 같 았다. 우리는 오두막으로 들어갔다. 오두막에서는 향수 냄새, 분 냄새, 비누 냄새. 한마디로 여자 냄새가 진동했다.

"조르바, 이 웃기는 물건들은 대체 뭐요?" 나는 핸드백, 향 수 비누, 여성용 스타킹, 양산, 향수병 두 개가 나란히 놓인 것을 보고 소리쳤다.

"선물이요……." 조르바는 고개를 푹 숙인 채 말했다.

"선물이요?" 나는 화난 척 되물었다. "선물이라고요?"

"선물이요. 보스, 화내지 마십시오. 우리 불쌍한 부불리나를 위한 선물이요. 부활절도 다가오고 해서……. 그 여자도 사람이잖소."

나는 웃음이 터지려는 것을 간신히 참았다.

"가장 중요한 것은 안 사왔군요."

"뭐요?"

"결혼식 화환 말이오!"

나는 조르바에게 사랑의 상처를 입은 인어를 어떻게 구슬렸는지 말해 주었다.

조르바는 잠시 생각에 잠기더니 말했다. "그건 잘한 건 아니오. 그건 정말 잘한 짓이 아니에요. 그런 농담을 하다니……. 도대체 몇 번을 말해야 하나요? 여자들이란 예민하다고요. 부서지기 쉽고요. 조심해야 하는데 말이죠."

나는 부끄러웠다. 나 역시 후회스러웠지만 이미 돌이킬 수 없는 일이었다. 그래서 화제를 바꿔 물었다.

"케이블과 장비는요?"

"모두 다 챙겼으니 걱정 마쇼. 하나도 빠짐없이 다 가져왔소. 한 번에 여러 마리를 잡았단 말이오. 케이블, 롤라, 부불리

나. 내가 다 잡았소."

조르바는 브리키(긴 손잡이가 달린 작은 놋쇠 주전자)를 끄집어내 커피를 채우고, 내가 좋아하는 과자인 할바를 건넸다.

"내가 보스를 위해 할바 큰 상자를 가져왔죠." 그가 다정하게 말했다. "그리고 앵무새를 위해 아랍 피스타치오도 챙겼죠. 아무도 잊지 않았다는 거요. 내가 이래봬도 머리에 들을 건 다 들었수다."

나는 흙바닥에 앉아 깨가 박힌 빵과 할바를 먹었다. 조르바는 커피를 마시며 담배를 피웠다. 그는 유혹하는 뱀의 눈을 하며 나를 쳐다보았다. 이내 나는 물었다.

"그래서 당신을 괴롭히는 문제는 풀렸나요, 늙은 악당 조르바?"

"무슨 문제 말이요?"

"여자가 인간인지 하는 문제 말이에요."

"아아, 그 문제도 풀렸죠!" 조르바는 손을 흔들며 답했다. "여자도 인간이죠. 우리랑 똑같은. 실은 우리보다 수준 높은 존재죠. 그것들은 당신의 보따리를 보는 순간, 정신이 어질어질해져 거머리처럼 달라붙죠. 자유도 차 버리고. 그리고 좋아하죠. 자유를 잃고도 좋아하는 이유는 보따리가 있으니까요. 하지만 얼마 못 가고……. 이런 얘기는 하지 맙시다. 이딴 얘기는 내버려 둡시다. 빌어먹을."

조르바는 일어서서 창문 틈으로 담배꽁초를 던졌다.

"이제 남자들의 이야기를 합시다." 그가 말했다. "부활 주간이 오고 있어요. 케이블도 가져왔소. 그러니 이제 수도권에 올라가 배불뚝이 신부들을 찾아 숲 문서에 서명합시다. 그놈들이 우리 케이블을 보고 뜬구름 잡는다는 생각을 하기 전에요. 알겠죠? 시간이 계속 흐르니 우리는 뭔가를 해야 해요. 선박을 불러 짐을 싣고 우리도 수지타산을 맞춰야죠. 이번 카스트로 출장에서 돈이 많이 들었어요. 아시겠지만 악마가 장난을 쳤잖아요."

조르바는 조용히 입을 다물었다. 나는 그가 안쓰러웠다. 실수를 저지른 뒤 어떻게 할지 몰라서 벌벌 떠는 어린아이 같았다.

나는 스스로를 나무랐다. '부끄러운 줄 알아라. 이런 영혼을 이렇게 떨게 놔둬야겠어? 어디서 이런 사람을 만날 수 있겠어? 어서 일어나 스펀지를 들고 박박 지워 버리자.'

"조르바, 악마 놈은 그냥 자게 내버려 둬요." 내가 소리쳤다. "우린 그가 필요 없으니 이제 과거는 잊어버려요. 가서 산투리나 치세요."

조르바는 나를 안으려는 듯 두 팔을 벌렸다 내렸다. 그리고 산투리를 가져오기 위해 손을 뻗었다. 그가 다시 가까이 온 뒤에야 그의 머리카락이 새까맣게 변했다는 것을 알았다.

"아이고, 악당 아저씨. 머리가 그게 뭡니까?"

조르바가 웃었다. "염색했소. 하도 재수가 없어서……."

"왜요?"

"자존심 때문이죠. 롤라와 손을 잡고 가는데, 정확히 말해 나란히 가는데, 우리 뒤에 망할 애새끼가 따라오더라고요. '어이, 영감. 손녀랑 어디 가세요?' 하지 않겠소. 그러자 롤라가 창피해하고. 그 길로 염색했소이다. 롤라가 창피해하지 말라고요."

나는 웃고 말았다. 조르바는 그런 나를 정색하고 바라보았다.

"보스 양반, 이게 웃긴가요? 하지만 들어봐요. 사람이 얼마나 요상한 존재인지를요. 나는 염색한 그날부터 딴사람이 됐어요. 보스는 이상하게 여길지 몰라도 스스로 내 머리카락이 까맣다고 생각하니 자신감이 생기더라고요. 그리고 맙소사. 정력이 불끈 솟더이다. 롤라, 그 애도 눈치 채더라고요. 그리고 허리가 아픈 게 싹 사라졌어요. 뭐, 당신이 읽는 책에 이런 건 안 적혀 있겠지만."

나는 조르바를 비웃다가 이내 후회했다. "미안합니다." 그가 말을 이었다. "내가 읽은 유일한 책이라곤 『베르토돌로스』뿐인데 별 도움이 되지 않았어요."

조르바는 산투리를 내려 싸고 있던 천을 부드럽고 조심스럽게 벗겼다.

"자, 밖으로 나갑시다. 산투리는 사방이 벽인 곳과 어울리지 않아요. 이놈은 짐승이어서 넓은 공간을 좋아하죠."

우리는 밖으로 나왔다. 하늘에는 별들이 반짝이고 있었다. 요단강 별자리가 이쪽에서 저쪽으로 흘렀다. 바다에서는 자갈이 굴러가는 소리가 났다.

우리는 자갈밭에 다리를 꼬고 앉았다. 파도가 발바닥을 간질였다.

"돈이 없을수록 신바람 나게 살아야죠." 조르바가 말했다.

"그럼요. 가난이 우리를 포기하게 만들 것 같나요? 내겐 산투리가 있죠. 이리 온."

"당신 고향인 마케도니아의 민요를 불러 줘요."

"당신 고향인 크레타의 민요를 부를게요. 카스트로에서 배운 사랑 노래를 불러 볼게요. 이 노래를 배우고 내 인생이 달라졌으니까."

조르바는 잠시 생각에 잠겼다.

"아니요. 바뀌지 않았어요. 하지만 내가 옳았다는 걸 알게 됐소."

조르바는 큰 손으로 산투리를 만지며 목을 쭉 뺐다. 그의 거친 목소리가 대기 안에 폭풍처럼 몰아쳤다.

네 앞에 놓여 있는 일, 두려워하지 마라.

젊음으로 대가를 지불하고 아쉬워하지 마라.

근심과 걱정이 사라졌다. 고민거리들은 도망쳤고, 영혼은 정상에 섰다. 롤라, 갈탄, 케이블, '영원'. 소소한 걱정들, 큰 걱정들, 이 모든 것이 연기처럼 흩어지고 오직 하나. 강철 새, 노래하는 인간의 영혼만이 남았다.

"조르바, 아주 좋네요." 그가 노래를 끝냈을 쯤에 내가 소리쳤다. "아주 멋져요. 카바레 여가수, 염색한 머리, 당신이 삼킨 돈, 모조리요. 다 잘했어요. 더 불러 주세요."

다시 한번 조르바는 야위고 마른 목을 길게 뽑았다.

바람 부는 쪽으로 향하고 무슨 일이든 믿어라.

일이 잘 되든 못 되든 무슨 상관이냐.

열두 명 남짓한 인부들이 노랫소리를 듣고 나와 우리 주위로 둘러앉았다. 자기들이 좋아하는 노래가 들리자 발이 근질거렸던 모양이었다. 그들은 참지 못하고 헝클어진 머리로, 웃통을 벗은 채로 부푼 치마를 펄럭이며 조르바와 산투리를 가운데에 두고 춤추기 시작했다.

말없이 그들의 춤을 바라보던 나는 속으로 생각했다. '이

것이 내가 찾던 광맥이로구나. 더 이상 무얼 바라겠는가.'

다음 날 새벽, 광산에서 곡괭이 소리와 조르바의 고함이 들렸다. 인부들은 열정적으로 일했다. 조르바는 그들을 조율할 수 있었다. 조르바가 있으면 작업은 포도주가 되고, 노래가 되고, 섹스가 되어 그들을 취하게 했다. 조르바의 손에서 세상은 활기가 돋았다. 돌, 석탄, 숲과 인부들이 조르바의 리듬으로 호흡을 맞추었다. 탄광 안 아세틸렌 불빛 아래서 조르바의 지휘 아래 전쟁이 벌어지고 있었다. 갱도마다 광맥의 이름을 지어 주며 조르바는 인격을 부여했다. 그렇게 함으로써 아무것도 조르바의 손을 벗어날 수 없게 했다. 조르바는 이렇게 말했다.

"내가 '카나바로' 갱도를 잘 아는데 어떻게 내게서 도망칠 수 있겠소? 이름을 아는데 말이죠. 나한테 수작을 부릴 수 없겠지. 그건 '수녀원장' 갱도, '절름발이' 갱도, '오줌싸개 여자' 갱도도 마찬가지예요. 난 갱도들 이름 하나하나를 다 알고 있어요."

오늘 나는 조르바의 눈을 피해 갱도 하나에 몰래 숨어들었다.

"어서. 빨리빨리 움직여!" 조르바는 인부들에게 소리치고 있었다. "전진해. 힘내자고! 이 산을 완전히 먹어 버리자고.

우리는 진짜 사나이들, 진짜 맹수라는 걸 보여 주자. 너희들은 크레타 사람들, 나는 마케도니아 사람이잖나. 우리가 산을 집어삼켜야지. 산이 우리를 삼키게 해선 안 된다고. 힘내자고!"

그때 누군가 조르바에게 다가갔다. 아세틸렌 불빛 아래 미미토스의 얼굴이 보였다.

"조르바 아저씨……." 미미토스가 더듬거리며 말을 건넸다.

"저리 가. 꺼져." 조르바는 미미토스가 온 것을 보고 손을 휘저었다.

"저는 지금 오르탕스 부인 집에서 오는 길인데요."

"꺼지라고 했잖아. 지금 할 일이 많다고!"

미미토스는 겁에 질려 도망갔다. 조르바는 짜증나는 듯 침을 뱉었다. "낮은 일하는 시간이야. 밤은 재미를 볼 시간이고. 그걸 혼동하지 말아야지."

그때 내가 끼어들었다. "여러분, 정오입니다. 멈추고 식사합시다."

조르바는 나를 보더니 미간을 찌푸렸다.

"보스 양반, 제발 우리를 내버려 두시오. 보스나 가서 식사하시오. 우린 열이틀을 쉬어서 작업량을 메꿔야 해요. 어서 가서 잡수시오."

나는 갱도에서 바닷가로 갔다. 그리고 가지고 있던 책을 폈다. 배는 고팠지만 식욕이 돌지 않았다. '생각도 하나의 갱도지.' 나는 생각했다. '빨리 갱도로 들어가자.' 그리고 나는 머릿속으로 깊은 갱도에 들어갔다.

책을 읽자 마음이 심상치 않았다. 눈 덮인 티베트의 산들에 관한 이야기였다. 신비로운 밀교 의식, 노란 법복의 수도승들, 그들은 정신을 집중해 기(氣)로 자신들이 바라는 형상을 만든다는 것이었다.

드높은 정상. 정령들이 살고 있는 그곳에 속세의 소음은 닿지 않았다. 위대한 고승이 한밤중에 열여섯에서 열여덟 살의 제자들을 얼어붙은 산속 강가로 데려간다. 그곳에서 옷을 벗게 하고, 수정 같은 얼음을 깨고, 그 옷을 적시고 다시 입어 체온으로 말리게 한다. 그리고 다시 물에 담그고 또 말린다. 이렇게 일곱 번을 반복한다. 그리고 아침 예불을 하기 위해 수도원으로 돌아온다.

그들은 고도가 4,800미터에서 5,800미터에 이르는 산에 오른다. 거기서 조용히 앉아 깊고 고른 호흡을 한다. 상체를 벗고 있지만 추위를 느끼지 않는다. 손바닥에 얼어붙은 물 잔을 들고, 그것을 바라보며 온 정신력으로 그것을 바라보면 물이 끓기 시작한다. 수도승들은 그 물로 차를 마셨다.

위대한 고승은 제자들을 불러 모으고 외친다. "자기 안에 행복의 근원을 갖지 않은 자에게는 화가 있을 것이다!"

"남들의 호감을 사려고 하는 자에게는 화가 있을 것이다!"

"이승과 저승의 삶이 하나임을 모르는 사에게는 화가 있을 것이다!"

날은 점점 어두워졌고, 나는 더 이상 책을 읽을 수 없었다. 나는 책을 덮고 바다를 보았다. '벗어나야 해.' 나는 생각했다. '부처, 하느님, 조국, 사상. 이런 허깨비에서 벗어나야 해.' 그리고 소리쳤다. "만약 벗어나지 못하면 그것들에 치여 화가 있을 것이다!"

바닷물은 검은색으로 변했다. 아직 보름달이 되지 못한 초승달이 막 서쪽으로 굴러가고 있었다. 저 멀리 마당에서 개들이 구슬프게 울었다. 그러자 산골짜기 전체가 따라 짖었다.

조르바가 진흙투성이가 되어 찢어진 셔츠를 걸치고 나타났다. 그는 내 옆에 앉았다.

"오늘은 일이 잘 됐어요. 진도가 나갔죠." 조르바는 만족스럽게 말했다.

나는 잘 모르지만 그의 이야기를 들었다. 내 마음은 바위가 많은 신비스러운 곳에 가 있었다.

"보스 양반, 무슨 생각을 하나요? 당신 마음은 지금 아주 멀리 있군요."

나는 정신을 다잡고 현실로 돌아와 조르바를 보며 고개를 흔들었다. "조르바, 당신은 뱃사람 신드바드처럼 세계 일주를 하고 돌아와서는 자랑스럽고 대단하다고 생각하는 것 같은데, 실은 아무것도 보지 못한 거예요. 정말 아무것도. 그건 저도 마찬가지고요. 세상은 우리의 생각보다 훨씬 더 크고 넓죠. 우리가 아무리 돌아다녔다고 해 봤자 우리들 집 문지방도 넘지 못한 셈이에요."

조르바는 입술을 오므렸다. 아무 말도 하지 않으며 새끼 강아지처럼 으르렁거리는 소리를 냈다.

나는 계속 말했다. "신들의 고향이자 수도원들이 가득한 거대한 산이 있어요. 노란 법복을 입은 수도승들이 사는데 가부좌를 틀고 앉아 한 달, 두 달, 여섯 달을 한 가지 생각만 해요. 딱 하나에 대해서만 명상하죠. 조르바, 그들은 우리처럼 여자와 갈탄, 갈탄과 책을 동시에 생각하지 않아요. 오직 하나에 마음을 집중하기 때문에 기적을 일으킬 수 있어요. 기적은 그렇게 일어납니다. 조르바도 본 적 있겠죠? 돋보기로 햇빛을 한곳에 모으면 불꽃이 일어나죠. 왜 그런가요? 그건 태양의 에너지가 한곳에만 집중되기 때문입니다. 인간의 정신도 같아요. 오직 한곳에 정신을 쏟으면 기적을 일으킬 수 있습니다. 이해하시겠어요, 조르바?"

조르바는 숨을 멈추고 벌떡 일어났다가 자신을 다잡았다.

"계속 말해 봐요!" 그가 숨이 넘어갈 듯한 소리로 으르렁거렸다. 그러더니 하늘에 닿을 듯 펄쩍 뛰어올랐다. "아니요. 말하지 마시오. 나한테 왜 이런 이야기를 하는 거요? 내 마음에 독약을 퍼뜨리는 거죠? 나는 잘 지내고 있었소. 한데 왜 나를 밀쳐 내나요? 난 배가 고파서 하느님과 악마가 내게 던져 준 뼈다귀를 핥았을 뿐이오. 난 꼬리를 흔들며 '고마워요. 감사해요.' 하고 소리쳤어요. 그런데 지금?"

그는 돌을 걷어차더니 내게 등을 돌리고 오두막으로 가려고 했다. 하지만 아직 속에서 열불이 나는지 움직이지 않았다.

"풉, 그 하느님이나 악마가 던져 주었다는 뼈다귀, 만세!" 그가 소리쳤다. "구린내 나는 나쁜 가수 년 같으니라고. 싸구려 배 같은 년." 그리고 자갈을 집어 바다로 던졌다.

"하지만 그게 누구죠? 누가 우리에게 뼈다귀를 준 거요?" 그는 잠시 나의 대답을 기다렸지만, 내가 반응이 없자 더욱 격분했다.

"보스 양반, 왜 아무 말도 하지 않죠? 알면 얘기를 해 보시오. 그래야 나도 그놈 이름을 알 테니까. 걱정 마요. 내가 그놈을 불러내 패 줄 거니까. 하지만 어둠 속에서 마구잡이로 하는 일이 어떻게 성공하겠소? 절대 안 되지."

"배가 고프네요." 내가 말했다. "가서 요리를 해 줘요. 우선 먹고 봅시다."

"보스 양반, 당신은 한 끼도 거를 수 없소? 나에겐 수도승이 된 삼촌이 있소. 삼촌은 일주일 동안 물과 소금 말고는 아무것도 먹지 않았어요. 일요일과 큰 축제에만 밀기울(밀을 빻아 체로 쳐서 남은 찌꺼기)을 조금 먹고요. 그런데도 100년 하고 20년을 더 살았어요."

"조르바, 그분은 믿음이 있었으니까 그렇게 산 거죠. 자신의 하느님을 찾았으니 이 세상의 걱정과 근심을 내려놓은 거예요. 그러니 어서 가서 불을 지피세요. 생선 몇 마리가 있어요. 즐겨 먹던 대로 양파와 고추를 넣어 생선 수프를 끓여 먹읍시다. 다른 것들은 다음에 생각하고요."

"뭘 생각합니까. 먹고 나서 배가 부르면 다 잊을 텐데."

"그게 내가 바라는 겁니다. 그래서 우리에게 음식이 필요하죠. 자, 어서 생선 수프를 끓여 주세요. 우리 마음이 상심하지 않도록."

그러나 조르바는 움직이지 않았다. 그 자리에 장승처럼 서서 나를 노려보다가 입을 열었다.

"보스 양반, 내가 하는 말 잘 들으세요. 나는 당신이 왜 이러는지 알아요. 내게 한 말 덕분에 눈치 챈 것이 있다고요."

"내가 왜 그러는 건데요?"

"보스는 지금 수도원 하나를 세워서 수도승 대신 책벌레로 그곳을 채운 뒤 밤낮으로 먹물을 뒤집어쓰는 사람들을 모아 책을 읽고 싶은 거죠. 몇몇 성인들의 성화처럼 그들 입에서 리본이 줄줄 풀려 나오게 하고 싶은 거죠?"

나는 우울해져서 고개를 숙였다. 그것은 내가 지난날 꾸었던 꿈이 맞았다. 이제는 날개가 다 뽑힌 채 순수하고 고상한 갈망으로만 남아 있는 열정. 음악가들, 화가들, 시인들과 공동체를 만들어 온종일 작업하고 저녁에는 함께 모여 대화를 나누는 지적 공동체를 꿈꿨다. 나는 그 공동체의 규칙도 마련했고, 적당한 건물도 물색해 두었었다. 히메투스 산의 성 요한 수도원 터를 공공체의 건물로 점찍어 놨었다.

"그래, 내가 알아맞힌 거죠?" 조르바는 얼굴을 붉힌 나를 보고 반복해서 말했다.

"네, 제대로 맞혔어요." 나는 마음속의 감정을 감추고 말했다.

"그렇다면 수도원장님, 부탁이 하나 있어요. 내가 밀수할 수 있게 수도원의 문지기를 시켜 주세요. 내가 가끔 수도원에 여자들, 부주키(그리스의 대표적인 전통 현악기), 우조가 가득 든 항아리를 들여오게요. 인생을 낭비해선 안 되지."

조르바가 웃으며 오두막으로 달려갔다. 나도 그를 따라갔다. 그는 생선을 다듬기 시작했다. 나도 땔감을 가져와 불을 지폈다. 수프가 만들어지자 우리는 게걸스럽게 먹기 시작했다. 우리는 말없이 먹고 포도주를 마셨다. 기분이 좋아졌다. 조르바가 입을 열었다.

"그럴 일은 없겠지만 부불리나가 지금쯤 나타나면 재밌겠네요. 아니죠. 그년 생각은 집어치워야죠. 하지만 난 그녀가 잘 되길 바랍니다. 우리 둘 만의 얘기지만 난 그 여자가 보고 싶었소. 악마야, 여자를 물어 가라!"

"이제 누가 뼈다귀를 던졌는지 궁금하지 않나 보네요?"

"무슨 상관인가요? 모래에서 바늘 찾기죠. 뼈다귀를 봐야지. 그걸 던진 손은 이제 상관없어요. 뼈다귀가 맛있는지 살점은 있는지. 이게 문제죠."

"음식이 기적을 일으켰어요." 조르바의 어깨를 치며 내가 말했다. "배고팠던 몸이 진정됐나요? 그럼 산투리를 가져와요."

조르바가 일어서려고 하는데 황급히 발소리가 들려왔다. 조르바의 콧구멍이 벌렁거렸다.

"호랑이도 제 말하면 온다더니!" 조르바가 조용히 말했다. "그 여자가 오고 있군요. 암캐가 조르바 냄새를 맡았어요."

"난 갈게요." 내가 일어서며 말했다. "방해하고 싶지 않아요. 두 분 마음껏 즐겨요."

"좋은 밤 되시오."

"조르바, 그녀에게 당신이 결혼하기로 약속한 거 알죠? 나를 거짓말쟁이로 만들지 마세요."

조르바는 한숨을 쉬었다. "나보고 결혼을 또 하라는 거요? 정말 지겨워요."

향수 비누 냄새가 짙어지고 있었다.

"조르바, 힘내요."

나는 자리를 떴다. 밖에서는 늙은 세이렌의 거친 숨소리가 들려오고 있었다.

17

다음 날, 조르바의 목소리가 나를 깨웠다.

"아침부터 무슨 일이에요? 왜 소리 질러 깨우는 거냐고요."

"이제 정신 차리고 일해야 합니다. 벌써 당나귀 두 마리를 몰고 왔으니 어서 수도원으로 갑시다. 그래야 케이블을 세울수 있어요. 사자란 놈도 이는 무서워합니다. 이러다가 이가 우리를 빨아먹겠어요."

"불쌍한 부불리나를 '이'라고 부르죠?" 내가 웃으며 물었다.

조르바는 못 들은 척 다른 말을 했다.

"어서 갑시다. 해가 뜨거워지기 전에."

산으로 들어가 소나무 냄새를 맡고 싶었다. 우리는 노새를 타고 오르다가 갈탄광에 들렀다. 그동안 조르바는 인부들에게 일을 지시했다. '수녀원장' 갱도를 캐고, '오줌싸개 여자' 갱도는 배수용 도랑을 파고, '카나바로'는 깨끗이 해 놓으라고 했다.

날씨는 다이아몬드처럼 빛났다. 그곳에 올라갈수록 정신이 맑아지는 기분이었다. 나는 맑은 공기와 가벼운 호흡, 광막한 수평선이 영혼에 미치는 영향을 느꼈다. 영혼 역시 동물 같아서 풍부한 산소가 필요하고, 먼지나 안개를 만나면 호흡의 불편을 느낄 것 같았다.

소나무 숲으로 들어가니 해는 이미 중천으로 와 있었다. 공기에서는 꿀 냄새가 났고, 우리를 향해 부는 바람은 바다처럼 옷깃 스치는 소리를 냈다.

길을 가며 조르바는 내내 산의 기울기를 관찰했다. 몇 미터마다 기둥을 세워야 할지 그의 상상 속에서 다 이루어지고 있었다. 눈을 들면 빛나는 바닷가까지 이어지는 케이블이 보이는 것 같았다. 토막이 난 나무 기둥들이 화살처럼 소리를 내며 케이블에 매달려 가는 모습을 상상했다.

그는 두 손을 비비며 말했다. "이거 완전 노다지네요. 머지 않아 돈을 삽으로 쓸어 담겠네. 그래서 우리가 얘기한 것을 다 할 수 있겠네."

나는 어리둥절한 모습으로 그를 봤다.

"아니, 우리가 나눈 말을 벌써 잊어버리신 것은 아니죠? 당신의 그 수도원을 짓기 전에 높은 산으로 올라야 한다 했는데…… 그게 어디더라."

"티베트, 티베트죠. 하지만 우리 둘이 가야 해요. 여자는 금지입니다."

"여자를 데려간댔나요? 그 불쌍한 것들은 착해요. 헐뜯지 마쇼. 남자들이 석탄을 캐거나 성을 정복하고, 하느님과 이야기를 하는 등 남자들의 일을 하지 않을 때 지겨움을 풀려면 뭘 하겠어요. 여자를 껴안아야죠. 그러면서 다시 기회가 오길 기다리는 거죠."

그는 한동안 말이 없었다.

"만일 기회가 온다면 말이죠! 영영 안 올 수도 있지만요."

또 한동안 가만히 있더니 덧붙였다.

"이래서는 난 못 견딜 것 같아요. 지구가 더 커지든지, 내가 작아져야지. 안 그러면 난 망할 거예요."

그때 소나무 사이로 수도승 하나가 나타났다. 머리카락은 붉고 소매를 걷어붙인 그는 모자를 쓰고 있었다. 그는 쇠막대기를 들고 길을 재촉하고 있었다.

"어디들 가십니까?" 수도승이 물었다.

"예배드리러 수도원에 가오." 조르바가 답했다.

"당장 돌아가세요." 그가 소리를 질렀다. 말할 때 그의 눈은 번쩍거렸다. "수도원은 성모의 과수원이 아니오. 악마의 놀이터입니다. 가난과 복종, 말로는 수도승들의 왕관이라고? 글쎄. 돈, 오만, 미소년. 이게 수도승들의 삼위일체입니다."

"이 친구 재밌는데요." 조르바는 그의 말이 흥미 있어 휘파람을 불었다. 그러고는 수도승에게 다가갔다.

"형제님 이름은 무엇인가요? 그리고 지금 어딜 가시나요?"

"난 자하리아스입니다. 보따리를 싸서 나오는 중이오. 더 이상은 참고 있을 수가 없었어요. 떠날 겁니다. 그런데 당신 성함은 무엇인가요?"

"카나바로요."

"카나바로 형제, 난 더 이상 견딜 수 없어요. 밤새도록 그리스도가 끙끙거리고 있어 잠을 잘 수가 없어요. 나 역시 그리스도와 함께 불편을 늘어놓지. 그런데 수도원장이 새벽에 날 부르더니 '자하리아스, 너 때문에 다른 형제들이 잠을 잘 수 없다고 하니 널 내쫓아야겠구나.' 이러는 거예요. 그래서 제가 말했어요. '제가 아니고 그리스도께서 그러시는 거예요. 그분이 밤새 끙끙거려요.' 그랬더니 그 예수를 잡아먹을 듯한 놈이 십자가를 번쩍 들고 '자, 여길 좀 보세요.'라고 말하더니……."

자하리아스가 모자를 벗자, 그의 머리통에 피가 난 상처가 보였다.

"그래서 난 발밑에 붙은 먼지도 탈탈 털고 도망쳤죠."

"내 뒤에 붙어 수도원으로 돌아가십쇼. 내가 가서 수도원 장하고 화해시켜 줄 테니. 길동무도 하고 길 안내도 해 주면 서요. 아무래도 하늘에서 당신을 보내 준 것 같으니."

수도승은 한동안 생각하더니 눈을 빛내며 말했다.

"내게 뭘 주실 거죠?"

"뭘 원하나요?"

"절인 대구 1킬로그램과 코냑 한 병이요."

조르바는 허리를 숙여 그를 바라보았다.

"자네 속에 악마 한 놈이 들어 있는 것은 아닐까, 자하리아 스?"

"어떻게 아시나요?" 수도승은 깜짝 놀라 물었다.

"난 아기온오로스에서 왔으니 이 정도야 알지."

수도승은 기어 들어가는 목소리로 대답했다.

"그래요. 내 속에 악마가 한 놈 있어요."

"그리고 그놈이 절인 대구와 코냑을 먹고 싶어 하는구먼."

"그래요. 그 저주받을 놈이 그랬어요."

"그래, 그놈은 담배도 피우나?"

조르바는 담배를 그에게 던졌다. 수도승은 얼른 받았다.

"그래요. 이놈의 악마는 담배도 피워요."

수도승은 가슴팍에서 부싯돌과 불쏘시개 심지를 꺼내 담뱃불을 붙이고 연기를 빨았다.

"맛 좋다." 수도승이 중얼거렸다.

그는 지팡이를 들고 고개를 돌리더니 앞장섰다.

"그런데 네 안의 악마는 이름이 뭔가?"

"요셉이지요." 자하리아스는 고개도 돌리지 않고 대답했다.

나는 반쯤 정신이 나간 수도승과 동행한다는 것이 마음에 들지 않았다. 병든 몸처럼 병든 마음은 거부감과 동정심, 역겨움을 일으켰다. 나는 아무 말도 하지 않고 조르바를 내버려 두었다.

신선한 공기가 식욕을 자극하는지 배가 고팠다. 우리는 아주 커다란 소나무 아래 앉아 자루를 열었다. 수도승은 허리를 숙이고 입맛을 다셨다.

"자하리아스, 오늘은 고난 주간의 월요일 아닌가. 그렇게 입맛을 다시면 쓰나. 우리야 막일꾼이니 닭고기를 먹어도 용서받겠지만 말이야. 성스러운 사람을 위한 할바와 올리브도 있으니 그걸 드쇼."

수도승은 양심의 가책이 느껴졌는지 떨리는 목소리로 말했다.

"나는 올리브와 빵을 먹겠소. 하지만 요셉은 악마니까 금식을 안 하죠. 그놈은 고기도 먹고 포도주도 마셔요."

그는 성호를 긋고 빵과 올리브, 할바를 단숨에 먹고 물을 마셨다.

"자, 이제 악마 요셉 차례다."

그러고는 닭고기를 향해 달려들었다.

"처먹어라. 이 악마야." 그는 화난 듯 중얼거리며 닭고기 살점을 입에 처넣었다. "처먹어."

"아주 멋진 수도승일세. 보아하니 수도승님은 탈출구가 있구먼."

조르바는 나를 돌아보았다.

"보스, 저 친구 어때요?"

"당신을 닮았네요." 나는 웃으며 대답했다.

조르바는 수도승에게 술통을 건넸다.

"요셉, 한 모금 마셔라."

"마셔라. 이 악마 놈아." 수도승은 술병을 받아 입에 들이부었다.

햇빛이 뜨거워 우리는 그늘 깊숙이 자리를 옮겼다. 수도승에게 시큼한 땀 냄새와 향냄새가 났다. 그의 몸이 태양 아래서 홍건하게 변하고 있었다. 조르바는 냄새가 덜 나도록 그늘 깊숙한 곳으로 그를 끌어놓았다.

"어떻게 수도승이 된 거지?" 실컷 먹어 만족한 조르바가 물었다.

수도승은 빙긋 웃었다.

"거룩한 신앙심 때문에 수도승이 되었다고 생각할 수도 있지만 전혀 아니오. 나는 가난, 가난 때문에 되었소. 먹을 게 없어서. 수도원에 가면 굶어 죽지는 않을 거란 생각에."

"그래서 바라던 대로 됐나?"

"하느님을 찬양하리. 나는 자주 한숨을 쉬며 불평합니다. 지상의 일이 아닌 하늘나라 일 때문에요. 우스갯소리를 하고 헛짓거리를 하고, 다른 수도승들은 날 보며 웃죠. 그리고 나를 미친놈이라 비웃고 놀리죠. 나는 속으로 이렇게 말합니다. '하느님도 장난이나 웃는 것을 좋아하실 거야. 언젠간 날 보고 우스갯소리를 해 다오, 날 웃겨 다오, 하고 말씀하실 거야.' 그러니까 나는 광대로 천국에 들어갈 겁니다."

"그렇군. 자네 머리가 아주 제대로 돌았네. 어두워지기 전에 가야 하니 어서 가세."

이번에도 수도승이 앞장섰다. 산을 오르는 동안 내적으로는 더 높은 곳으로 간다는 느낌이 들었다. 낮고 하찮은 개념에서 높은 개념으로, 평지의 안락함에서 날카로운 진실로 오르는 등반 같았다.

갑자기 수도승이 걸음을 멈췄다.

"저게 '복수의 성모 마리아' 성당입니다." 그는 돔이 아름다운 조그만 성당을 가리켰다. 그는 무릎을 꿇고 성호를 그었다.

나는 당나귀에서 내려 시원한 성당으로 들어갔다. 구석에는 연기에 그을린 성화가 놓여 있었다. 성상은 다리, 손, 눈, 가슴 등을 엉성하게 은반 위에 새긴 것이었다. 성상 앞에는 은으로 만든 촛대 하나가 촛불을 이고 서 있었다.

나는 성화를 보려고 조용히 다가갔다. 치열한 전투에서 이긴 뒤, 엄숙하며 불안한 눈매를 한 성모 마리아는 아기 예수가 아닌 긴 창을 손에 쥐고 있었다.

"수도원을 공격하는 자에게는 저주가 있을지어다!" 수도승이 소리쳤다. "성모 마리아께서는 그놈을 손에 든 창으로 구멍 내 버리죠. 언젠가 알제리 사람들이 여길 불태운 적이 있어요. 이교도들이 어떤 대가를 치렀는지 아시나요? 그들이 이 예배당을 지나는데 갑자기 성상에서 성모 마리아가 달려들어 손에 든 창으로 이놈 저놈 모두를 죽여 버렸어요. 우리 할아버지지도 거기서 이들의 뼈를 보았대요. 숲속을 뒹구는 이교도의 뼈를요. 그 후 이 성상을 '복수의 성모 마리아'라고 부르게 됐죠. 그전에는 자비로운 성모 마리아 성당이라고 불렀어요."

"그런데 성모는 왜 불태우기 전에 기적을 행하지 못하셨을까?" 조르바가 물었다.

"높이 계신 분의 뜻이지요." 수도승은 세 번 성호를 그으며 답했다.

"높이 계신 분 좋아하시네. 멍청한 놈." 조르바는 당나귀에 올라탔다.

곧 고원이 나타났다. 바위와 소나무로 둘러싸인 수도원이 보였다. 하늘로 높게 치솟은 절벽 사이 계곡에 산봉우리들은 공손함과 부드러움을 깊이 있게 겸비한 조화를 이루고 있었다. 이곳은 내 눈에 인간의 명상을 위한 훌륭한 은신처로 보였다.

나는 이곳에서라면 인간의 육체가 종교적 경지를 위해 영혼을 바칠 수 있을 것이라는 생각이 들었다. 인간이 범접하기 어려운 산봉우리, 인간을 쾌락에 젖게 하는 평원도 아니었다. 그러나 인간다운 맛을 잃지 않고 영혼을 고양시키는 데에 꼭 필요한 것만 있는 곳. 오직 인간들에게 어울리는 곳이다.

우아한 고대 그리스 신전이나 이슬람 수도원이 정말 잘 어울릴 것 같았다. 하느님도 이곳에 내려와 맨발로 풀밭을 거닐며 인간들과 대화를 나누실 듯했다.

"얼마나 멋진 곳인가." 나는 낮은 소리로 중얼거렸다.

우리는 당나귀에서 내려 대문을 통해 응접실로 올라갔다. 곧바로 라키 술, 설탕 절임, 커피 등 전통 음식을 대접받았다. 영빈 수도승, 즉 접대를 담당하는 수도승이 왔다. 우리는 잠깐 사이에 수도승들에게 둘러싸여 대화를 나누게 되었다. 교활한 눈매, 탐욕스러운 입술, 콧수염, 턱수염, 겨드랑이 냄새…….

"신문은 안 가져오셨나요?" 수도승 하나가 물었다.

"신문이라뇨?" 내가 반문했다.

"답답한 형제네. 신문이 있어야 바깥세상이 어떻게 돌아가는지 알 수 있잖습니까." 두세 명이 화가 나 동시에 말했다.

수도승들은 난간에 기댄 채 까마귀들처럼 재잘거렸다. 그들은 영국, 러시아, 베니젤로스 수상 이야기, 왕 이야기도 했다. 세상은 그들을 버렸지만, 그들은 세상을 버리지 않았다. 그들의 눈은 사치, 상점, 여자들, 그리고 신문에 있었다.

키가 크고 뚱뚱한 수도승 하나가 일어서서 내게 말을 걸었다.

"보여 드릴 것이 있소. 가져올 테니 의견을 들려주시오."

그는 짧고 털이 많은 팔을 배에 두고 걸었다.

수도승들은 모두 음흉한 웃음을 지었다.

"도메티오스 신부가 또 점토 수녀를 가져 올 겁니다." 영빈 수도승이 말했다. "악마가 특별히 그 수녀상을 땅에 묻었는데 도메티오스 신부가 발견했죠. 그는 그걸 독방으로 가져갔는데, 그때부터 잠을 못 자요. 이제는 거의 미칠 지경이 되었어요."

조르바가 일어났다. 그는 짜증이 난 상태였다.

"이제 수도원장을 보러 갈 때입니다." 그가 말했다.

"거룩하신 수도원장께선 여기 안 계십니다. 오늘 아침 마을로 가셨어요. 기다리시지요." 영빈 수도승이 대답했다.

도메티오스 신부가 마치 성배를 들고 오듯 정성스럽게 두 손을 모으고 다가왔다.

"보십쇼!" 그가 조심스레 손바닥을 펼쳤다.

나는 가까이 다가갔다. 조그만 반라의 타나그라 점토 인형이 수도승의 통통한 손바닥 안에 있었다. 그 인형은 하나 남은 손을 머리에 대고 있었다.

"이렇게 머리에 대고 있는 건 이 머릿속에 귀중한 보석, 이를테면 다이아몬드나 진주일 수도 있는…… 그런 보석이 있다는 표시 아닐까요?"

"골치가 아파서 저러는 것 같은데." 수도승 하나가 끼어들었다.

염소 모양의 입술을 떨면서 도메티오스 신부는 내 대답을 기다렸다. 그리고 중얼거렸다.

"이걸 깨서 속을 봐야겠어요. 잠을 잘 수가 없어요. 만약 다이아몬드가 안에 있다면……."

나는 우아한 처녀상을 바라보았다. 그녀는 악마를 쫓아내는 유향을 가지고, 향냄새가 자욱한 이곳, 살과 웃음과 키스를 저주하는 십자가에 달린 신들이 있는 이곳에 유배되었다.

내가 이 처녀를 구할 수 있다면.

조르바가 점토 인형을 집더니 여체를 어루만지다가 손을 가슴 주위에 올렸다. 그러고는 물었다.

"신부님, 이게 악마인 것을 모르나요? 이건 악마입니다. 틀림없이. 이 조각의 가슴을 봐요. 상큼하고 동그랗고 탱탱하지 않소? 이게 악마의 가슴이라는 것이오."

그때 어린 수도승이 문을 열고 들어왔다. 햇빛은 솜털이 보송보송한 그의 얼굴을 비췄다.

조금 전 농담하던 수도승이 영빈 수도승에게 눈짓하자, 두 사람은 교활한 웃음을 지었다.

"도메티오스 신부, 여기 당신 수련 수사 가브리엘이 왔어요." 두 신부가 말했다.

도메티오스 신부는 테라코타 소녀상을 쥐더니 술통처럼 재빨리 달려갔다. 예비 수도승이 경쾌하게 앞장섰다. 두 사람은 복도 쪽으로 사라졌다.

나는 조르바에게 신호를 보냈다. 우리는 정원으로 나왔다. 바깥은 더웠지만 견딜 만했다. 마당 한복판에서는 오렌지 나무가 꽃을 피운 채 향기를 뿜어내고 있었다. 그 옆에 있는 대리석으로 만든 고대의 숫양 머리에서 물이 졸졸 흘렀다. 나는 그 아래에 머리를 집어넣었다.

"도대체 이놈들은 다 무엇이오?" 조르바는 역겨워하며 내게 물었다. "사내도 아니고 여자도 아니고 노새들이구먼. 뒈져라."

조르바 역시 숫양 머리 아래에 머리를 집어넣고는 웃었다.

"나가 뒈져라. 모두 마귀 한 마리씩 안 품은 놈이 없구먼. 한 놈은 여자 악마를, 한 놈은 절인 대구를, 한 놈은 돈을, 한 놈은 신문……. 에이, 바보 같은 놈들! 그냥 속세로 기어 내려가 원하는 걸 실컷 하고 처먹고 대가리나 썼지."

그는 담배를 물고 오렌지 나무 밑에 앉았다. 그리고 말을 이었다.

"내가 뭘 먹고 싶거나 갖고 싶으면 어떤 짓을 하는 줄 아십니까? 그걸 목구멍이 미어지도록 처넣습니다. 그 욕망에서 벗어나기 위해 질릴 때까지 먹습니다. 한번은 어렸을 때, 난 체리에 미쳐 있었어요. 돈은 없고, 조금 사서 먹으면 더 먹고 싶어지고. 밤이고 낮이고 체리 생각만 났죠. 입에 군침이 도는 게 정말 고문이었어요. 그러던 어느 날, 나는 화가 났죠. 왜 그랬는지 모르겠지만 체리가 날 가지고 논다는 생각이 들어 화가 났죠. 난 어떻게 했냐면 밤중에 일어나 아버지 주머니를 뒤졌어요. 은화 한 닢이 있었습니다. 훔쳤죠. 아침 일찍 과수원에서 체리 한 광주리를 샀어요. 그리고 숨어서 먹기 시작했어요. 넘어올 때까지 처넣었어요. 배가 아프고 구역질이 났죠. 그래서 모조리 다 토했습니다. 그날 이후 난 체리를 먹고 싶다고 생각한 적이 없습니다. 보기만 해도 구역질이 나더라고요. 그렇게 난 체리에게서 해방됐어요. 구원받은 겁니다. 제아무리 잘난 체리라도 난 말할 수 있어요. 넌 이제 필요 없어. 훗날 담배나 술을 놓고도 이런 짓을 했죠. 아직도 술을 마시고 담배를 피우지만 끊고 싶다면 언제든 끊을 수 있습니다. 나는 내 정열에 휘둘리지 않아요. 조국도 마찬가지입니다. 간절히 바라고, 처 넣고, 토해 버렸죠. 이제 그것 때문에 괴롭지 않아요."

"여자는 어떻습니까?"

"여자도 관둘 때가 오겠죠. 내 나이 일흔이 되면!"

조르바는 일흔이 너무 임박하다는 생각이 들었는지 말을 고쳤다.

"여든으로 합시다. 우습나요? 하지만 그리 오래 웃진 못할 겁니다. 이게 사람이 자유를 얻는 도리니까요. 터질 만큼 처 넣는 것 이외엔 없어요. 그래야 우린 자유로워질 수 있다고요. 우리가 스스로 악마가 되지 않고서야 그놈에게서 벗어날 수 있겠나요."

도메티오스가 정원에 모습을 드러냈다. 뒤에는 수련 수사가 따르고 있었다.

"천사로 보일 만하군." 조르바는 수련 수사를 보며 그의 매력에 감탄하고 있었다.

그들은 위쪽 수도원으로 통하는 돌계단으로 갔다. 도메티오스는 그를 보며 뭐라고 했다. 수런 수사는 마음에 들지 않는지 고개를 저었다. 그러나 이내 고개를 끄덕이고 도메티오스의 팔짱을 낀 채 함께 계단을 올랐다.

"보스, 보셨죠? 소돔과 고모라가 따로 없네."

두 수도승은 서로 눈짓을 교환하고 윙크하며 귓속말을 주고받았다.

"못된 것들 같으니. 늑대도 저희들끼리는 안 하는데 이놈들을 보소. 보스, 저 여자들 봤소?"

"저 사람들은 남자요."

"다를 게 없어요. 따지지 말아요. 저들은 노새들이에요. 기분대로 '가브리엘 씨' 하다가 '가브리엘 양' 하고 '도메티오스 씨' 하다가 '도메티오스 양' 하고 바꿔 부르죠. 계약서에 서명하고 어서 떠납시다."

그리고 그는 목소리를 낮추며 말했다.

"내게 좋은 계획이 하나 있어요."

"보나마나 엉뚱하겠죠."

"보스 양반, 그래도 그런 이야기를 어떻게 당신에게 하겠어요. 당신은 남들이 혹시 젖을까 걱정하시는 분이니…… 보스는 겨울에 이불 밖에 있는 벼룩을 보면 감기에 걸릴까 봐

이불을 덮어 줄 거요. 하지만 난 손으로 으깨 버리죠. 양이 내 눈에 띄면 목을 찌르고 숯불에 구워 친구들과 한바탕 잔치를 해요. 그러면 당신은 양이 내 것이냐고 묻겠죠. 내 것이 아니죠. 나도 거짓말은 안 해요. 하지만 우선 먹고 보자는 거죠. 당신이 망설이는 동안 난 성냥개비를 부러뜨려서 이를 쑤시고 있을 겁니다."

마당 가득 조르바의 웃음소리가 들렸다. 자하리아스가 놀란 표정으로 달려왔다. 손가락을 입술 앞에 대고 뒤꿈치를 들고 걸었다.

"떠들지 마세요. 웃으면 안 돼요. 저곳은 주교가 공부하고 있는 도서관이에요. 우리 주교님이 지금 뭘 쓰고 계신답니다. 내일 아침까지는 여기서 소리 내지 마세요."

"요셉 신부님, 안 그래도 당신을 찾고 있었네."

조르바가 이렇게 말하며 그의 팔을 잡았다.

"날 자네 방으로 데려가 주게. 할 이야기가 있으니까."

조르바는 나를 바라보았다.

"우리가 얘기하는 동안 보스는 성당에 가서 성화를 보며 산책하세요. 나도 수도원장을 기다릴 거예요. 곧 돌아오겠지. 보스 양반은 이 일에 끼어들어 망치지나 마세요. 저한테 맡겨 주세요. 제게 계획이 있어요."

그리고 내게 귓속말로 속삭였다.

"내가 이 숲을 반값으로 만들 겁니다. 보스의 생각을 알지만, 한마디도 하지 마세요."

그는 반미치광이 수도승의 겨드랑이를 잡고 빠른 걸음으로 사라졌다.

18

나는 예배당을 지나 어스름하고 향냄새가 풍기는 곳으로 빠져들었다. 그곳에는 아무도 없었다. 은제 석유램프가 김에 서린 듯 희미하게 빛을 내고 있었다. 안쪽에는 포도송이가 잔뜩 매달린 황금 포도나무가 벽 전체를 채우고 있었다. 벽에는 거룩한 하느님을 섬기는 교부들, 예수 그리스도의 수난, 머리에 색 바랜 리본을 묶은 천사들을 그린 성화가 있었다.

성당 정문 안의 현관 천장에는 성모 마리아가 두 팔을 벌려 신께 구원을 빌고 있었다. 깜박거리는 램프 불빛은 수심이 가득한 성모의 가늘고 긴 얼굴을 부드럽게 비추고 있었다. 나는 그녀의 초조한 입술, 적의를 품은 눈, 고집스러운 뺨을 절대 잊지 못할 것이다. 아주 만족하고 계시는 것이라고 생각했다. 참을 수 없는 고통을 느끼면서도 불멸의 존재가 태어났다는 것을 알기에 더할 나위 없이 완벽한 어머니라고 생각했다.

성당 밖으로 나오니 해가 떨어지고 있었다. 행복한 기분으로 오렌지 나무 아래에 앉았다. 성당의 돔은 새벽녘처럼 붉은 빛으로 물들고 있었다. 수도승들은 저마다 자신의 방에서 휴식을 취했다. 밤을 지새우려면 체력을 비축해야 했다. 오늘 밤 그리스도는 골고다 언덕을 오를 것이고, 이에 동참하려면 힘이 필요했다. 카로브 콩 나무 아래서 검정 돼지 두 마리가 잠자고 있었다. 수도승들의 방 지붕 위에서는 비둘기들이 사랑을 나누고 있었다.

나는 궁금했다. 내가 언제까지 세상의 달콤한 향기와 고요함을 누리고 살 수 있을까. 예배당 안에서 봤던 성 바쿠스 성인의 성상 때문에 내 마음에는 희열이 넘쳤다. 나를 깊이 감동하게 하는 요소들이 내 앞에 모습을 드러냈다. 젊고 싱그러운 곱슬머리를 한 소년 모습의 매력적인 성화는 제쳐 두자. 이 우아한 기독교 성인에게 축복이 있기를. 고대 그리스의 디오니소스와 기독교의 성인 바쿠스가 하나로 합쳐져 한 명의 동일 인물이 된다. 포도 잎과 사제복 아래 햇볕에 그을린 몸에는 그리스 그 자체가 감춰져 있었다.

그때 조르바가 나타났다. "수도원장이 돌아왔어요. 서로 흥정했는데 숲을 팔 수 없다고 합니다. 헐값에 넘길 수 없으니 돈을 더 내놓으라는 거죠. 하지만 내가 해낼 겁니다."

"거절했다는 건가요? 동의한 것 아니었나요?"

"보스는 괜히 끼어들지 말아요. 우리 계획을 망칠 거예요. 지금 보스는 예전에 합의 했던 얘기를 꺼내잖아요. 그건 옛날 일이에요. 인상 구길 것 없어요. 우린 이 숲을 반값에 얻게 될 겁니다."

"대체 무슨 꿍꿍이가 있는 거죠?"

"내 일에 상관 말아요. 바퀴에 기름을 좀 쳐서 잘 굴러가게 할 거니까. 알겠소?"

"그런데 왜 그래야 하죠?"

"왜냐하면 내가 카스트로에서 필요 이상의 돈을 낭비했기 때문이에요. 롤라가 내 돈, 아니 당신 돈 수천 드라크마를 잡아먹었어요. 내가 그걸 잊어버렸을 거라 생각했소? 나도 자존심이 있습니다. 돈을 펑펑 썼어요. 나도 계산해 봤더니 7,000드라크마를 썼더라고요. 그걸 내가 갚겠다는 것이죠. 그리고 난 그만큼 숲값으로 갚을 거고요. 수도원장, 수도원, 성모 마리아가 롤라에게 쓴 돈을 갚게 하는 것이 내 계획이오."

"말도 안 되는군요. 왜 성모님께서 당신이 방탕하게 쓴 돈을 갚아야 하죠?"

"성모님 잘못이니까요. 잘못해도 한참 잘못했어요. 아들을 낳았잖소. 하느님이요. 하느님이 나를 만들고 연장도 달아 줬죠. 그리고 이 빌어먹을 연장이 암컷만 보면 정신을 못 차리게 만들어 지갑을 탈탈 털리게 한단 말이오. 그러니 이건 성모님 탓이죠. 성모님이 대신 갚는 게 맞아요."

"말도 안 되는군요."

"그건 다른 문제예요. 말이 되는지 안 되는지 일단 7,000드라크마를 아끼고 얘기하도록 하죠. '애야, 일해라. 그러면 다시 재미있게 해 줄게.' 이런 가사도 있잖소?"

그때 엉덩이가 투실투실한 영빈 수도승이 나타났다. "저녁 식사가 준비됐습니다. 오십시오." 그는 성직자 특유의 부드러운 목소리로 말했다.

우리는 길쭉한 의자와 좁은 식탁들이 놓인 식당으로 갔다. 식당에서는 올리브유 냄새와 퀴퀴한 냄새가 났다. 식당 끝 벽에는 색이 바랜 최후의 만찬 성화가 있었다. 믿음이 강한 제자 열한 명이 앉아 있고, 그 반대에는 유다가 홀로 등을 돌린 채 서 있었다. 그리스도는 붉은 수염의 찡그린 이마, 매부리코의 유다만 보고 있었다.

영빈 수도승은 자신의 오른쪽에 나를 앉히고, 왼쪽에는 조르바를 앉혔다.

"사순절(그리스도교에서 부활절 전에 행해지는 40일간의 의식)입니다. 그러니 올리브유와 포도주를 드릴 수 없는 것을 양해해 주시길 바랍니다."

우리는 성호를 긋고 말없이 손을 뻗어 올리브와 양파, 절인 생선 알, 콩죽을 먹었다. 우리 셋은 식욕도 없이 천천히 음식을 먹었다.

"이런 게 지상의 생활이죠." 영빈 수도승이 말했다. "사순절 말이에요. 조금만 참으세요. 어린양의 부활절이 다가옵니다. 천국이 가까워집니다."

나는 기침했다. 그러자 조르바가 조용히 하라는 듯 내 발을 밟았다.

"자하리아스 신부를 만났는데……." 조르바가 화제를 바꾸려고 입을 열었다.

신부는 깜짝 놀라 불안한 듯 물었다.

"그 마귀 들린 녀석이 무슨 말을 하던가요? 그의 안에는 귀신이 일곱이나 있어요. 그러니 그의 말을 듣지 마십시오. 그자의 영혼은 더럽고, 더러운 것들만 보지요."

그때 철야 기도 시간을 알리는 종소리가 울렸다. 신부는 성호를 긋고 자리에서 일어섰다.

"저는 먼저 가 보겠습니다." 그가 말했다. "그리스도의 수난이 시작되었습니다. 우리는 그분과 함께 십자가를 지기 위해 갑니다. 하지만 당신들은 푹 쉬십시오. 하지만 내일 아침 기도에는……."

"몹쓸 놈들." 신부가 나가자 조르바는 이를 갈며 중얼거렸다. "거짓말쟁이들, 인간의 탈을 쓴 개 같은 놈들, 돼지 같은 놈들."

"왜 그래요? 자하리아스가 무슨 말을 했나요?"

"상관 마시오. 지옥에나 떨어져라. 놈들이 서명하지 않아도 난 놈들의 살점을 먹어 버릴 거요."

우리는 수도승들이 마련해 준 방으로 갔다. 방 한구석 성화대 위에는 성모 마리아가 커다란 눈에서 눈물을 흘리고 있는 성모상이 있었다.

조르바는 고개를 저었다. "성모님이 왜 울고 있는지 아시오, 보스?"

"모릅니다."

"이곳에서 일어나는 일들을 보고 계시기 때문이에요. 내가 만일 화가였다면 성모를 눈도, 귀도, 코도 없이 그릴 거요. 성모가 불쌍하니까."

우리는 허름한 침대에 누웠다. 천장에서 삼나무 냄새가 났다. 열린 창으로는 향기를 머금은 봄철의 바람이 들어왔다. 뜰에서 슬픔에 잠긴 노랫소리가 들려왔다. 꾀꼬리가 창밖에서 울었다. 조금 후에 다른 한 마리가 더 멀리서, 또 다른 꾀꼬리는 더 먼 곳에서 울었다. 새들의 사랑으로 밤이 가득 찼다.

나는 잠이 오지 않았다. 꾀꼬리의 울음소리가 그리스도의 슬픔과 섞였기 때문이다. 나는 오렌지 나무들에서 커다란 핏

방울 자국을 따라 골고다 언덕을 오르느라 투쟁했다. 봄의 푸른 밤하늘에 그리스도가 식은땀을 흘리며 자선을 구하며 애원하는 모습을 바라보았다. 갈릴리 사람들은 그의 뒤를 따르며 "호산나! 호산나!" 하고 외쳤다. 그들은 종려나무 가지를 손에 들고, 그리스도가 밟고 가기를 바라며 자기들이 입은 옷을 땅바닥에 깔았다. 그리스도는 그가 사랑하는 사람들을 보았다. 아무도 앞일을 알 수 없었다. 오직 그리스도만이 자신이 죽는 길을 향해 갔다. 하늘에 박힌 별들 아래서 그는 눈물과 침묵으로 떨리는 가슴을 위로해 주고 있었다. "나의 심장, 넌 한 알의 밀알로 땅에 떨어져 죽어야 한단다. 그러지 않고서야 네가 어찌 굶어 죽어 가는 사람들을 먹일 수 있겠는가?" 하지만 그리스도 안 인간의 마음은 떨었다. 심정적으로 죽고 싶지 않았던 것이다. 수도원 주변 숲에서 점점 더 많은 꾀꼬리들의 울음소리가 나뭇잎 사이로 흘러나왔다. 나는 그리스도의 수난과 꾀꼬리들의 노랫소리와 함께 영혼이 천국에 들어가듯 잠에 빠졌다.

나는 한 시간도 자지 못했는데 깜짝 놀라 깨어났다.

"조르바, 들었어요?" 내가 소리쳤다. "총소리 들었어요?"

조르바는 매트리스 위에 앉아 담배를 피우고 있었다.

"보스, 호들갑 떨지 마요." 조르바는 분노를 누르며 말했다. "녀석들의 문제는 그들이 해결하게 두쇼." 복도에서는 비명 소리, 슬리퍼를 질질 끄는 소리, 문을 여닫는 소리, 누군가 다쳐 신음하는 소리가 들려왔다.

나는 침대에서 일어나 방문을 열었다. 키가 크고 깡마른 노인 하나가 내게로 달려왔다. 그는 뾰족한 하얀 모자를 쓰고, 무릎까지 내려오는 흰색 잠옷을 입고 있었다.

"누구세요?"

"대주교요." 그는 떨리는 목소리로 대답했다.

나는 웃음이 터져 나올 뻔했다. 대주교라면 예배용 긴 옷과 주교의 왕관, 가짜 보석들이 떠오르는데 잠옷 바람으로 서 있는 주교를 본 것은 처음이었다.

"무슨 총소리죠?"

"나도 모르겠습니다." 그가 말하며 방 안쪽으로 들어왔다. 조르바가 침대에 앉아 웃고 있었다. "주교님, 덜덜 떨고 있네요. 불쌍한 양반, 어서 들어오시오. 우리는 수도승이 아니니 겁낼 것 없소."

"조르바, 주교님께 그런 식으로 말하지 말아요." 내가 조용히 말했다.

"잠옷 바람인데 주교는 무슨. 어서 들어오시오!"

그는 일어나 주교의 팔을 잡고 방 안으로 끌었다. 그리고 여행용 배낭에서 라키를 꺼내 한 잔 가득 채웠다.

"마셔 보세요. 마시고 기운 차려요, 주교님."

주교가 라키를 들이켜고 정신을 차렸다. 그는 침대에 앉아 벽에 몸을 기댔다.

"주교님, 총소리는 뭔가요?"

"나도 모르겠소. 난 자정까지 일하다가 잠이 들었는데…… 내 옆방 도메티오스 신부 방에서 총소리가 났어요."

"아하! 자하리아스, 자네 말이 맞았구나." 조르바가 외쳤다.

주교는 고개를 숙이고는 중얼거렸다. "도둑이 들은 거겠죠."

복도에서 나던 소리가 조용해졌다. 수도원은 다시 침묵에 빠졌다. 주교는 친절하지만 겁먹은 눈빛으로 애원하듯이 나를 바라보았다.

"졸리신가요?" 그가 물었다.

주교는 자기 방으로 홀로 돌아가는 것이 두려운 것 같았다. 떠나고 싶지 않은 눈치였다.

"아닙니다. 졸리지 않아요. 계속 계세요." 내가 말했다.

그렇게 우리는 대화를 나누게 됐다. 조르바는 베개에 기대 담배를 피웠다.

"다행히 젊은이는 교육을 받은 사람 같군요." 주교가 말했다. "이곳에서 대화를 나눌 사람을 드디어 만났군요. 나한테는 인생을 활기차게 해 줄 세 가지 이론이 있소. 그걸 들려주고 싶네요." 그는 내 대답도 듣지 않고 말을 시작했다.

"첫째 이론은, 꽃이 생긴 것에 따라 빛깔이 정해진다는 거예요. 그리고 색깔은 특성에 영향을 주고요. 그래서 각 꽃은 저마다 육체, 그리고 영혼에도 서로 다른 영향을 끼치지요. 그래서 우리는 꽃밭을 걸을 때 아주 조심해야 해요."

그는 내 의견을 듣고 싶은 듯 말을 중단했다. 나는 주교가 꽃밭을 산책하며 꽃의 모양, 색깔을 유심히 내려다보며 살피는 모습을 상상했다. 그리고 소름이 돋았다. 봄의 들판은 사람들의 영혼으로 가득했기 때문이다.

"그리고 두 번째 이론은, 진정으로 영향을 끼치는 모든 생각에는 그에 대응하는 물질이 있다는 겁니다. 실제로 존재한다는 거죠. 생각이 육체가 없어 환상으로 공기 중에 유령처럼 떠돌아다니는 것이 아니니까요. 눈, 입, 발, 배꼽까지 있는 진짜 육체를 갖고 있죠. 이 생각들은 남자거나 여자고, 그래서 다른 남자나 다른 여자를 쫓아다니죠. 복음서에서는 이렇게 말하지요. '말씀이 육신이 되었다.'라고요."

그는 걱정스러워하며 나를 쳐다보았다. "그리고 세 번째 이론은요." 그는 내 침묵을 견딜 수 없었는지 서둘러 말을 이어 갔다. "영원이란 우리의 덧없는 삶에도 존재한다는 거예요. 물론 우리 스스로 그걸 찾는 건 쉽지 않아요. 부질없는 걱정들이 우리를 헤매게 만드니까요. 오직 극소수의 사람들만이 이 짧은 생에서 영원을 경험합니다. 만약 하느님께서 그들을 긍휼히 여겨 종교를 보내 주시지 않았다면 다른 사람들은 길을 잃습니다. 종교는 많은 사람에게도 영원을 살 수 있게 해 줍니다."

말을 마치고 마음이 가벼워졌는지 주교는 속눈썹이 없는 눈을 크게 뜨고 나를 바라보았다. 그는 마치 "내가 가진 이론들을 선물하노라."라고 말하는 것 같았다. 방금 만났지만 자신의 온 삶을 통해 얻은 결실을 주고 싶어 하는 간절한 마음이 느껴졌다.

주교는 기뻐서 눈을 반짝였다. "내 이론을 들은 소감이 어떤가요?" 그가 두 손으로 내 손을 감싸 쥐고 물었다. 그는 마치 내 대답에 자신의 인생의 성패가 달려 있기라도 한 것처럼 나를 빤히 쳐다보았다.

주교는 몸을 떨었다. 그러나 나는 진리보다 높은 곳에 인간의 또 다른, 더 중요한 의무가 있다는 사실을 잘 알고 있었다.

"주교님, 당신의 이론으로 많은 영혼을 구할 수 있을 것 같습니다." 내가 대답했다.

주교의 얼굴은 환희로 빛났다. 그의 온 생이 인정받은 것이다. "고맙네, 젊은이." 그는 부드럽게 내 손을 잡으며 말했다.

"실례합니다만, 제게 네 번째 이론이 있습니다."

구석에 있던 소르바가 빌떡 일어나며 말했다.

나는 걱정스러운 눈으로 그를 바라보았다. 주교도 돌아보았다.

"말해 보시오, 형제님. 그 이론이 부디 하느님의 축복을 받기를."

"둘 더하기 둘은 넷이라는 겁니다." 조르바가 진지하게 말했다.

주교는 혼란스러운 눈으로 그를 보았다.

"그리고 다섯 번째 이론은 둘 더하기 둘은 넷이 아니라는 겁니다. 둘 중 하나를 골라 보세요."

"무슨 말인지 모르겠군요." 주교는 도움을 청하듯 나를 보았다.

"나도 모릅니다." 조르바는 웃음을 터뜨리며 말했다.

나는 당황해하는 대주교를 보며 화제를 돌렸다.

"여기서 어떤 연구에 몰두하시나요?"

"수도원의 고문서들을 필사하고 있소. 우리 교회가 성모마리아 님을 표현하는 수식어들을 기록하고 있어요." 그는 한숨을 쉬었다. "이제 늙어서 그런지 이런 것 이외엔 할 수 있는 게 없어요. 성모님에 대한 수식어 목록을 작성하다 보면 마음이 안정되어 속세를 잊게 됩니다."

주교는 베개에 몸을 기대고 헛소리를 흥얼거렸다. "시들지 않는 장미, 풍요로운 대지, 포도밭 샘, 강, 천국에 이르는 계단, 다리, 항구, 천국을 여는 열쇠, 빛, 흔들리지 않는 탑, 난공불락의 요새, 집, 피난처, 위안, 기쁨, 장님의 지팡이, 고아들의 어머니, 식탁, 양식, 평화, 고요, 향기, 향연, 젖과 꿀……."

"불쌍한 양반, 헛소리를 하는군." 조르바가 말했다. "감기에 걸리지 않게 담요를 덮어 줘야겠어요." 조르바는 주교의 베개를 바로잡아 주고 담요를 덮어 줬다.

"세상에 일흔일곱 가지 미친 지랄이 있다고 하던데 이건 일흔여덟 번째 지랄이네요." 조르바가 말했다.

날이 밝았다. 안마당에서 시만트로(나무로 만든 징) 소리가 들려왔다. 나는 창밖으로 머리를 내밀고 바라보았다. 길고 까만 모자를 쓴 수도승이 천천히 마당을 걸으며 나무망치로 악기를 두드리고 있었다. 그 소리가 아름답고 조화롭게 아침 공기 속으로 울려 퍼졌다. 영혼은 껍데기를 벗고 떠나지만, 거북이 등처럼 복잡하고 거대하게 만들어진 껍데기는 그대로 남는다.

나는 믿음을 잃고 소란으로 가득한 도시에서 만나는 훌륭한 성당들이 바로 그 텅 빈 껍데기 같았다. 성당 건물은 세월의 풍상에 시달려, 뼈만 남은 선사 시대의 공룡들이었다.

그때 누군가 우리 방문을 두드렸다. 영빈 수도승의 느끼한 목소리가 들렸다. "아침 예배에 참석할 시간입니다."

조르바는 화가 나서 일어났다.

"지난밤에 총소리는 뭡니까?" 조르바가 소리쳤지만 돌아온 것은 침묵이었다. 발소리가 나지 않는 걸 보면 그는 문 앞에 서 있는 것이 분명했다.

"총소리 뭐였냐고요!" 조르바가 또 소리쳤다.

황급히 자리를 벗어나는 발소리가 들렸다. 조르바는 문 앞으로 가 침을 뱉었다.

"퉤! 더러운 위선자들!" 그는 소리를 꽥 질렀다. "신부 놈들, 수도승 놈들, 수녀들, 성당지기들 모조리 이거나 받아라. 퉤!"

"여기서 나갑시다. 피 냄새가 납니다." 내가 말했다.

"피 냄새뿐이겠소?" 조르바는 웅얼거렸다. "보스는 원하면 아침 예배에 가세요. 난 찾을 만한 게 있는지 둘러볼 테니."

"그냥 갑시다!" 내가 다시 말했다. "그리고 제발 다른 사람들 일에 참견하지 마세요."

"하지만 이 일에는 꼭 참견할 거요." 그는 잠시 생각하더니 말했다.

"이건 악마가 내린 은총이에요. 보스 양반, 수도원의 총소리가 얼마짜리인 줄 아시오? 7,000드라크마요!"

우리는 수도원 안뜰로 갔다. 꽃이 핀 풍성한 뜰에서 달콤한 향기가 났다. 자하리아스는 숨어서 우리를 기다리다가 뛰어 나와서 조르바의 팔을 잡았다.

"카나바로 형제, 우리 같이 여기서 나가요." 그는 떨면서 중얼거렸다.

"그 총소리는 뭐였소? 누가 죽었소? 이봐, 당장 말하지 않으면 목을 비틀어 버릴 거야."

수도승의 아래턱이 공포로 떨렸다. 그는 주위를 살펴봤다. 아무도 없었고 수도실은 잠겨 있었다. 열린 성당 창문을 통해 감미로운 성가 소리가 들려왔다.

"두 분, 저를 따라오세요." 그가 나지막하게 중얼거렸다. "이곳이 소돔과 고모라예요."

우리는 벽에 붙어 정원을 지나 수도원 안뜰을 벗어났다.

수도원과 가까운 거리에 묘지가 있었다. 우리는 묘지로 들어갔다.

자하리아스는 아주 조그만 묘지 부속 예배당의 문을 열고 들어갔다. 우리도 따라 들어갔다. 한복판에 시체 한 구가 놓여 있었다. 신부복을 입고 있었다. 촛불 하나가 머리를, 다른 촛불이 발을 비추고 있었다.

나는 몸을 숙여 얼굴을 확인했다.

"그 젊은 수도승이로군!" 나는 몸서리치며 말했다. "도메티오스의 금발 예비 수도승 말이야."

성당 문에는 붉은 샌들을 신은 미카엘이 날개를 펼치고 날선 검을 드러낸 채 빛을 뿜고 있었다.

"천사장 미카엘이여. 불을 내리쳐 그들을 태우소서. 성화에서 내려와 발로 차 주소서. 총소리를 들으셨나이까."

"누가 죽인 거요? 누구 짓이죠? 도메티오스? 어서 말해. 이 염소수염쟁이야." 수도승이 조르바의 손아귀에서 벗어나 천사장 앞에 무릎을 꿇고 쓰러졌다. 그는 한동안 머리를 세우고 아무 말도 없이 귀를 기울이는 듯 가만히 있었다. 그러다가 갑자기 일어났다. "천사장이 저들을 다 태워 버릴 거야." 그는 단호하게 말했다. "천사장이 움직이셨어. 내게 신호를 보냈어요." 그는 성호를 긋고 말했다. "하느님을 찬양하라! 나는 구원받았어!"

조르바는 다시 수도승의 팔을 잡았다.

"요셉, 이리 와. 나와 함께해." 그리고 나를 돌아보았다.

"보스 양반, 내게 돈을 줘요. 내가 서명하리다. 여기 놈들은 늑대요. 당신은 그들에게 잡아먹힐 거예요. 그러니 모든 일은 내게 맡겨 두세요. 내가 이 뚱뚱한 수도승들을 상대할 테니. 점심쯤 우리는 주머니에 숲을 넣고 여길 떠날 겁니다. 자하리아스, 어서 가자."

두 사람은 살그머니 수도원 쪽으로 들어갔다. 나는 반대편 소나무 숲으로 향했다.

해가 떠올라 있었다. 공기와 하늘은 눈부셨고, 나뭇잎들은 이슬방울로 반짝였다. 검정 새 한 마리가 내 앞으로 날아와 나뭇가지 위에 앉았다. 긴 꼬리를 흔들며 부리를 열고 장난을 치듯 두세 번 지저귀고 있었다. 소나무들 사이로 검은 망토를 드리운 수도승들이 정원으로 나오는 것이 보였다. 아침 예배를 마치고 식당으로 가는 중이었다. 저런 엄격함과 고귀함 속에 영혼이 없다는 것이 마음 아팠다.

한숨도 자지 못한 나는 피곤해서 풀밭에 드러누웠다. 회향 풀, 아스팔라토스, 유향 나무, 샐비어의 냄새가 났다. 배고픈 벌레들이 붕붕거리며 야생화 안에 파고들어 꿀을 모으고 있었다. 저 멀리 짙푸른 산을 바라보니, 태양 아래 아지랑이가 춤추는 것이 보였다. 나는 마음이 안정되고 차분해져서 행복감을 느꼈다. 하느님은 시시각각 얼굴을 바꾼다. 하느님이 어떤 모습이든 찾아낼 수 있다는 것은 큰 기쁨이다. 어느 때 그는 시원한 물 한 잔이 되고, 우리 무릎에서 노는 어린 아들이 되기도 하며, 요염한 여자가 되기도 하고, 길지 않은 아침 산책이 되기도 한다.

조금씩 내 주변의 모든 것이 변하지 않고 가벼워지더니 꿈으로 변했다. 잠자는 것이나 자지 않는 것이나 같았다. 나는 꿈에서 현실을 보고 있었다. 지상과 천국이 똑같았다. 삶은 큰 꿀을 매단 야생화 같았고, 내 영혼은 그 꿀을 수확하는 꿀벌 같았다.

발자국 소리에 나는 깨어났다. 내 뒤에서 발걸음 소리와 조용히 대화를 나누는 소리가 들렸다. 그리고 기쁨에 겨운 소리가 들렸다.

"보스 양반, 갑시다." 조르바가 악마처럼 눈을 번뜩이며 내게로 왔다.

"이제 가는 겁니까? 다 끝났어요?"

"이제 다 끝났소." 조르바가 재킷 윗주머니를 두드리며 말했다.

"이 안에 숲이 들어 있수다. 우리의 새로운 사업에 복이 있기를. 그리고 롤라 년이 먹은 7,000드라크마를 보시오."

조르바는 안주머니에서 지폐 묶음을 꺼냈다. "믿으세요. 이제 보스에게 신세진 건 없수다. 이 돈꾸러미 안에 양말, 가방, 부불리나의 스타킹, 핸드백, 양산, 앵무새가 먹을 땅콩, 심지어 당신에게 준 할바도 다 있소."

"조르바, 이건 제 선물이에요." 내가 말했다. "얼른 가서 당신이 부당하게 대접한 성모 마리아께 당신 키만 한 큰 향초를 켜 드리세요."

조르바가 뒤를 돌아보았다. 자하리아스 신부가 기름때에

얼룩진 성복을 입고 다가오고 있었다. 그는 노새 두 마리를 끌고 있었다. 조르바가 100드라크마 지폐 뭉치를 보여 주며 말했다.

"요셉 신부, 이걸 둘이 나눠 가집시다. 이 불쌍한 양반아. 이 돈이면 소금에 절인 대구를 150킬로그램은 사 먹을 수 있을 거요. 배 터지게 먹고 그놈에게서 벗어나라. 이리 와 손을 내밀어 봐."

수도승은 때 묻은 지폐 뭉치를 낚아채더니 가슴팍 옆에 숨겼다.

"난 석유를 살 거야." 그가 말했다.

조르바가 몸을 숙여 수도승의 귀에 조용히 말했다. "밤이 되어서 모두가 잠들었을 때, 그리고 바람이 세차게 불기 시작하면……." 그는 몸을 떨었다. "그걸 조그마한 벽에다 끼얹는 거요. 네 모퉁이 모두에. 넝마나 종잇조각이나 걸레라든가 뭐든 찾아 등유로 적시고 몽땅 태워 버려요. 알아듣겠어?" 수도 승은 여전히 벌벌 떨고 있었다.

"그만 좀 떨어, 이 얼간아. 천사장이 시켰다고 하지 않았나. 석유와 하느님은 거룩하시도다. 행운을 비네."

우리는 노새에 올라탔다. 나는 마지막으로 수도원을 돌아 봤다.

"조르바, 알아냈어요?" 내가 물었다.

"총소리요? 놀라지 마쇼. 자하리아스 말이 맞았소. 소돔과 고모라예요. 도메티오스가 그 잘생긴 소년 수도승을 죽인 거요."

"그가 왜요?"

"세세하게 파고들지 마쇼. 더럽고 역겨워요."

그는 수도원을 향해 몸을 돌렸다. 수도승들은 식당을 나와 자신의 방으로 가서 문을 잠그고 있었다.

"거룩한 수도승들아. 너희들이 저주받길 바란다!" 조르바는 그들을 향해 소리쳤다.

19

우리는 밤이 되어서야 해변에 도착했다. 노새에서 내리자마자 만난 사람은 부불리나였다. 그녀는 오두막 앞에 보따리처럼 쪼그리고 앉아 우리를 기다리고 있었다. 우리가 등잔불을 밝히고 그녀를 보았을 때, 나는 깜짝 놀라고 말았다.

"오르탕스 부인, 무슨 일인가요? "늙은 세이렌은 원대한 희망인 결혼이 마음속에서 빛나기 시작한 순간부터 무엇이라 말해야 할지 어렵던 그 매력을 모조리 잃고 말았다. 그녀는 파샤와 지방 장관들, 해군 제독들에게서 받은 깃털과 장신구들을 벗어 버리려고 애썼다. 그녀는 존경받는 정직한 여자가 되고 싶어 했다. 정숙한 가정주부가 되기를 바란 것이다. 그녀는 이제 화장도 하지 않고 씻지도 않았다. 그녀에게서 냄새가 났다.

조르바는 아무 말도 하지 않았다. 새로 염색한 콧수염만 꼬고 있었다. 그는 화로를 지피고 커피를 끓였다.

"피도 눈물도 없는 사람!" 갑자기 가수의 쉰 목소리가 들렸다.

조르바는 고개를 들어 그녀를 보았다. 그의 눈매가 순하게 변했다. 그는 여자가 간청할 때면 그 소리를 외면할 수 없었다. 여자의 눈물 한 방울이면 그는 익사할 지경이 되었다. 조르바는 말없이 커피에 설탕을 넣고 저었다.

"왜 아직 결혼을 안 해요?" 늙은 세이렌은 비둘기 소리로 말했다. "이제 마을에서 얼굴을 어떻게 들고 다니나요. 제 명예가 바닥에 떨어졌어요. 차라리 죽고 싶어요."

피곤해서 침대에 누운 나는 베개에 기대어 슬픈 희극을 마음껏 즐겼다.

오르탕스 부인은 조르바의 곁에 앉아 그의 무릎을 잡았다. "왜 결혼식 화환을 가져오지 않는 거죠?" 그녀는 애타게 물었다.

조르바는 자신의 무릎 위에서 떨고 있는 부불리나의 손을 보았다. 그의 무릎은 수천 번 난파한 이 여자가 안착한 최후의 땅이었다.

조르바는 그것을 잘 알고 있었다. 그의 마음은 부드러워졌지만 여전히 말이 없었다. 커피를 세 개의 잔에 부었다.

"왜 화환을 가져오지 않은 거예요?" 그녀는 다시 물었다.

"카스트로에는 적당한 것이 없었어." 조르바가 대꾸했다. 그는 커피 잔을 돌리고 구석으로 가 쭈그리고 앉았다.

"아테네에 편지를 보내서 괜찮은 걸로 보내 달라고 했어요." 그가 말을 이었다. "하얀 양초랑 초콜릿과 훈제 아몬드를 뿌린 설탕 과자도 보내 달라고 했어요." 이렇게 말을 시작하자 그의 상상력에 불이 붙었다. 그의 두 눈은 창작의 영감에 불이 붙은 시인처럼 빛나고 있었다. 조르바는 거짓과 진실이 뒤엉켜 마치 형제처럼 닮아 버리는 경지에 이르러 있었다. 그는 이제 마음이 놓이는지 소리 내어 커피를 마시다가 담배를 꺼내 물었다. 그날 일은 잘 풀렸고, 주머니에는 숲이 있었고, 기운이 났다. 기분이 한껏 좋아진 조르바는 한술 더 떠 말을 이었다.

"내 사랑 부불리나, 우리 결혼식은 그야말로 화려하게 해야지. 내가 당신을 위해 주문한 드레스도 곧 보게 될 거야. 그런 걸 보고 준비하느라 카스트로에 그렇게 오래 머물렀다고. 내가 최고의 재단사 두 명을 불러서 말했어요. '내가 결혼할 여자는 서양과 동양을 통틀어도 찾아볼 수 없어요. 그 여자는 강대국 네 곳의 여왕이오. 이제 남편도 사별하고 4대 강대국도 쇠퇴해 내 청혼을 받아 줬지. 나는 그녀가 최고의 웨딩드레스를 입길 바랍니다. 비단과 진주로 만들고 치마 밑엔 금을 달고 오른쪽 가슴엔 태양을, 왼쪽 가슴엔 달을 다시오.'라고. 그랬더니 재단사들이 '그렇게 만들면 보는 사람들이 눈이 부실 텐데요.'라고 하더군. 하지만 나는 말했지. '내 사랑을 위해서라면 다른 사람들이 눈이 멀어도 상관없어!'라고."

오르탕스 부인은 벽에 기대 그의 말을 듣고 있었다. 그녀의 축 처지고 주름진 얼굴에서 웃음이 피어났다. 그녀의 목에 두른 리본은 늘어나다 못해 곧 끊어질 것 같았다.

"귓속말을 하고 싶어요." 그녀는 반만 뜬 눈으로 조르바에게 말했다.

조르바는 나에게 윙크하고 몸을 숙였다.

"내가 오늘 당신을 위해 가져 온 것이 있어요." 예비 신부인 그녀가 털이 숭숭 난 조르바의 큰 귀에 혀를 파묻고 속삭였다.

그녀는 가슴에서 한쪽이 매듭으로 묶인 손수건을 꺼내 조르바에게 건넸다. 조르바는 그것을 받아 무릎 위에 두고 바다를 바라보았다.

"조르바, 풀어 보지 않을 거예요?" 그녀가 말했다. "궁금하지도 않나요?"

"우선 커피를 좀 마시고요." 조르바가 대답했다. "담배를 좀 피우고요. 그리고 뭐가 있는지 알 것 같아요."

"그래도 어서 풀어 봐요. 풀어 봐요. 어서."

"담배부터 피우고 풀겠다고 했잖아요!" 조르바는 이게 모두 내 탓이라는 듯 원망스러운 눈으로 나를 보았다.

그는 천천히 담배를 피웠다. 그리고 콧구멍으로 연기를 내뿜으며 바다를 바라보았다. "내일은 남풍이 불겠군." 그가 말했다. "날씨가 바뀌고 있어. 나무들이 풍성해지고 소녀들의 가슴도 부풀어 블라우스 단추가 터져 버리겠구나. 악마가 만든 봄날의 장난이지." 그가 입을 다물었다가 다시 말했다.

"이 세상에 좋은 것들은 다 악마가 만들어 낸 거야. 봄, 여자, 포도주…… 이런 건 다 악마가 만들었다고. 하느님은 수도승, 금식, 못생긴 여자들을 만들었고. 쳇, 망할." 그는 이렇게 말하며 자신을 바라보는 오르탕스 부인을 노려보았다.

"조르바…… 조르바……" 그녀는 계속해서 애원했다.

조르바는 담배에 또 불을 붙이고 바다만 바라보았다. "봄이 되면 말이오. 악마가 지배하죠." 그가 말했다. "허리띠도 느슨해지고 여자들의 몸에 잘 맞던 재킷도 단추가 풀리지. 할망구들은 한숨을 내쉬고. 어이, 부불리나. 손 치워."

"조오르바…… 조오르바……" 부인은 또다시 애원했다. 그녀는 몸을 기울여서 손수건을 잡아 조르바의 손에 쥐여 줬다.

조르바는 담배꽁초를 던진 후 매듭을 풀고 손바닥에 펼쳐 봤다.

"이게 뭐지?" 그가 기겁하며 말했다.

"반지, 반지라고요. 우리 약혼반지요." 늙은 세이렌은 몸을 벌벌 떨며 조용히 말했다. "여기 증인도 있고, 남풍도 불어오고, 오늘은 아주 아름다운 밤이잖아요. 하느님께서 우리를 보고 계시니 모든 것이 완벽해요. 조르바, 우리 약혼해요."

조르바는 나를 보았다가 부인과 반지를 번갈아 보았다. 그의 내면에서 수많은 악마가 싸움을 벌이고 있었다. 결론은 쉽게 나지 않았다. 이 불행한 여자는 겁을 먹고 그를 바라보기만 했다.

"오, 나의 조르바. 내 사랑 조르바." 그녀가 중얼거렸다.

나도 침대에 앉아 조르바가 어떤 쪽을 택할지 기다렸다.

조르바가 갑자기 머리를 흔들었다. 결정한 것이다. 얼굴이 환하게 밝아지더니 손뼉을 치고 뛰었다.

"밖으로 나갑시다!" 그가 소리쳤다. "별 아래로 나갑시다. 하느님이 우리를 볼 수 있도록. 약혼 증인은 반지를 챙기고. 성가 부를 줄 알죠?"

"아니요. 못 하는데요." 내가 대답했다. 나는 침대에서 내려와 오르탕스 부인을 일으켜 세워 주고 있었다.

"내가 알죠. 말하지 않았지만 난 어느 신부의 조수 역할을 한 적이 있어요. 그 신부를 따라 결혼식과 세례식, 장례식에서 성가를 불렀었죠. 그래서 그럭저럭 부를 줄 알아요. 나의 부불리나, 어서 나와요. 오리처럼 귀여운 내 여인. 어서 나와요. 나의 프랑크 족의 전함이여. 내 오른편에 서요."

조르바의 내면에서 가장 장난기 많고 가슴이 따뜻한 놈이 오늘, 승리했다. 조르바는 늙은 가수가 불쌍했다. 광채 없이 흐릿한 눈으로 걱정스레 그를 응시하는 모습을 보자, 그만 마음이 무너진 것이다. "빌어먹을!" 그가 결심하며 중얼거렸다. "그래도 아직은 암컷을 기쁘게 해 줄 수 있다면. 그럼 해 보지 뭐."

그는 바닷가로 뛰어가 나에게 반지를 건네고 바다 쪽을 보며 성가를 불렀다. "하느님이시여. 언제나 영광 받으소서. 지금부터 영원히 무궁토록. 아멘."

조르바는 나를 보며 말했다. "보스 양반, 정신 바짝 차리세요."

"오늘 밤은 보스가 아니에요. 증인이라고 불러요."

"좋아. 정신 차리시오. 증인 양반! 내가 이제 '빨리'를 외치면 반지를 끼우시오." 이 말을 마치고 조르바는 당나귀 소리 같은 목소리로 읊기 시작했다. "하느님의 종 알렉시스와 포르텐치아와 그들의 구원을 위해 주님께 기도합니다."

"키리에 엘레이손(주여, 가엾게 여기소서)! 키리에 엘레이손!" 나는 웃음과 눈물을 참으며 기도의 후렴구를 외웠다.

"다른 성가도 있는데 기억이 날지 모르겠네. 자, 본론으로 갑시다." 그가 조금 뛰며 소리쳤다.

"빨리, 빨리!" 그러면서 그는 자신의 큰 손을 내밀었다. "당신도 그 귀여운 손을 내밀어요. 귀염둥이." 그가 약혼녀에게 말했다.

빨래하느라 거칠어진 그녀의 손이 떨리고 있었다. 나는 그들에게 반지를 끼워 주었다. 조르바는 이슬람 승려처럼 흥분한 그의 앞에서 소리쳤다.

"하느님의 종 알렉시스와 하느님의 종 오르탕스가 약혼했나이다. 성부, 성자, 성령의 이름으로 아멘! 하느님의 종 알렉시스는 약혼했으니……."

"이제 됐소! 모두 끝났어요. 내년에도 계속 행운이 있기를. 자, 어서 와요. 당신의 인생에서 첫 번째로 정직한 키스를 하게 해 드릴게요."

하지만 오르탕스 부인은 땅바닥에 무너져 내리고 말았다. 그녀는 조르바의 다리를 껴안고 울었다. 얼굴이 벌겋게 된 조르바는 가여운 듯 고개를 흔들었다.

"여자들이란 다 불쌍해." 그가 중얼거렸다.

오르탕스 부인은 일어나 치마를 털고 두 팔을 벌렸다.

"오늘은 고난 주간의 화요일이야. 손을 치워요. 사순절 기간이니 포옹은 안 돼."

"조르바……." 그녀는 창백한 얼굴로 훌쩍였다.

"부활절까지 참으세요, 우리 마누라. 그러면 우리는 고기도 먹고, 함께 부활절 달걀 깨기도 할 수 있을 거야. 지금은 집으로 가세요. 이런 늦은 시간에 밖에 돌아다니면 마을 사람들이 뭐라 하겠소?"

부불리나는 애처롭게 그를 쳐다보았다.

"안 돼. 안 돼. 부활절까지 참아야 해요. 자, 약혼 증인도 가세요." 그리고 그는 내게 말했다.

"제발 우리 둘만 남게 하지 말아요. 오늘은 전혀 안 내켜요."

우리는 마을로 가는 길에 들어섰다. 밤하늘은 빛났고, 바다 냄새가 났고, 새들은 한숨을 쉬었다. 늙은 세이렌은 조르바의 팔에 매달려 황홀한 행복감과 우울한 표정으로 질질 끌려갔다. 늙은 세이렌은 오늘 한평생 기다린 항구에 닿았다. 이 불쌍한 여자는 평생 노래하고 파티하며 정숙한 여자들을 비웃었다. 그러나 그녀의 가슴은 타들어 가고 있었다. 짙은 화장과 향수 냄새로 칠갑을 하고 화려한 옷을 입고서도 베이루트나 콘스탄티노플의 길거리를 지나다가도 가난한 여자가 아기에게 젖을 물리는 모습을 보면 가슴이 근질거렸다. 그럴 때마다 가슴이 부풀면서 젖꼭지가 서고는 갓난아이를 찾고 있었다. 그녀는 한숨을 내쉬며 생각했다. '결혼할 거야. 결혼할 거야. 그래서 애를 낳을 거야.' 하지만 그녀는 지금껏 한 번도 그런 고통을 드러내지 않았다. 하느님을 찬양할지어다. 조금 늦었지만, 쇠약해지고 황폐해졌지만, 바다의 풍파에 시달렸지만 드디어 그녀는 항구에 도착했다.

부인은 종종 눈을 들어 옆에 선 볼륨 없는 키다리를 훔쳐보았다. "이 사람은 황금술이 달린 페즈 모자를 쓴 파샤도 아니고, 지방 유지의 잘생긴 아들도 아니야. 하지만 괜찮아. 하느님을 찬양할지어다. 내 남편, 합법적인 남편. 그러면 됐어."

조르바는 부인이 자신을 무겁게 짓누르는 것이 느껴졌다. 마을에 어서 도착해 그녀로부터 달아나고 싶었다. 이 불쌍한 여자는 발을 헛디뎌 돌에 걸렸다. 그녀의 발톱은 거의 빠질 지경이었다. 그리고 티눈 때문에 아팠지만 아무 말도 하지 않았다. 말할 필요가 있는가. 불평할 필요가 없다. 모든 것이 완벽하다. 하느님께 영광을!

우리는 '아가씨 무화과나무'와 과부의 과수원을 지나쳤다. 우리는 멈췄다.

"잘 자요. 내 사랑 조르바." 행복한 카바레 가수는 약혼자의 입술에 키스하기 위해 발을 세웠다. 그러나 조르바는 몸을 굽히지 않았다.

"사랑하는 조르바, 엎드려 발에 키스할까요?" 그녀가 바닥에 주저앉으며 물었다.

"아니요. 아니요!" 조르바는 감동해서 소리쳤다. 그는 여자를 품에 안아 줬다. "나의 약혼녀, 내가 입을 맞춰야지. 하지만 오늘은 그럴 기분이 아니오. 그럼 잘 자요."

우리는 헤어졌다. 나와 조르바는 향기로운 공기를 마시며 말없이 오두막으로 돌아왔다. 갑자기 조르바가 나를 보며 말했다.

"이제 어떡합니까? 웃을까요, 울까요?"

나는 대답하지 않았다. 나 역시 목이 갑갑한 기분이었다. 웃어서 그런지 흐느껴서 그런지 알 수 없었다.

갑자기 조르바가 내게 물었다. "그 이름이 뭐요? 모든 여자를 내버려 두지 않았다던 그리스 신 말이오. 내가 들었던 것 같은데. 턱수염도 염색하고 팔뚝에 하트랑 인어 문신도 하고. 황소, 백조, 숫양, 당나귀로 변장해 모든 여자들의 정욕을 만족시켰다는 신이요. 그 양반 이름이 뭐요?"

"제우스를 말하고 있는 것 같은데……. 제우스를 왜 떠올렸죠?"

"하느님께서 제우스를 축복하시길. 들어 보쇼. 내가 뭘 좀 알고 있소. 제우스에 대해서요. 그 신은 상당히 힘들어했죠. 그는 온갖 고난을 당한 순교자요. 당신은 책이 하는 말을 듣지만 책은 선생들이 쓰죠. 웩. 그 선생들이 여자에 대해 뭘 알겠소. 개뿔도 모르지."

"조르바, 그럼 당신이 직접 써요. 당신이 알고 있는 그 신비를 왜 이야기해 주지 않죠?"

"왜냐고? 난 시간이 없어요. 어느 때는 여자, 어느 때는 산 투리를 겪어 봤지만 그런 허튼소리를 쓰기 위해 펜을 집을 시간이 없어요. 그래서 세상은 먹물들의 손에 떨어지지. 신비로움 그 자체를 사는 사람들에겐 시간이 없고, 그 시간을 낼 수 있는 작자는 신비로움을 체험하지 못했죠."

"그래서 제우스가 어쨌다는 겁니까?"

"아, 그 불쌍한 친구. 나는 그 양반이 어떤 일을 당했는지 알아요. 그는 여자들을 사랑했죠. 하지만 먹물들이 생각하는 것과는 달랐어요. 그 양반은 여자를 불쌍히 여겼고, 여자들의 욕망을 다 알고, 그녀들을 위해 자신을 희생했어요. 어느 시골구석의 노처녀가 말라가는 꼴을 보거나 육감적인 유부녀가 남편이 자리를 비워 잠들지 못하는 걸 보면 성호를 긋고 그 남자의 모습으로 변해서 그녀 방으로 들어갔죠. 내가 단언하지만 그는 사실 연애에 관심이 없어요. 피곤하겠죠. 그도 그럴 것이 어떻게 젊은 여자를 상대하겠어요. 그도 종종 무기력하고 피곤하겠죠. 혹시 암염소 위에 올라탄 숫양을 봤나요? 그러다 보면 숫양은 기침하고 침을 흘리고 눈깔은 흐릿하고 네 발로 서 있기도 힘들어 합디다. 제우스도 여러 번 그렇게 녹초가 됐죠. 그러고는 집에 돌아와 말하죠. '언제가 되어야 잠을 좀 잘 수 있을까. 서 있기도 힘들구나.' 그러면서 늘

침을 닦았죠. 그런데 그때 멀리서 어떤 여자가 베란다로 나와 질질 짜는 소리가 들리는 거예요. 그러면 또 제우스의 가슴이 녹기 시작해요. '아이고, 다시 내려가야지. 여자가 울고 있으니 위로해야지.'라면서요. 그렇게 그는 모든 여자들에게 철저히 당해서 허리가 끊어지고 말았죠. 구토하고 온몸이 마비되다가 죽었어요. 그리고 이어서 그리스도가 내려왔어요. 그리스도는 제우스의 몰골을 보고 말했어요. '여자를 멀리하라!'라고요."

나는 조르바의 이야기를 들으며 신선한 상상력에 웃음이 났다.

"보스 양반, 웃고 싶으면 웃어요. 하지만 하느님이나 악마가 우리 일을 도와주었다면, 나는 결혼 중개업소를 열 거요. 이름하여 '제우스 결혼 중개소'. 노처녀들, 못생긴 여자, 사팔뜨기, 절름발이들이 오겠죠. 남편을 찾지 못한 여자들을 미남 사진으로 도배한 사무실에서 맞이할 거요. 그리고 말하겠지. '사랑스러운 숙녀분들, 어느 남자든 고르기만 하면 내가 남편으로 만들어 주리라.' 그리고 비슷하게 생긴 사내를 찾아 사진처럼 옷을 입히고 돈을 주며 지시할 거예요. '여기로 가서 아무개를 찾아 여자에게 구애하라. 그녀의 기분을 맞춰 주고 하룻밤 자 줘라. 내가 돈을 줄 테니 마다하지 마라. 마음에 드는 여자들에게 하는 칭찬을 들려주고 평생 듣지 못했을 말을 들려줘라. 이 불행한 여자에게 행복을 기부하라. 암염소, 암거북, 암컷 지네들을 맛보는 자네도 좋아할 그런 행복 말이다.' 그런데 내가 얼마를 줘도 그런 부탁을 들어줄 사내가 없다면, 우리 부불리나처럼 살찐 말에게 위안을 줄 놈이 없다면, 내가 성호를 긋고 직접 위로해 줘야죠. 멍청한 놈들은 이렇게 말하겠죠. '저 늙은 새끼. 눈이 삐었나.' 그럼 나도 말하겠죠. '야, 이 무감각한 바보들아. 나도 눈이 있고 코가 있어. 게다가 따뜻한 심장도 있어. 그러니 남을 생각할 줄도 알아야지.' 그러다가 내가 너무 많은 봉사를 해서 숨이 끊어지면 천국의 문지기인 베드로가 문을 열어 주겠죠. '호색한 조르바, 위대한 순교자 조르바. 어서 제우스 옆에서 편히 쉬시오. 사는 동안 고생했소.'라고 말하면서 말이죠."

조르바는 이야기하면서 자신의 상상 속에 빠져들었다. '아가씨 무화과나무'를 지날 때 그는 이야기를 마치며 두 손을 들고 한숨을 쉬었다. "걱정 말아요, 부불리나. 고통에 찌든 낡은 배여. 내가 그대를 위로받지 못한 상태로 두지 않을게요. 네 강대국이 널 버렸지만, 나 조르바는 널 떠나지 않을 거다."

오두막에 도착하니 벌써 자정이었다. 산들바람이 불고 있었다. 남풍이 불어와 나무, 포도 덩굴과 크레타섬의 가슴이 부풀었다. 섬 전체가 새싹을 부풀게 하는 바람의 숨결을 느끼고 있었다. 제우스, 조르바, 관능적인 남풍이 나의 내면에서

하나의 남자 얼굴로 합쳐졌다. 그 얼굴은 오르탕스 부인에게
뜨거운 핏빛 입술을 지그시 누르고 있었다.

20

나와 조르바는 침대에 누웠다. 조르바는 행복한 듯 손을
비볐다. "보스, 오늘은 참 좋은 하루였네요." 그가 말했다. "좋
았다는 건 하루가 뿌듯했다는 거요. 생각 좀 해 봐요. 우리는
수 킬로미터가 떨어진 수도원의 원장에게 엿을 먹였잖아요.
원장이 우리를 저주해도 상관없어요. 그리고 오두막으로 와
서 부불리나를 만나 약혼까지 했죠. 이 반지를 보세요. 순금
이랍니다. 그녀 말로는 지난 세기 말 영국의 제독이 준 파운
드를 갖고 있었다는군요. 자기 장례식을 대비해서 간직한 건
데, 그걸 금은방에 가져가 반지로 만들어 달라고 했다는군요.
인간이란 참 알 수 없어요."

"그만 자요." 내가 말했다. "그만 자는 게 좋겠어요. 내일
우리는 또 일이 있잖아요. 첫 번째 케이블을 세우는 날이에

요. 나는 벌써 스테파노스 신부에게 오시라고 청을 넣었어
요."

"잘했군요. 현명하시네요. 그 염소수염 신부도 오게 하고
마을 유지들도 오게 해서 초 한 자루씩 쥐어 줘야죠. 그래야
인상적으로 기억하니까. 우리 사업을 위해서도 그게 좋겠죠.
나를 그렇게 보지 마쇼. 내겐 내 나름의 하느님이 있수다. 하
지만 다른 사람들은⋯⋯."

그는 웃었다. 잠이 오지 않는 것 같았다. 그의 머릿속에서
는 한바탕 잔치가 벌어지고 있었다.

"오, 우리 할아버지." 그가 잠시 후 말을 이었다. "할아버지
역시 나처럼 난봉꾼이었죠. 그러나 이 늙은 난봉꾼은 거룩한
무덤으로 성지 순례를 다녀와 하지(이슬람교도들이 하는 순례
를 한 이에게 주는 칭호)가 되었어요. 이유는 알 수 없죠. 하느님
은 알고 계셨죠. 할아버지 고향 친구가 그러셨대요. '친구야,
성지를 다녀왔으니 성스러운 십자가 한 조각이라도 뜯어 왔
니?' '무슨 소리야?' 그러자 할아버지가 말하기를 '우리가 어
떤 사이인데 그냥 왔겠나. 내가 자네에게 성스러운 물건을 건
넬 때, 신부님도 데리고 오게나. 그리고 새끼 돼지구이와 포
도주도 들고 오고. 그게 자네의 행운을 위해 좋네.'

그날 할아버지는 저녁에 집에 돌아와서 벌레가 갉아먹은
문짝을 떼어 냈어요. 쌀알만 했죠. 할아버지는 이걸 보드라

운 천에 싸 기름을 떨어뜨리고 기다렸어요. 얼마 후 그 친구가 새끼 돼지구이와 포도주를 가지고 신부님과 함께 왔어요. 신부님이 영대를 두르고 축성식을 하고 성 십자가 조각의 전달식이 있었어요. 그리고 모두 새끼 돼지구이를 맛있게 먹었죠. 그런데 그날 이후 그 친구는 영 다른 사람이 되어 버렸답니다. 사람이 완전 달라진 거죠. 산으로 들어가 산적 떼에 가담해 터키 마을을 불태우고, 총탄이 빗발치는 곳으로 뛰어들었대요. 무서워할 것이 없었겠죠. 성지에서 가져온 십자가 쪼가리를 지니고 있으니 총알도 비켜 가겠죠."

조르바는 '허허' 웃으며 말을 이어 나갔다.

"모든 것은 생각하기 나름이죠. 믿음이 있다면 낡은 문짝에서 떼어 낸 나무 조각도 성물이 될 수 있고요. 믿음이 없다면 거룩한 십자가도 낡은 문짝이 되죠."

나는 건드릴 때마다 불꽃이 튀는 그에게 새삼 감탄했다.

"조르바, 전쟁에 나간 적 있나요?"

"낸들 아나요." 그가 찡그리며 반문했다. "기억나지 않네요. 무슨 전쟁이요?"

"조국을 위해 싸워 본 적 있나요?"

"부탁하는데, 그런 바보 같은 질문은 안 할 수 없나요?"

"조르바, 바보 같다뇨? 조국에 대해 그렇게 얘기하는 것이 부끄럽지 않나요?"

조르바가 나를 바라보았다. 나 역시 침대에 누웠고, 내 위에서 석유 등잔이 타고 있었다. 그는 한동안 나를 보더니 수염을 쥐었다.

"어리석은 수작이죠. 교장 선생님에게나 들을 수 있는 말이네요. 고지식하고. 내가 무슨 말을 하든 못 알아들을 거요."

"무슨 말인가요? 나도 다 이해합니다." 내가 항변했다.

"그래요. 당신은 머리로 이해합니다. 이렇게 말하겠죠. '옳다, 그르다, 그건 옳고 저건 그르고.' 하지만 그런다고 뭐가 달라지나요? 난 당신 팔과 가슴을 봅니다. 그것들은 말이 없죠. 피 한 방울 흐르지 않는 것처럼요. 그래, 무엇으로 이해하는 거죠? 머리? 웃기지 마세요."

"당신 대답을 들어봅시다." 내가 약올리듯 말했다. "내가 보기에 당신은 조국을 대수롭지 않게 생각하는 것 같은데 맞나요?"

그는 화를 내며 주먹으로 벽을 '쾅' 쳤다.

"지금 당신이 보는 사람으로 말하면, 한때는 성 소피아 성당의 모습을 수놓아 목에 부적처럼 차고 다녔어요. 내가 이 손으로 머리카락을 엮어 성 소피아 성당을 짰죠. 나는 그때 파블로스 멜라스와 함께 마케도니아 절벽을 다녔죠. 당시엔 체격이 건장해서 이 오두막보다 컸고, 가슴에는 사슬 장식을 걸고 쇠사슬을 칭칭 감고 단추가 달린 제복을 입었죠. 난 온

몸을 쇠붙이와 귀금속으로 치장했어요. 걸을 때는 철컥철컥 거리며 흡사 연대가 지나가는 소리가 났죠. 여길 봐요. 그리고 위를 봐요."

그는 셔츠를 벗고 바지를 내렸다.

"등잔을 갖고 와요." 그가 지시했다.

나는 등잔을 그의 마른 몸에 댔다. 흉터와 부상, 총탄 자국으로 만신창이였다.

"이쪽도 보세요."

그가 돌아서서 등을 보였다.

"등에는 상처가 없죠? 무슨 뜻인지 알겠소? 이제 등잔을 가져다 놔요."

그가 거칠게 소리쳤다.

"터무니없는 짓거리지. 부끄러운 일이고요. 구역질이 납니다. 사람이 언제 제대로 사람 구실을 할까요. 우리는 바지를 입고 셔츠를 입고 모자를 쓰지만 우리는 아직 노새고, 이리고, 돼지들이죠. 우리가 하느님의 형상을 하고 있다고요? 우리가? 퉤."

그는 주체할 수 없는 분노가 치미는지 몸을 떨었다. 그의 입에서 알 수 없는 말들이 새어 나왔다. 그는 일어나 물동이를 찾아 물을 마셨다. 마음이 가라앉는지 조용해졌다. "내 몸 어디를 만지든 난 신음을 내요. 내 몸은 상처와 흉터투성이죠. 여자에 대해 철부지 같은 소리를 하는 게 무슨 의미겠어요? 내가 나 자신을 진정한 사나이라고 생각했을 땐 여자를 쳐다보지도 않았어요. 어쩌다 여자를 만지게 되면 깜짝 놀랐다가 갈 길을 갔죠. '더러운 것들, 저것들이 내 힘을 빨아먹고 말 거야. 지옥에나 가 버려.' 난 혼자 손으로 생각했죠. 하여튼 나도 총을 들고 떠났어요. 비정규 전투 요원이 되었죠. 어느 날 저녁에 나는 불가리아 마을로 내려와 마구간에 숨었어요. 그 집에는 불가리아 신부가 살았는데, 흡혈귀처럼 피를 빨아먹는 놈이었어요. 밤이면 신부복을 벗고 양치기 복장으로 갈아입고, 총을 들고 그리스인 마을을 습격했죠. 그리고 새벽이면 돌아와 옷을 갈아입고 신도들을 위해 성당으로 갔고요. 그 신부 놈은 내가 가기 전 그리스인 학교 선생을 죽인 적도 있었어요. 저녁이 되자 신부가 양에게 풀을 먹이려고 오더군요. 난 이놈을 덮쳐 새끼 양 목 따듯 목을 그었습니다. 귀를 잘라 내 주머니에 넣었죠. 그때 나는 불가리아 놈들의 귀를 수집했어요. 그래서 신부의 귀를 잘라 도망갔죠. 며칠 뒤 나는 다시 마을에 갔어요. 정오가 되었을 때, 무기는 산에 숨기고 동료들을 위해 빵과 소금, 장화를 사러 갔죠. 그런데 집 앞에서 노는 애들 다섯을 만났어요. 이 애들은 모두 검은 옷을 입고 손을 잡고 구경하고 있었죠. 여자아이가 셋이고 사내가 둘이었어요. 제일 큰 놈은 열 살 남짓 되어 보였죠. 어린것은 갓난아이였고요. 제일 큰 여자아이가 아기를 안고 울지 않도록 달래는데, 나도 모르게 애들에게 다가가 물었어요. '너희는 어느 집 자식들이니?' 내가 불가리아 말로 물었어요. 가장 큰 사내가 머리를 들고 '며칠 전 마구간에서 살해당한 신부 댁 애들입니다.' 이러는 거예요. 그 순간 눈물이 핑 돌고 맷돌이 돌듯 땅이 돌더군요. 벽에 기대니 그제야 돌지 않더라고요. '얘들아, 이리 가까이 오너라.' 나는 이렇게 말하고 지갑을 꺼냈죠. 터키 파운드와 그리스 돈이 가득했습니다. 나는 그 돈을 몽땅 쏟았죠. '자, 이걸 가져가거라. 다 가지렴.' 내가 소리쳤어요. 애들이 우르르 몰려와 돈을 집더군요. '너희들 것이다. 모두 다 가지렴.' 내가 구입한 물건들이 가득한 광주리도 그곳에 놓아뒀죠. 그리고 그 길로 도망쳤어요. 마을을 벗어나 저고리와 성 소피아 성당 부적도 버리고 도망치고 또 도망쳤어요. 지금도 도망치고 있죠."

조르바는 나를 바라보았다.

"그렇게 벗어나게 된 겁니다."

"조국에서?"

"조국으로부터 벗어났죠." 조르바는 조용하고 단호하게 말했다. 그리고 이렇게 덧붙였다.

"조국으로부터, 신부들로부터 벗어나고 돈으로부터 해방되었어요. 그리고 짐을 덜었죠. 세월이 흐를수록 먼지도 털고

요. 나는 그런 식으로 구원의 길을 찾고 있어요. 나는 인간이
되어 가는 중입니다."

조르바의 눈이 빛났다. 그는 이어서 말했다.

"저건 터키 놈, 불가리아 놈, 이건 그리스 놈 하던 시절이
있었어요. 보스가 들으면 머리카락이 설 정도로 소름끼치는
짓도 저질렀죠. 멱을 따고, 약탈하고, 마을을 불태우고, 강도
짓과 강간을 하고, 일가족을 몰살시키기도 했어요. 왜냐고
요? 불가리아 놈 아니면 터키 놈이었기 때문이죠. 나는 때로
자신을 질책했어요. '이 악당아, 죽어서 지옥에나 가라. 이 새
끼야.' 요새는 이 사람은 좋은 사람, 나쁜 사람인가만 묻죠. 그
리고 나이를 먹을수록 점점 더 아무것도 묻지 않습니다. 좋
다, 나쁘다 구분하는 것도 잘 맞지 않아요. 난 모든 사람이 불
쌍해요. 누구나 먹고 마시고 사랑하고 두려워한다. 이 사람
안에도 하느님과 악마가 있고, 때가 되면 다 죽는다. 그러면
땅에 묻히고 구더기가 그 살을 파먹고. 아, 불쌍한 인생. 우리
는 모두 형제간이에요. 구더기 밥이 될 고깃덩어리들! 그런
데 여자라면? 음, 난 울음이 나올 것 같아요. 보스는 가끔 내
가 여자를 너무 좋아한다고 놀리죠? 그런데 어떻게 좋아하
지 않을 수가 있겠어요? 자기가 뭘 하는지도 잘 모르고, 가슴
을 쥐면 손을 들어 버리는 이 연약한 것들을요. 어느 해에는
불가리아 마을에 잠입했죠. 그런데 어떤 빌어먹을 마을의 늙

은이가 날 알아보고 다른 놈들을 불렀어요. 놈들은 내가 묵은 집을 포위했어요. 난 발코니로 올라가 지붕으로 달아났어요. 마침 달이 아주 밝은 날이었어요. 난 고양이처럼 이리로 저리로 뛰면서 살금살금 도망 다녔어요. 그런데 내 그림자를 보고 지붕으로 마구 총질을 해 댔죠. 내가 어디로 갔겠어요? 마당으로 뛰어내려 보니 불가리아 여자가 침대에서 자고 있더라고요. 여자가 놀라서 속옷 바람으로 뛰쳐나와 소리를 지르려고 했어요. 나는 손을 내밀어 말했어요. '제발, 제발 가만히 있어 주세요.' 그리고 그녀의 가슴을 움켜쥐었죠. 여자는 창백해지더니 까무러쳤어요. '이리 들어와요. 그래야 눈에 띄지 않아요.' 여자가 속삭였어요. 그녀는 내 손을 잡고 있었죠. 나에게 묻더군요. '그리스인인가요?' '그렇소. 날 신고하지 마세요.' 나는 여자의 허리를 안았어요. 그리고 그날 밤, 난 그녀와 잤어요. 내 가슴은 즐거워서 쿵쾅거렸죠. 나는 자신에게 이렇게 말했어요. '이게 여자란다. 인간이란 무엇이냐. 여자가 무엇이냐. 불가리아 여자면 어떻고, 그리스 여자면 어떤가. 파푸아인이면 어떤가. 여자는 인간이란 것이 중요하다. 그들도 사람이다. 가슴이 있고 입이 있고 사랑을 하는. 너란 놈은 사람을 죽이는 게 부끄럽지 않으냐. 이 저주받을 망할 놈.' 여자와 사랑을 나누며, 내내 이렇게 되새겼어요. 하지만 미친 개 같은 조국이란 놈이 날 평화롭게 두지 않았죠. 나는 이튿날 불가리아 여자가 주는 옷을 입고 떠났어요. 그녀는 과부였어요. 그녀는 죽은 남편의 옷을 꺼내고는 내 무릎을 붙잡고 돌아오라고 사정했죠. 그래서 난 그날 밤 돌아갔어요. 애국심에 불타는 짐승이었죠. 나는 석유를 한 통 들고 돌아가 온 마을을 태웠어요. 아마 그 불쌍한 여자도 그때 죽었을 거예요. 이름이 루드밀라였죠."

조르바는 한숨을 쉬었다. 그는 담배에 불을 붙여 두어 번 빨고 내던졌다.

"내게 조국이라고 했어요? 당신은 책에 쓰인 잡소리를 다 믿어요? 당신이 믿어야 할 것은 나 같은 사람이에요. 조국이 있는 한 인간은 짐승이 되어 버립니다. 길들여지지 않는 짐승이요. 하느님이 보우하사 난 벗어났어요. 그 모든 것에서 벗어났어요. 난 끝났어요. 하지만 당신은요?"

나는 아무런 대답도 할 수 없었다. 내가 펜으로 하나하나 풀어 보려고 했던 문제들을 그는 살과 피로 싸우며 고스란히 살았던 것이다. 내가 의자에 앉아 풀려고 했던 것을 그는 칼 한 자루로 맑은 공기를 마시며 풀어 냈다.

나는 비참한 기분이 되어 눈을 감았다.

"보스 양반, 주무쇼?" 조르바가 잔뜩 부은 목소리로 물었다.

"당신 붙잡고 구구절절 이야기하는 내가 미친 놈이요."

그는 중얼거리며 자리에 누웠다. 이내 코 고는 소리가 들렸다.

나는 잠이 오지 않았다. 그날 밤, 그곳에서 처음 들려온 꾀꼬리 소리가 더욱 더 세상을 고독으로 채웠다. 나는 문득 뺨 위로 흐르는 눈물이 느껴졌다.

새벽에 일어나 오두막 앞에서 바다와 대지를 바라보았다. 밤새 세상이 변한 것 같았다. 내 맞은편 모래사장 위는 어제 까지만 해도 가시덤불이었는데 어느덧 하얀 꽃으로 덮여 있었다. 꽃이 핀 레몬 나무와 오렌지 내음이 풍겼다. 나는 몇 걸음 더 걸어 나갔다. 다시 새롭게 일어난 기적은 계속 보아도 질리지 않았다.

내 뒤에서 기쁨에 겨운 목소리가 들렸다. 조르바가 일어나 상반신을 벗고 나선 것이었다. 그 역시 봄에 매료되어 있었다.

"저게 무엇입니까?" 그가 크게 놀라며 물었다. "난 태어나서 이런 걸 처음 봅니다. 가슴을 두근거리게 하는 이 파란 것이 무슨 기적이죠? 바다? 꽃으로 장식한 초록색 앞치마를 입은 저건 또 뭔가요? 땅? 이런 예술을 만든 예술가는 누구인가요? 난 이런 걸 처음 봐요."

그는 눈물을 흘리고 있었다.

"조르바, 갑자기 바보가 되었나요?" 나는 그에게 소리 쳤다.

"날 비웃지 마요. 당신 눈에는 이게 안 보이나요? 전 지금 마술에 걸린 거예요."

그는 밖으로 달려 나와 봄철 망아지처럼 풀밭을 구르고 뒹 굴었다.

해가 떠올랐다. 나는 햇빛을 받기 위해 손을 폈다. 새순이 돋는 나뭇가지들, 부풀어 오르는 가슴, 영혼도 나무처럼 열리 고…… . 영혼과 육체는 같은 물질로 빚어졌다는 것을 알 수 있었다.

조르바는 갑자기 섰다. 그의 머리카락에는 이슬과 흙이 묻 어 있었다.

"서두르세요. 옷을 입고 멋지게 꾸밉시다. 오늘 성수식이 있어요. 신부와 마을 유지들이 몰려올 거예요. 그러니 이렇게 풀밭에서 구르다간 회사에 먹칠하기 십상이죠. 셔츠 깃도 세 우고 넥타이를 합시다. 모자도 쓰고요. 대가리는 없어도 되지 만, 이 미친 세상에선 모자를 꼭 써야 하죠."

우리는 옷을 차려입었다. 인부들이 오고 마을 유지들도 속 속 도착했다.

"보스, 오늘은 바보 짓은 하지 말고 자제하세요."

스테파노스 신부가 신부복을 입고 맨 앞에서 왔다. 그의 신부복에는 깊은 주머니가 달려 있었는데, 그는 그곳에 성수식, 장례식, 결혼식, 성찬식 등을 진행하고 교인들이 고맙다고 건네는 치즈, 파이, 오이, 콜리비(양배추에서 분화된 채소), 과자 등을 던져 넣었다. 그대로 집으로 가면 신부의 부인이 주머니를 뒤져 유리그릇에 모조리 담고, 와구와구 먹으며 종류별로 나누었다.

스테파노스 신부 뒤로 동네 유지들이 왔다. 카페 주인 콘도마놀리오, 소매가 넓은 셔츠를 입은 아나그노스티 영감, 심각하고 진지한 표정의 교장 선생, 그리고 까만 셔츠를 입고 까만 구두를 신은 마브란도니 영감이 천천히 행렬을 따랐다. 마브란도니는 비통하고 냉정한 표정이었다.

"우리 주 예수의 이름으로." 조르바가 엄숙하게 말했다. 조르바가 행렬 기도에 앞장서자 모두가 경건하게 뒤따랐다.

아주 까마득한 옛날, 마술적인 의식의 기억이 농부들의 가슴에서 되살아났다. 신부에게 그들의 시선이 모아졌다. 어떤 보이지 않는 힘들과 싸워 그것을 쫓아내 주기를 신부에게 바라고 있었다. 지금까지 수천 년 동안 마법사가 두 팔을 들고 성수를 공중에 뿌리며 전능한 주문을 외웠다. 그러면 신성한 정령이 인간을 돕기 위해 흘러나왔다.

우리는 케이블의 첫 번째 기둥을 박기 위해 파 놓은 바닷가 구덩이에 도착했다. 인부들이 그 구멍으로 소나무 기둥을 세웠다. 스테파노스 신부가 영대를 두르고 성수 병을 꺼내 기둥을 엄하게 바라보며 기도문을 외웠다.

"이 기둥은 어떤 바람으로도 절대 쓰러지지 않고 굳건할 것이다. 아멘!"

"아멘!" 조르바가 천둥 치는 것 같은 목소리로 말하고는 성호를 그었다.

"아멘!" 귀빈들도 소리쳤다.

"아멘!" 인부들도 소리쳤다.

"하느님께서 당신들의 사업을 축복하시고 아브라함과 이삭에게 내린 재물을 당신들에게 내려 주시길 바랍니다." 신부가 축원 기도를 했다. 조르바는 1,000드라크마를 꺼내 신부의 손에 쥐어 줬다.

"축복을 받으시길." 신부가 만족하며 중얼거렸다. 우리는 오두막으로 돌아왔다. 조르바는 그들에게 포도주와 문어, 오징어, 콩 요리, 올리브를 내어놓았다. 음식을 다 먹은 손님들은 집으로 돌아갔다. 이로써 마법의 의식이 끝났다.

"무사히 끝났군요." 조르바가 두 손을 비비며 말했다. 그는 옷을 벗고 작업복으로 갈아입은 뒤 곡괭이를 들었다.

"어이, 다들 하느님의 이름으로 일들 하자고!" 그는 인부들에게 소리쳤다.

조르바는 온종일 고개도 들지 않고 일에 열중했다. 인부들은 50미터마다 구멍을 파서 기둥을 세우고 산의 꼭대기까지 일직선을 만들어 갔다. 조르바는 측량하고 계산한 뒤 명령을 내렸다. 그는 온종일 먹지도, 마시지도, 담배를 피우지도 않았고 쉬지도 않았다. 그는 완전히 일에 빠져 있었다.

그는 내게 이런 말을 하곤 했다. "모든 것을 어정쩡하게 하면 일을 그르쳐요. '적당히' 해치우는 게 오늘의 세상을 망쳐놨죠. 인간들아, 그만하면 충분하니 이제 끝까지 밀어붙여라. 할 때는 화끈하게 해야 합니다. 못을 하나 박아도 제대로 박아야 우리는 승리합니다. 하느님은 악마보다 반만 악마인 놈을 더 미워합니다."

그날 밤, 일터에서 돌아온 그는 완전히 지쳐 모래에 누워 말했다.

"난 여기에서 잘게요. 여기서 새벽까지 자다가 일을 시작하겠어요. 야간 교대를 해야 해요."

"조르바, 왜 이렇게 서둘러요?"

그는 잠시 망설이다가 말했다. "왜라뇨? 내가 계산한 경사가 맞는지 아닌지 어서 보고 싶어서요. 내 계산이 틀렸다면 망하는 거예요. 글러 먹은 건지 아닌지는 빨리 알수록 좋아요."

그는 게걸스럽게 식사를 끝냈다. 잠시 뒤 코 고는 소리가 들려왔다. 나는 한동안 하늘에서 푸르게 빛나는 별들을 바라봤다. 온 하늘이 천천히 움직이고 있었다. 내 머리도 천문대의 돔처럼 돌았다. "별들이 도는 길을 너도 도는 것처럼 살펴보아라." 마르쿠스 아우렐리우스의 이 구절이 마음에 조화롭게 울림을 주었다.

21

부활절이 되었다. 조르바는 마케도니아에 있는 여자 친구가 짜 주었다는 자줏빛 양말을 신고 온갖 멋을 부리고 있었다. 그는 초조한 듯 언덕을 오르내리고 있었다. 그는 짙은 눈썹 위에 손을 올려 차양 삼아 마을 쪽을 살폈다.

"이년이 늑장을 부리네. 이 늙은 물개가. 늑장을 부려. 이 찢긴 깃발 같은 년이!"

번데기에서 나온 나비 한 마리가 조르바의 콧수염 위에 앉으려고 했다. 간지러웠던 조르바는 재채기를 했고, 나비는 조용히 날아올라 빛 속으로 사라졌다.

이날 우리는 부활절을 같이 축하하기 위해 오르탕스 부인을 기다리고 있었다. 양고기를 구웠고, 흰 천을 깔고 달걀에 색칠도 해 놓았다. 조르바와 나는 반은 장난으로, 반은 진짜 열심히 그녀를 환영하려고 했다. 그 황량한 해변에서 살짝 멍청하고 향수 냄새를 풍기며 다니는 세이렌은 묘하게 우리를 매혹시켰다. 그녀가 없으면 우리는 허전했다. 오드콜로뉴 향수 냄새, 오리처럼 뒤뚱거리는 걸음걸이, 속삭이는 듯한 쉰 목소리, 새침하고 흐릿한 눈동자…….

우리는 도금양 나무와 월계수의 가지를 꺾어 오르탕스 부인이 지날 개선문도 세웠다. 그리고 개선문 위에 영국기, 프랑스기, 이탈리아기, 러시아기를 꽂고 한가운데 가장 높은 곳에 하얀 천을 달아 늘어뜨려 놓았다. 대포는 없었고, 장총 두 정을 빌려 언덕에서 기다렸다. 궁둥이를 실룩거리는 부인이 오면 바로 축포를 쏘기로 했다. 호젓한 곳에서 그녀의 옛 영광을 다시 재생시켜 주려고 했다. 그래서 그 불쌍한 여자가 그 순간만큼은 자기의 환상을 즐기고 탄탄한 가슴을 출렁거리는, 실크 스타킹에 에나멜 구두를 신은 젊은 시절로 돌아가게 해 주려고 했다. 그리스도의 부활이 무슨 의미가 있을까. 늙은 매춘부가 스무 살의 젊은 여자가 될 수 없다면.

"늦네. 이 발정 난 년이 오늘 늦어. 이 여편네, 왜 늦어. 다 찢어 발긴 깃발이 늦네." 조르바는 양말을 고쳐 신으며 계속 투덜거렸다.

"이리 와 앉아요. 여기 그늘에서 담배나 한 대 합시다. 그리 늦지 않을 거예요."

그는 조바심을 내며 마을 길을 한 번 더 내려다보고 캐럽 나무 아래에 앉았다. 정오가 다 되었고 날씨는 더웠다. 이따금 부활절을 알리는 기쁜 종소리가 들렸다. 마을 전체가 봄철의 벌처럼 붕붕거리고 있었다.

조르바가 고개를 흔들며 투덜거렸다.

"끝났어요. 부활절에 그리스도가 부활하는 시간에 내 영혼이 살아나는 걸 느꼈는데 그 모든 게 끝났어요. 이젠 몸만 겨우 다시 살아나요. 예전에는 한 사람이 음식을 사 주며 말했어요. '이거 한입 먹어요. 저것도요.' 이러면서 더 많은 맛있는 음식을 잔뜩 먹었죠. 그걸 다 똥으로 내려 보낼 수 있습니까. 남는 게 있어서 비축이 됐다가 그게 기분이 되고 신명이 되고 춤이, 노래가 되었죠. 그렇게 뭔가가 남는 것이 부활입니다."

그는 다시 일어서서 지평선을 보고는 화난 표정으로 왔다.

"웬 꼬맹이가 달려오네요." 조르바는 이렇게 말하며 뛰어 갔다.

아이는 발끝으로 서서 조르바의 귀에 대고 뭐라고 이야기했다. 조르바는 불같이 화내며 말했다. "아파? 아프다고? 너 거짓말이면 혼난다."

조르바는 내게 몸을 돌려 말했다.

"보스, 내가 마을로 내려가 그 늙은 년을 보고 오리다. 가만, 색칠한 달걀 두 개만 주세요. 가져가서 달걀 깨려고요. 금방 다녀오겠소."

그는 달걀을 주머니에 넣고 양말을 당겨 올리고 언덕을 내려갔다.

나는 언덕에서 내려와 시원한 자갈 위에 누웠다. 바람이 잔잔하게 불었고, 바다는 물결치고 있었다. 갈매기 두 마리가 파도 위에 배를 대고 관능적으로 서로를 즐기고 있었다.

나는 물에다 배를 댄 갈매기들의 기쁨과 시원함을 상상해 보았다. 갈매기를 바라보며 생각했다. '그래, 저거야말로 리듬을 찾아내 그것을 따르는 것이다.'

한 시간 뒤 조르바는 만족스러운 듯 나타났다.

"불쌍한 것이 기침 감기에 걸렸어요. 아무것도 아닙니다. 지난 며칠 동안 자기는 프랑스 여자인데 저를 위해 밤마다 철야 예배에 갔대요. 제가 프랑스 남자도 아닌데. 그리고 그 불쌍한 것이 감기에 걸린 것이죠. 그래서 내가 부항을 떠 주고, 등잔의 기름을 따라 몸을 문질러 주고, 럼주도 한 잔 마시게 했죠. 내일이면 나을 거예요. 이 늙은 것이 좋았나 봐요. 내가 문지르니 비둘기처럼 꾸룩꾸룩거리더라고요. 간지럽다고."

우리는 음식상을 차렸다. 조르바는 잔을 채운 후 마시기 전에 말했다.

"늙은 여자의 건강을 위하여! 악마가 그녀를 아주 늦게 데려가길 바라며."

우리는 말없이 먹고 마셨다. 바람은 벌 떼처럼 잉잉거리며 넘어왔다. 애절한 리라(고대 그리스의 발현 악기) 소리도 늘려왔다. 조르바는 귀를 기울였다.

"리라 소리가 나네요. 마을에서 누가 춤이라도 추나 봐요."

그가 벌떡 일어났다. 허기를 채웠고 포도주가 그를 취하게 한 것 같았다.

"비둘기처럼 여기 이렇게 앉아 있을 건가요. 가서 춤춰요. 먹어 치운 새끼 양에게 미안하지도 않소? 그놈이 희생한 게 아깝지 않나요? 가서 춤추고 노래합시다. 조르바께서 부활했도다!"

"잠깐만요, 조르바. 당신, 정신이 나간 건가요?"

"보스 양반, 뭐든 말씀만 하십쇼. 단지 나는 양에게 미안할 뿐이에요. 빨간 달걀에게 미안하고. 부활절 빵과 치즈가 불쌍하단 말이요. 빵과 올리브만 먹었다면 집에서 잠이나 잤겠죠. 올리브나 빵 조각은 아무것도 아니니까. 하지만 이런 음식을 먹고 낭비하는 건 죄악이에요. 가서 부활을 축하합시다."

"나는 그럴 기분이 아닙니다. 내 몫까지 춤춰요."

조르바는 나의 팔을 잡고 끌었다.

"이봐요. 그리스도가 다시 태어났어요. 내가 당신만큼 젊었다면 난 어디든 대가리를 밀어 넣었겠죠. 일, 포도주, 사랑,

뭐든지. 나 같으면 아무것도 두렵지 않을 거 같아요. 젊음이란 그런 거죠."

"조르바, 당신 안에서 양 새끼가 말하나요? 당신 안에서 양고기가 말하고 있네요."

"양고기가 조르바가 되었고, 그 조르바가 보스에게 말하고 있는 겁니다. 내 말을 들어보고 나서 모욕하려면 하시구려. 나는 뱃사람 신드바드…… 물론 세상을 다 돌아본 것은 아니죠. 아니고말고. 하지만 나는 도둑질도 하고, 살인도 하고, 거짓말도 하고, 여자들과도 한 트럭이나 뒹굴어 봤고, 계명이란 계명은 다 어겼어요. 어긴 계명이 몇 개냐고요? 열 개? 스무 개? 100개라도 상관없죠. 어차피 내가 다 어겼을 테니까. 난 겁나지 않아요. 그리고 정말 하느님이 존재해서 당장 내일 그곳에 데려간다고 해도 두렵지 않죠. 내가 하느님에게 어떻게 잘 알아듣게 설명해야 할지 모르겠지만. 그런 건 의미가 없어요. 하느님이 지상의 벌레가 한 짓을 하나하나 다 살펴볼 것 같아요? 그리고 그 벌레가 암지렁이를 꾀어 먹고, 금요일에 고기 한입 먹었다고 하느님이 마구 화내고 괴로워서 혼절이라도 할 것 같아요? 이 돼지죽이나 핥을 신부들. 다 꺼져 버려라!"

"조르바, 하느님은 당신이 뭘 먹었는지는 안 따지지만 당신이 한 짓은 따질 거예요." 나는 그를 약 올리기 위해 말했다.

"하느님은 그렇지 않을 걸요. 무식한 조르바가 어떻게 아냐고 물어보고 싶겠죠? 그냥 알아요. 확실해요. 내게 아들이 둘 있다고 가정할 때, 한 놈은 하느님을 잘 믿고 조용하고 예의 바르고 가정적이죠. 그런데 만약 둘째 아들이 사기를 치고 여자의 꽁무니나 쫓아다니고 폭식하고 불법을 일삼는 아들이었다면 난 그 녀석에게 마음이 가 있을 겁니다. 왜냐? 날 닮았으니까. 하지만 밤낮으로 절하며 동전이나 긁어모으는 늙은 스테파노스 신부보다 내가 하느님을 더 닮지 않았다고 할 수 있나요? 하느님도 신나게 놀고, 죽이고, 사랑을 나누고, 일하고, 잡히지 않는 새들을 사냥하죠. 하느님도 입맛 당기는 걸 먹고, 끌리는 여자를 안아요. 아름다운 여자를 보면 당신 가슴도 뛸 겁니다. 그러다가 갑자기 땅이 갈라지며 여자가 사라집니다. 어디로 갔을까요? 누가 데려간 걸까요? 행실이 참한 여자라면 하느님이 데려가셨다고 할 거고, 행실이 음탕하면 악마가 데려갔다고 하겠죠. 하지만 몇 번이나 말했듯이 하느님과 악마는 똑같아요!"

조르바는 지팡이를 짚은 채 모자를 쓰고 한동안 입술을 씰룩거렸다. 할 말이 남아 있는 듯했다. 그러나 그는 더 이상 말하지 않고 마을 쪽으로 갔다.

나는 저녁 햇살을 받으며 지팡이를 휘두르는 그의 거인 같은 그림자를 보았다. 조르바가 지나가자 해변이 생동하는 것 같았다. 나는 한동안 귀를 기울이고 그의 발소리를 들었다. 철저히 혼자가 되었음을 느끼며 일어섰다. 어디로 가야 하지? 나는 결정한 것이 없었다. 하지만 나의 몸이 일어섰다. 내 몸이 나와 상의하지 않고 혼자 결정한 것이었다.

'가자. 앞으로 가자.' 내 몸이 나에게 명령했다.

나는 당차게 걸어 마을로 갔다. 이따금 가던 길을 멈추고 봄의 냄새를 맡았다. 땅에서는 캐모마일 향이 났고 과수원이 가까워지자 레몬 나무와 오렌지 나무, 그리고 월계수에서 꽃 내음이 났다. 내 머리 위로 꽃향기가 파도처럼 밀려들었다. 저녁 하늘의 별이 춤추고 있었다.

"바다와 여자, 포도주, 신물이 날 정도의 노동." 나는 길을 걸으면서 나도 모르게 조르바가 한 말을 중얼거리고 있었다. "그렇다. 바다와 여자, 포도주, 신물이 날 정도의 노동. 일과 포도주, 사랑에 자신을 던지고, 하느님도 악마도 두려워하지 말 것. 그것이 젊음이다." 나는 나 자신을 격려하기 위해 조르바의 말을 되뇌며 걸어갔다.

그러다가 나는 목적지에 이른 것처럼 걸음을 멈추었다. 어디지? 나는 주위를 둘러보았다. 나는 과부의 정원에 도착해 있었다. 갈대와 선인장 뒤에서 여자의 부드러운 노랫소리가 들렸다. 나는 가까이 다가가 갈대를 밀었다. 한 그루의 오렌지 나무 아래에 검은 옷을 입은 여자가 있었다. 그녀의 가슴은 터질 듯 풍만했다. 여자는 꽃을 꺾으며 노래를 불렀다. 희미한 어둠 속에서 나는 그녀의 반쯤 드러닌 가슴을 볼 수 있었다.

나는 숨이 멎는 것 같았다. '이 여자는 맹수다.' 나는 그렇게 생각했다. 여자도 그것을 알고 있었다. 여자에게 사내란 어리석고 불합리하고 무력한 동물일 것이다. 여자는 수컷을 잡아먹는 곤충인 사마귀나 메뚜기, 방아깨비, 거미처럼 탐욕스레 수컷을 잡아먹을 것이다.

과부는 내 시선을 의식한 것인지 갑자기 노래를 멈추고 주변을 둘러보았다. 그렇게 우리 둘의 눈동자가 마주쳤다. 나는 다리에 힘이 풀렸다. 갈대숲에서 호랑이라도 만난 듯한 기분이었다.

"누구 있어요?" 과부는 물었다. 그러고는 블라우스의 단추를 잠그고 가슴을 가렸다. 그녀의 얼굴이 어두워졌다.

나는 그대로 그곳을 벗어나려고 했다. 하지만 조르바가 한 말이 떠올랐다. '바다, 여자, 포도주······.' 나는 용기를 냈다.

"나예요. 문을 열어 주세요."

이 말을 발음하고 나서 나는 떨고 있었다. 달아나고 싶었지만 냉정을 되찾았다. 창피했다.

"나라니, 누구세요?"

그녀가 천천히 조심스럽게 내가 있는 방향으로 다가왔다. 그녀는 눈을 가늘게 뜨고 경계하며 머리를 내밀었다.

갑자기 여자의 얼굴이 환하게 빛났다. 혀끝을 내밀어 제 입술을 적셨다.

"사장님이시군요!" 여자가 부드럽게 말했다.

여자는 금방이라도 달려들 기세로 더 가까이 다가왔다.

"사장님이세요?" 여자가 물었다.

"그렇소."

"들어오세요."

날이 밝아 오고 있었다. 조르바는 돌아와 해변에 앉아 있었다. 그는 바다를 보며 담배를 피고 있었다. 나를 기다리고 있던 것 같았다.

내가 나타나자 그는 고개를 들어 나를 보았다. 그는 킁킁 거리며 냄새를 맡았다. 그리고 그의 얼굴이 밝아졌다. 내게서 과부의 냄새를 맡은 것이다.

그는 천천히 일어나며 나에게 손을 내밀었다.

"내 축복을 받으시오." 그가 말했다.

나는 침대에 누워 자장가 같은 바닷소리를 들었다. 나도 갈매기처럼 파도에 뜬 채 오르내리는 기분이었다. 그러다가 나는 잠에 빠져 꿈을 꾸었다. 엄청나게 거대한 흑인 여자가 땅에 앉아 있었다. 화강암으로 만든 신전 같았다. 나는 주위를 돌며 필사적으로 입구를 찾으려고 했다. 내 몸의 크기는 그녀의 빌가락보다 작았다. 발꿈치 뒤를 돌고 있을 때, 갑자기 저음의 목소리가 들렸다.

"들어오거라."

나는 들어갔다.

정오가 되어서야 잠에서 깼다. 창으로 해가 들어와 침대 시트를 비추고 있었다. 벽에 걸린 거울에 쏟아지는 빛이 강해서 마치 수천 조각으로 깨진 거울의 파편 같았다.

나는 거대한 흑인이 나온 꿈을 다시 떠올렸다. 바다는 웅얼거렸다. 다시 눈을 감자 행복했다. 사냥을 나가 먹이를 잡았고, 햇살 아래서 쉬고 있는 짐승이 된 기분이었다. 내 마음과 몸은 포만감에 빠져 휴식을 취하고 있었다. 오래 고민하던 복잡한 문제가 간단히 해답을 찾은 듯했다.

지난 밤, 그 모든 기쁨이 몸속에서 넘쳐 물길을 만들며 흘러 흙으로 빚은 내 몸을 촉촉하게 적셔 주고 있었다. 눈을 감고 누워 있으니 내 존재의 껍질이 터지며 팽창하는 것 같았다. 지난 밤, 나는 처음으로 영혼이 빠르게 움직이고, 투명하고, 자유로웠지만 역시나 육체라는 사실을 알았다. 그리고 무거운 유전자에 눌려 조금 둔할 뿐이지만 그것 역시 위대한 순간에 깨어나 몸서리를 치고 날개를 펼치는 영혼이라는 사실도 느꼈다.

그림자가 내 몸 위로 그늘을 만들었다. 조르바가 문 앞에
서서 만족스러운 표정으로 날 내려다보았다.

"일어나지 말아요. 그냥 있어요. 축제 기간이니 푹 주무세
요." 그는 마치 어머니처럼 부드럽게 나를 타일렀다.

"벌써 푹 잤어요." 나는 일어나며 대답했다.

"달걀 하나 해 줄까요? 힘이 나게요." 조르바는 미소를 지
었다.

나는 아무 말도 없이 바다로 나가 물속으로 뛰어들었다.
그리고 나와 태양에 몸을 말렸다. 아무리 씻어도 내 코에서,
손에서, 손가락에서, 입술에서 달콤한 냄새가 은은하게 났다.

어제 여자는 오렌지 꽃을 한 다발 꺾어 두었다. 오늘 저녁,
마을 사람들이 광장 포플러 나무 아래에서 춤추느라 성당에
아무도 없을 것이었다. 그동안 그리스도에게 바칠 꽃이었다.
그녀의 침대에는 오렌지 꽃이 있었고, 꽃잎 사이로 눈이 큰
성모 마리아가 슬픔에 빠진 모습이 보였다.

조르바는 달걀을 담은 컵과 오렌지 두 개, 조그마한 부활
절 빵이 담긴 접시를 내왔다. 그는 전쟁에서 돌아온 아들을
맞은 어머니처럼 조용히, 그리고 자상하게 나를 보살폈다. 그
는 나를 보더니 중얼거리며 나갔다.

"난 기둥을 몇 개 더 박아야겠어."

나는 햇빛 아래에서 조용히 음식을 먹었다. 시원한 초록 바다를 항해하는 것 같은 육체의 행복감이 나를 기분 좋게 했다. 나는 정신이 이 육체의 행복을 가로채서 제 틀에 넣고 그것으로 생각을 만들도록 내버려 두지 않았다. 그저 머리 꼭대기에서 발끝까지 내 몸이 마음껏 즐기도록 내버려 두었다. 그러면서 이따금 무아지경에 빠져 내 주변 세계와 나의 내면 속 놀라운 일들만을 바라보았다. "이건 뭐지? 이 세계는 무슨 일이 벌어져 우리의 손, 발, 배에 완벽하게 만들어진 걸까." 나는 이렇게 말하곤 했다. 그리고 나는 다시 눈을 감았다.

나는 몸을 일으켜 오두막으로 갔다. 부처의 원고를 폈다. 이미 작업은 완성에 가까웠다. 최후의 부처는 꽃이 핀 나무 아래 누워 있었다. 손을 들어 흙, 불, 물, 공기, 그리고 정신, 이 다섯 가지가 흩어질 것을 명령했다.

나는 더 이상 부처가 필요 없게 되었다. 나는 이미 그를 극복하고 이제 내가 손을 들어 내 안에 부처에게 분해되어 흩어질 것을 명령했다.

나는 언어를 사용해 재빨리 그의 몸을, 마음과 정신을 유린했다. 나는 마지막 구절을 휘갈기고 절규 같은 문장을 이끌어 냈다. 나는 붉은 연필로 내 이름을 새겨 넣은 듯 크게 썼다. 끝이었다.

나는 뭉툭한 끈을 찾아 원고를 단단히 묶었다. 마치 적의 손발을 묶고 있는 듯한 느낌이었다. 사람이 죽으면 시신을 꽁꽁 묶는 야만인이 된 듯 이상한 쾌감을 느꼈다.

맨발의 조그마한 여자아이가 달려왔다. 노란 옷을 입은 아이는 빨간 달걀 한 알을 쥐고 있었다. 아이는 겁을 먹은 얼굴로 날 바라봤다.

"왜 그러니?" 나는 여자아이를 안심시키려고 다정하게 물었다.

꼬마는 코를 훌쩍거리며 작은 목소리로 답했다.

"부인이 오시래요. 그녀는 지금 누워 있어요. 아저씨가 조르바 맞죠?"

"알았다. 곧 갈게."

내가 빨간 달걀을 손에 쥐어 주자, 그 아이는 달걀을 꼭 움켜쥐고 뛰어갔다.

나는 일어서 길을 따라 걸었다. 마을 사람들 소리가 점점 크게 들려왔다. 광장에 이르니 젊은이들과 처녀들이 포플러 나무 밑에서 춤추고 있었다. 광장 벽의 돌 벤치에서는 마을 노인들이 지팡이에 기대 그 모습을 구경하고 있었다. 광장 한가운데에 리라 연주가가 있었다. 왼손으로 리라를 잡고 오른손으로 활을 움직이자, 리라에서 아름다운 소리가 났다.

"예수께서 부활하셨소!" 내가 지나는 길에 소리를 질렀다.

"다시 태어나셨습니다." 남녀 소리가 섞인 기쁜 화답 인사

소리가 들렸다.

나는 얼른 주변을 둘러보았다. 펑퍼짐한 바지를 입은 청년들은 허리가 가늘었고, 아랫노리는 나무처럼 단단하며 날씬했다. 머리에는 두건을 썼다. 두건에는 술로 된 장식이 달려 있어서 이마와 관자놀이로 곱슬머리처럼 흘러내렸다. 목에 금속 장식을 걸고 숄을 두른 처녀들은 고개를 숙인 채 무언가를 기대하고 있었다.

"사장님, 이리 오셔서 함께 즐기시지요." 몇몇 사람이 내게 청했다.

그러나 나는 이미 그들 앞을 지나쳤다.

오르탕스 부인은 어딜 가나 정성스럽게 끌고 왔을 침대에 누워 있었다. 그녀는 열로 볼이 발갛게 상기되어 있었고 기침까지 했다.

그녀는 나를 발견하고는 한숨을 내쉬었다.

"조르바는? 우리 조르바는 어디 있어요?"

"조르바 역시 아파요. 당신이 아파 누운 날, 조르바 역시 병이 났어요. 부인의 사진을 쥔 채 한숨만 내쉬고 있답니다."

"그러고요? 그래서 어떻게 되었나요? 말씀해 주세요." 늙은 세이렌은 행복에 겨운 것처럼 눈을 감았다.

"그리고 혹 필요한 게 없냐고 알아보라 했습니다. 오늘 저녁엔 직접 오겠대요. 그 역시 아프지만 떨어져 있을 수 없다고요."

"더, 더 얘기해 줘요."

"아테네에서 전보가 왔어요. 웨딩드레스와 화환이 다 되었다는군요. 배에 실었으니 곧 도착할 거래요. 참 흰 양초와 핑크빛 리본도요."

"조금만 더 말해 주세요. 계속이요."

그녀가 잠이 들었다. 부인의 숨소리가 달라졌다. 헛소리를 시작했다. 그녀의 방에서는 오드콜로뉴와 암모니아와 땀 냄새가 섞여 났다. 열린 창문으로 새똥과 토끼의 똥 냄새가 들어왔다.

나는 일어서서 나오다가 미미토스와 마주쳤다. 그는 새 바지를 입고 새 구두를 신고 있었다. 귀 뒤에는 박하 나무 꽃을 꽂고 있었다.

"미미토스, 칼로 마을에서 의사를 모셔오너라."

미미토스는 내 말이 끝나기도 전에 구두를 벗어 겨드랑이에 끼었다.

"의사 선생님을 만나면 내 인사를 전하고 그분의 암말을 타고 꼭 빨리 오시라고 해라. 부인이 위독하시다고 전해. 불쌍하게도 감기가 심해 열이 높다고, 아주 많이 아프다고 전해라. 잊지 말고 전해야 한다. 자, 빨리 가거라."

"알았습니다!"

그런데 그는 손바닥에 침을 뱉고 문지르면서 움직일 생각을 안 했다. 그리고 웃으며 나를 바라봤다.

"어서 가. 빨리 가라니까!"

그는 여전히 꿈쩍도 않고 내게 윙크하며 악마처럼 웃었다.

"사장님께 오늘 향수를 한 병 배달하라는 부탁을 받았어요. 선물이요."

그는 누가 주더냐고 묻기를 기다렸다. 하지만 나는 묻지 않았다.

"누가 줬는지 알고 싶지 않으신가요?" 미미토스는 키득거렸다. "머리에 바르라고 말씀드리라는데요."

"입 닥치고 어서 가거라."

그는 웃으며 다시 침을 뱉었다.

"갑니다! 예수께서 부활하셨습니다!" 그리고 미미토스는 사라졌다.

22

포플러 나무 아래에서는 부활절 춤판이 한창이었다. 춤의 행렬은 아직 면도를 시작하지 않은 솜털이 보송한 젊은이가 이끌고 있었다. 열린 셔츠 사이로 드러난 가슴에는 곱슬곱슬한 털이 있었다. 그는 고개를 젖히고 마치 날개인 듯한 두 다리로 땅을 치고 있었다. 그는 이따금 소녀들에게 눈길을 던졌다. 그럴 때면 검게 그을린 그의 얼굴에서 두 눈의 흰자위가 미친 듯이 빛을 뿜었다.

나는 두려우면서도 한편으로는 즐거웠다. 여자 하나를 불러 오르탕스 부인의 시중을 들게 한 직후여서 마음 놓고 크레타 춤을 보러 온 것이다. 나는 아나그노스티 영감 곁으로 다가가 옆에 앉았다.

"춤을 이끌고 있는 저 젊은이는 누구인가요?" 나는 그의 귀에 대고 물었다.

영감은 한차례 웃고는 대답했다.

"저놈은 천사장처럼 사람들의 영혼을 뺏어 버리는 잡놈이지." 그가 자랑스러운 듯 말했다. "시파카스란 양치기요. 1년 내내 지방을 다니며 양을 치는데, 오직 부활절에만 사람들도 만나고 춤도 추려고 내려오지." 그가 한숨을 내쉬었다.

"아이고, 내게도 저런 젊음이 있다면 콘스탄티노플도 되찾을 텐데."

젊은이가 고개를 뒤로 흔들며 발정 난 숫양처럼 알아들을 수 없는 소리를 냈다. "계속 연주해. 파누리오스, 리라를 치세요! 카론이 죽을 때까지."

죽음은 마치 생명체처럼 죽었다가 다시 태어났다. 지난 수천 년간 새싹이 돋아난 포플러 나무, 소나무, 떡갈나무, 플라타너스 나무, 종려나무 밑에서 그렇게 춤췄다. 앞으로 다가올 수천 년도 그들은 욕망에 이끌려 그렇게 춤출 것이다. 그들의 얼굴은 20년마다 바뀌고, 허물어지고, 흙으로 돌아가겠지만 새 얼굴이 나타날 것이다. 그러나 언제나 스무 살처럼 불사신처럼 죽지 않고 사랑하고 춤출 것이다.

젊은이는 손을 들어 수염을 만지는 듯했지만, 아직 수염은 나지도 않았다.

"연주를 계속해!" 그는 다시 소리쳤다. "헤이, 파누리오스.

내가 질식하지 않게 계속 연주해."

리라 연주자가 손을 흔들자, 젊은이는 훌쩍 뛰어올라 공중에서 발을 세 번 부딪쳤다. 어른의 키 높이만큼 뛰어오른 그는 부츠 끝으로 경찰 마놀라카스의 머리에서 흰 머릿수건을 벗겼다.

"브라보, 시파카스! 잘한다!" 사람들이 고함을 질렀다. 처녀들은 겁에 질려 땅으로 눈을 내리깔며 목소리를 낮췄다.

하지만 젊은이는 아무런 말도 없이, 누구도 보지 않고 땅을 보며, 사나우면서도 미친 듯이, 그러나 자제력을 보이며 계속 춤췄다.

그는 날씬하면서도 건강해 보이는 넓적다리 사이에 손을 짚으며 땅을 응시했다.

그러다가 성당지기 안드롤리오스 영감의 등장으로 춤이 멈췄다. 그가 갑자기 나타나 손을 흔들었기 때문이었다.

"과부예요! 과부야, 과부!" 그는 숨을 헐떡이며 소리를 질렀다.

마을 경찰 마놀라카스가 춤을 중단시키고 제일 먼저 달려갔다. 아직 도금양 나무와 월계수로 장식된 성당이 멀리서도 보였다. 흥분해 춤추던 사람들도 춤을 멈추고 달려갔다. 파누리오스는 리라를 무릎 위에 올려 두고 귀에 꽂았던 장미를 뽑아 향을 맡았다.

"어이, 안드롤리오스. 어디야?" 사람들이 흥분해 소리쳤다.

"성당 안에 있어요. 저주받을 년이 성낭으로 들어갔어요. 오렌지 꽃 한 다발을 들고."

"그년을 잡으러 갑시다." 제일 먼저 달려간 마을 경찰이 소리쳤다.

그 순간 과부가 성당 입구에 모습을 드러내더니 성호를 그었다.

"저런 망할 년, 마을의 수치. 걸레 같은 년. 화냥년. 더러운 살인자." 춤추던 마을 사람들에게서 다양한 목소리가 나왔다. "무슨 염치로 얼굴을 내밀어. 저년을 붙잡아라! 우리 마을을 더럽혔다."

젊은이 중 몇몇은 마을 경찰을 따라 성당으로 갔다. 다른 사람들은 언덕에서 그녀에게 돌을 던졌다. 돌 중 하나가 과부의 어깨에 맞았다. 여자는 비명을 지르며 손으로 얼굴을 가리고 도망치기 시작했다. 그러나 젊은이들은 이미 성당 앞에 도착했고, 마놀라카스는 단도를 뽑고 있었다.

과부는 허리를 굽히고 몸을 웅크린 채 뒷걸음질 쳤다. 그러나 문턱에 마브란도니 영감이 두 팔을 벌린 채 문을 막고 있었다.

과부는 왼쪽으로 도망쳐서 성당 정원의 삼나무로 달려가

밑동을 잡았다. 돌멩이 하나가 그녀의 머리를 맞혔다. 머릿수건이 벗겨지고 머리카락이 어깨 위로 출렁거렸다.

"예수의 이름으로 자비를! 예수의 이름으로 자비를!" 과부는 편백 나무를 붙잡고 소리쳤다.

처녀들은 한 줄로 서서 흰 머릿수건을 잘근잘근 씹고 있었다. 늙은 여자들은 난간에 몸을 기대 소리를 질러 댔다.

"그년을 죽여라! 그년을 죽여라!"

젊은이 두 명이 과부를 덮쳐 그녀의 윗옷이 찢겨 나갔다. 대리석처럼 하얀 가슴이 빛났다. 그녀의 정수리에서부터 이마와 뺨, 그리고 목까지 피가 줄줄 흘러내렸다.

"예수의 이름으로. 예수의 이름으로." 여자는 계속 울부짖었다.

피가 흘러내리고 하얗게 빛나는 가슴을 보자 젊은이들은 더욱 흥분했다. 그들은 허리춤에서 단도를 꺼냈다.

"멈춰! 그년은 내 몫이야!" 마브란도니가 소리쳤다.

마브란도니는 그때까지도 성당 문 앞에서 팔을 들었다. 그러자 모든 사람들이 멈췄다.

"마놀라카스, 네 사촌의 피가 소리를 지르고 있다." 그가 그윽한 목소리로 말했다. "네 사촌의 영혼을 쉬게 해 줘라."

나는 기어올랐던 난간에서 내려와 성당으로 달렸다. 그러다가 돌부리에 걸려 고꾸라지고 말았다. 그때 시파카스가 내 앞을 지나갔다. 그는 허리를 숙여 고양이 다루듯 내 목덜미를 잡고 일으켜 주었다.

"사장님, 점잖은 사람이 여기서 뭐 하세요? 씩 끼지세요." 그가 내게 소리쳤다.

"시파카스, 넌 저 여자가 불쌍하지도 않니? 자비를 베풀게."

그러자 산에서 내려온 젊은이가 비웃었다. "내가 여자라도 됩니까? 자비를 베풀게? 난 사나이란 말이오." 그는 단숨에 뛰어 성당 안으로 들어갔다.

나도 달려서 성당에 도착했다. 이제는 마을 사람 모두가 과부를 둘러싸고 있었다. 무거운 침묵만이 흘렀다. 들리는 소리는 오직 과부의 애절한 숨소리뿐이었다.

마놀라카스가 성호를 긋고 앞으로 나와 단도를 들었다. 난간에 기대 있던 늙은 여자들은 즐거워 비명을 질렀다. 젊은 처녀들은 머릿수건으로 얼굴을 가렸다.

과부가 눈을 치켜들어 머리 위 단도를 보고는 울부짖으며 삼나무 밑동을 안았다. 두 어깨 사이로 머리카락이 흘러내려 땅을 뒤덮었다. 새하얀 목덜미가 빛났다.

"하느님의 이름으로!" 마브란도니가 이렇게 소리치며 성호를 그었다.

바로 그 순간 내 뒤에서 우렁찬 목소리가 터져 나왔다.

"이 살인자야. 칼을 내려 놔!"

모두들 놀라서 뒤를 보았다. 마놀라카스도 고개를 돌렸다. 조르바가 화를 내며 소리치고 있었다.

"이봐, 창피하지도 않소? 이러고도 사나이라고? 마을 사람들 전체가 한 여자를 죽이려는 게 사나이라고? 당신들이 지금 크레타 전체에 똥칠을 하고 있어!"

"당신 일이나 신경 쓰고 물러서시오." 마브란도니가 대꾸했다. 그리고 조카를 향해 말했다.

"마놀라카스, 예수 그리스도와 성모 마리아의 이름으로 찔러라!"

마놀라카스가 펄쩍 뛰어 과부를 낚아채 땅바닥에 팽개치고, 단도로 여자의 배를 눌렀다가 다시 칼을 치켜들었다.

그러나 그가 미처 칼을 쓰기도 전에 조르바가 마놀라카스의 팔을 움켜쥐었다. 조르바는 커다란 머릿수건으로 주먹을 감고 마놀라카스의 단도를 빼앗으려 하고 있었다.

과부는 무릎을 꿇고 일어나 빠져나갈 곳을 찾아 두리번거렸다. 그러나 온 마을 사람들이 정원을 둘러싼 채 막고 있었다. 그들은 여자가 달려 나가려 하자, 모두 한 몸이 되어 원을 좁혔다.

그동안 조르바는 재빠르고 유연하고 조용히 싸우고 있었다. 나는 성당 문 앞에 서서 가슴 졸이며 두 사람의 싸움을 지켜봤다. 마놀라카스의 얼굴이 분노로 자줏빛이 되었다.

시파카스와 덩치 큰 젊은이가 마놀라카스를 도우려고 다가섰다. 그러자 마놀라카스는 화내며 말했다.

"물러나. 뒤로 물러서! 끼어들지 마!"

그러고는 분을 삭이지 못하고 맹렬하게 조르바를 공격하며 황소처럼 머리를 들이댔다.

조르바는 입술을 깨물고, 말없이 마을 경찰관의 오른팔을 붙잡고, 이리저리 공격을 피했다. 마놀라카스는 미친 듯이 조르바의 귀를 물어뜯었다. 그러자 피가 흘러나왔다.

"조르바!" 나는 그를 구하려고 앞쪽으로 나갔다.

"비켜요. 끼어들지 마세요!" 조르바가 나를 향해 외쳤다.

조르바는 주먹을 쥐고 마놀라카스의 급소에 일격을 가했다. 그러자 들짐승 같은 마놀라카스가 나가떨어졌다. 그의 푸른 얼굴이 창백해지며 반쯤 찢긴 조르바의 귀 조각을 뱉어 냈다. 조르바는 마놀라카스를 밀어젖히고, 땅바닥으로 팽개치고, 단도를 빼앗아 대리석에 던져 버렸다.

조르바는 머릿수건으로 피를 멎게 하고 땀으로 범벅된 얼굴을 문질렀다. 머릿수건은 금방 피로 얼룩졌다. 그는 벌떡 일어나 충혈된 눈으로 주위를 둘러보다가 과부에게 소리쳤다.

"일어나시오. 나랑 갑시다."

그는 그곳을 떠나기 위해 정원 문 쪽으로 걸었다.

과부는 절실하게 온 힘을 짜내 몸을 일으켜 세워 빠져나가려 했지만 성공하지 못했다. 마브란도니 영감이 번개처럼 그녀를 덮쳐 쓰러뜨리고, 그녀의 머리채를 세 번이나 감아 단칼에 목을 잘랐다.

"이 죄는 나의 것이다." 마브란도니는 이렇게 소리치고 과부의 목을 성당 문턱에 팽개치고는 성호를 그었다.

조르바는 고개를 돌려 그 끔찍한 모습을 보았다. 그는 수염 한 움큼을 뽑아 신음했다. 나는 다가가 그의 팔을 잡았다. 그는 나를 쳐다보았다. 그의 속눈썹에는 굵은 눈물이 흐르고 있었다.

"보스 양반, 갑시다." 그가 목멘 소리로 말했다.

그날 저녁, 조르바는 한 숟가락도 먹지 않았다. "목이 콱 막혔소. 아무것도 넘어가지 않아요." 그가 말했다. 그는 찬물로 귀를 씻고 라키 술에 적신 솜을 상처에 대고 붕대를 감았다. 그는 침대 위에 앉아 머리를 양 손바닥으로 감싼 채 생각에 잠겼다.

나 역시 벽에 기대고 앉았다. 뜨거운 눈물이 천천히 흘렀다. 머리가 텅 비어 아무 생각도 나지 않았다. 나는 슬픔에 잠긴 아이처럼 울부짖었다.

그때 조르바도 머리를 들더니 감정이 폭발해 큰 소리로 말하기 시작했다.

"보스 양반, 들어 봐요. 이 세상에서 일어나는 일은 하나같이 부당하고, 부당하고, 정의롭지 못하고 부당해요. 난 세상이 하는 짓거리에 절대로 동의하지 않을 거예요. 나란 놈은 벌레 같은 놈이지만, 왜 대체 갓난아이가 죽어야 하나요? 도대체 애나 젊은이가 죽는데, 왜 늙은이들이 살아남는 거요? 아들 녀석이 하나 있었는데, 디미트라키스였죠. 이놈은 세 살에 죽었소. 절대로, 절대로, 하느님을 용서할 수 없어. 듣고 있나요? 내가 마지막 숨을 거두는 날, 하느님이 나타난다면 아마 부끄러워할 거요. 이 벌레 같은 조르바 앞에서 부끄럽게 생각할 거요."

조르바는 상처가 아픈 듯 얼굴을 찌푸렸다. 상처에서 다시 피가 났다. 그는 소리를 내지 않으려고 입술을 깨물었다.

"기다려요. 붕대를 갈아 줄 테니."

나는 다시 라키 술로 그의 귀를 씻었다. 과부가 보낸 꽃 향수를 가져와 집어 들고 솜을 적셨다.

"꽃 향수?" 조르바가 벌름거리며 냄새를 맡았다.

"그걸 내 머리에 다 뿌려 주죠. 이렇게! 좋아요. 다 부어 버리죠. 아주 좋네요."

그는 다시 살아난 것 같았다. 나는 놀라서 그를 바라보왔다.

"마치 과부의 정원으로 들어가는 기분이네요." 그가 말했다.

하지만 다시 슬픔이 그를 덮쳤다.

"흙이 그런 몸을 만드는 데 얼마나 많은 세월이 필요할까요? 사람들은 그 여자를 보며 이런 생각을 했을 거요. '아, 내가 스무 살이고, 이 지구에서 인류가 멸종된 뒤 그녀와 나만 남게 된다면. 그러면 아이들을 낳아야지. 아니지, 신들을 만들 거야. 그래서 신들로 지구를 채울 거야!' 하지만 지금은……."

그가 일어났다. 두 눈에는 눈물이 고여 있었다.

"도저히 안 되겠소. 좀 걸어야겠어요. 오늘 저녁 산을 세 번쯤 오르내리면 몸이 기진맥진해서 진정되겠죠. 바보 같은 과부여. 그대를 위해 노래를 불러 주고 싶구나. 아니면 내 심장이 터질 것 같소."

조르바는 오두막 밖으로 나가 산 쪽으로 올라갔다. 나는 어둠 속에서 그가 사라지는 모습을 보았다.

나는 등잔불을 끄고 침대에 누웠다. 나는 나쁜 습관에 따라 현실을 재구성해 보기 시작했다. 피와 살과 뼈를 제거하고 현실을 추상으로 바꾼 뒤 그것을 일반적인 법칙과 관련시키기로 한 것이다. 마침내 나는 이미 일어난 일들은 일어날 수

밖에 없는, 필연성에 의해 일어난 것이라는 끔찍한 결론에 도달했다. 그래서 그날 일어난 사건이 정당하고 필연성에 의해 일어났을 뿐이라는 혐오스러운 위안을 얻었다.

과부 살해 사건은 내 머리, 즉 오랜 시간 동안 꿀로 바뀌어 온 이 벌통 속에 들어와 모든 것을 뒤흔들었다. 하지만 내 철학은 바로 이 경고를 위험하지 않은 것으로 만들었다. 마치 꿀벌이 자기들 집에 꿀을 훔치러 온 뒤영벌을 밀랍으로 칭칭 감아 버리는 것과 같았다.

몇 시간 뒤, 과부는 내 기억 안에서 신성한 상징이 되어 얼굴에 미소를 머금은 채 내 기억 속에 조용히 들어왔다. 이제 더 이상 과부는 내 영혼을 동요시키거나 정신을 마비시킬 수 없었다. 과부의 살해라는 그 끔찍하고 덧없는 사건은 시간과 공간에서 흩어지고, 이미 죽은 위대한 문명과 하나가 되었다. 문명은 대지의 운명과 하나가 되고, 대지는 우주의 운명과 하나가 되었다. 그녀는 이제 살해자들과 화해하고, 성스럽고 고요하게 부동의 세계에 잠들어 있었다.

시간은 나의 내면에서 그 진정한 의미를 찾았다. 과부는 마치 수천 년 전에 죽었고, 머리카락이 곱슬곱슬한 소녀들은 오늘 아침에 죽은 것 같았다.

어느 날 죽음이 날 데려가듯, 잠이 날 데려갔다. 나는 잠에 빠져들어 조르바가 언제 돌아왔는지, 돌아오기는 했는지도 모를 지경이었다. 아침에 나는 그가 산에서 인부들에게 고함치는 것을 보았다. 인부들이 하는 일 중 그의 성에 차는 것은 없었다. 그는 말을 잘 듣지 않는 인부를 내보내고, 자신이 직접 도끼를 집어 들고 케이블 기둥을 세우기 위해 표시한 곳으로 갔다. 그는 산을 오르다가 소나무를 자르던 채석장 인부에게도 소리를 쳤다. 그중 하나가 웃으며 투덜거리자 조르바는 그 인부를 덮쳤다.

그날 저녁, 조르바는 완전히 지치고 소진되어 돌아와 바닷가에 있던 내게 와 앉았다. 그는 좀처럼 입을 열지 않았다. 그가 입을 열었을 때는 목재, 케이블, 갈탄 이야기뿐이었다. 그는 이곳을 깡그리 망가뜨리더라도 가능한 한 돈을 많이 벌어 훌쩍 떠나자고 했다.

한번은 내가 합리화로 끝낸 과부의 이야기를 꺼내려고 하니 그는 내 입을 막았다. "말하지 말아요." 나는 창피해서 입을 다물었다. '사나이란 이런 것이다.' 나는 조르바의 고통이 부러웠다. 슬프면 진심으로 울고, 기쁘면 기쁨을 잡치는 일이 없는 그런 사내의 고통이 부러웠다.

이런 식으로 사나흘이 흘렀다. 조르바는 잘 먹지도 마시지도 않았다. 그는 약해져 갔다. 그러던 어느 날, 나는 그에게 부불리나가 아직 침대에 누워 있고, 의사는 오지 않았고, 그녀가 조르바의 이름을 부르며 헛소리를 한다고 말했다.

"알았소." 그는 아침에 마을로 갔다가 곧장 돌아왔다.

"만나고 왔어요?" 내가 물었다. "상태가 어떤가요?"

조르바는 이마를 찌푸리며 말했나. "아무렇지 않아요." 그가 대답했다. "죽어 가는 거예요."

그리고 그는 훌쩍 산으로 떠났다. 그날 밤, 그는 저녁도 먹지 않고 지팡이를 들고 나갔다.

"어디 가요? 마을에?"

"아니요. 산책하러. 곧 돌아올 거요."

그는 결심한 사람처럼 마을을 향해 갔다.

나는 피곤해서 잠자리에 들었다. 내 생각들은 또다시 온 지구를 살피고 있었다. 추억과 슬픔이 되살아났고, 고통스러운 일들이 나비처럼 날아다녔다.

나는 혼자 생각했다. '만약 조르바가 길에서 우연히 마놀라카스를 만나면 화가 잔뜩 난 미친 크레타 놈이 조르바에게 덤벼들어 죽일 거야.' 마놀라카스가 집에서 으르렁거리고 있다는 소문이 돌았다. 만약 조르바를 잡으면 '북어처럼 잘근잘근 찢어 버리겠다.'고 벼르고 있다는 소리를 들었다. 만약 오늘 둘이 만나면 살인이 날 것 같았다.

나는 자리를 박차고 일어나 마을로 향했다. 축축하지만 아름다운 밤이었다. 얼마쯤 가다 보니 저 멀리 조르바의 모습이 보였다. 그는 별을 올려다보며 귀를 기울였다가 다시 걸었다.

그의 지팡이가 돌을 치는 소리도 들렸다.

조르바는 과부의 정원으로 갔다. 밤공기에서 레몬 향기가 났다. 갑자기 오렌지 나무에서 꾀꼬리 울음소리가 들렸다. 그 소리는 듣는 사람의 숨을 막히게 했다. 조르바도 아름다움에 숨이 막힌 듯 걸음을 멈췄다.

그때 갈대가 갈라지며 강철 같은 소리를 냈다.

"이놈! 노망 난 늙은이. 잘 만났다!"

목소리의 주인공을 알아차린 나는 몸이 얼어붙는 것 같았다.

조르바가 앞으로 다가서며 지팡이를 들어 올린 채 걸음을 멈췄다. 별빛 덕분에 두 사람의 움직임이 훤히 보였다.

키가 크고 몸집이 큰 사내가 뛰어나왔다.

"이게 누구신가?" 조르바가 목을 길게 뺐다.

"나다. 마놀라카스!"

"가던 길 가라. 꺼지란 말이다."

"빌어먹을. 왜 나에게 망신을 줬지?"

"자네에게 망신을 준 적 없으니 좋은 말 할 때 비켜. 자넨 덩치가 크고 힘이 좋지만 그날 운이 없었어. 운명의 여신이란 그런 거지."

"운 좋아하시네." 마놀라카스는 비아냥거렸다. "내가 당한 수모를 씻을 준비가 됐어. 단도 가지고 있나?"

"없네. 지팡이뿐이야."

"그럼 단도를 가지고 오게. 기다릴 테니."

조르바는 움직이지 않았다.

"겁먹었나? 가서 가져오라니까." 마놀라카스가 비웃듯 말했다.

"마놀라카스, 단도로 뭘 하는 거지?" 슬슬 화가 난 조르바가 말했다.

"그거로 뭘 하는 건데? 기억하는지 모르겠지만 그때도 자넨 단도를 가지고 있었고, 난 맨손이었어. 하지만 내가 이겼던 것 같은데."

그러자 마놀라카스가 황소처럼 으르렁거렸다.

"게다가 날 비웃다니. 오늘 밤 당신 운명은 내 손에 달렸어. 난 무기가 있고 넌 없지. 게다가 당신은 지금 날 비웃었어. 어서 단도 가지고 와."

"겨루고 싶다면 자네가 단도를 버려. 난 지팡이를 내려놓을게."

조르바가 지지 않고 소리쳤다. 이내 조르바가 팔을 들어 지팡이를 던졌다.

"너도 단도를 버려." 조르바가 말했다.

나는 발꿈치를 들고 조용히 다가갔다. 조르바가 손바닥에 침을 뱉었다.

"자, 당장 와." 그가 소리를 지르며 공중으로 뛰어올랐다.

두 사람이 엉겨 붙기 전에 내가 뛰어들었다.

"두 사람 다 멈추세요. 마놀라카스, 이리 오세요. 그리고 조르바도요. 두 분 부끄러운 줄 아셔야죠."

두 사람은 내게 천천히 다가왔다. 나는 두 사람의 오른손을 잡았다.

"악수하세요. 두 분 모두 용감하니 화해하세요."

"저 사람이 내게 모욕을 주었소." 마놀라카스가 내 손을 뿌리치며 말했다.

"마놀라카스, 아무도 당신을 모욕할 수 없어요. 모두가 당신의 용기를 칭찬하고 있어요. 그땐 운이 없었어요. 과거의 일이니 잊으세요. 불행한 시간이었고, 이젠 끝났어요. 그리고 조르바, 당신은 타향 사람이란 걸 잊지 마세요. 우리 크레타 사람들은 타향 사람들에게 손을 대는 걸 큰 수치로 여깁니다. 자, 이리 와서 악수하세요. 이것이 진짜 용기입니다. 마놀라카스 대장, 우리 오두막으로 가서 포도주를 마십시다."

나는 한 팔로 마놀라카스의 허리를 안고 조르바에게서 떼어 놓았다.

"그리고 저 양반은 노인이에요." 나는 그의 귀에 대고 속삭였다. "당신처럼 팔팔한 장사가 노인이라뇨. 말이 되나요?"

그러자 마놀라카스의 마음이 누그러졌다. "선생을 봐서

그렇게 하리다."

마놀라카스가 조르바 쪽으로 다가가 그의 손을 잡았다. "자, 악수하고 잊어버립시다."

"자넨 내 귀를 물어뜯었어. 그것으로 자네 분도 풀렸을 거야." 조르바가 말했다.

두 사람은 화가 난 듯 오랫동안 악수하는 손에 힘을 주었다.

"손아귀 힘이 좋군." 조르바가 말했다. "마놀라카스, 당신은 장사야."

"당신 힘도 좋아요. 더 세게 잡아 보시구려."

"그 정도면 됐어요. 자, 갑시다." 내가 말했다.

나는 오른쪽에는 조르바가, 왼쪽에는 마놀라카스가 오도록 끼어들었다. 우리는 바다를 따라 오두막으로 왔다.

"올해는 풍년이 들 것 같네요." 화제를 바꾸려고 말했지만 아무도 내 말에 관심이 없었다. 두 사람의 가슴은 아직 흥분 중이었다. 이제 나는 모든 기대를 포도주에 걸었다.

"누추한 집에 오신 걸 환영합니다." 내가 말했다. "조르바, 소시지를 굽고 포도주를 내오세요."

마놀라카스는 오두막 밖에 걸터앉았다. 조르바는 그 위에 안줏거리를 올리고, 세 개의 잔에 포도주를 가득 채웠다.

"두 분의 건강을 위하여!" 내가 첫 잔을 들며 말했다. "마놀라카스 대장의 건강을 위하여! 조르바의 건강을 위하여!"

두 사람은 서로 잔을 부딪쳤다. 마놀라카스가 술을 몇 방울 흘렸다. "내 피도 이렇게 흐르기를." 그가 엄숙하게 말했다.

"조르바, 만약 내가 당신에게 손을 대면, 내 피 또한 이렇게 흐르기를."

"당신이 내 귀를 물어뜯은 걸 잊지 않는다면, 내 피 또한 이렇게 흐르기를."

23

새벽녘에 조르바는 침대에 앉아 나를 깨웠다.

"주무시나요?"

"조르바, 왜요?"

"이상한 꿈을 꿨어요. 내 생각에 우리는 머지않아 여행을 하게 될 것 같아요. 우스울 수 있지만 들어보세요. 여기 이 항구에 마을만 한 큰 배가 들어와요. 배는 고동을 울리며 출항을 준비하죠. 그때 내가 이 배를 갈아타려고 마을에서 달려왔어요. 손에 앵무새 한 마리를 들고요. 나는 배에 올라갔죠. 선장이 달려와서 표를 끊으라고 하더군요. '얼마요?' 내가 주머니에서 지폐 다발을 꺼내며 물었죠. '1,000드라크마올시다.' '너무하시네. 좀 싸게 합시다. 800드라크마.' '안 돼요. 1,000드라크마.' '800밖에 없으니 받으쇼.' '1,000이라니까. 덜 받기

곤란해요. 없으면 내리쇼.' 나는 화가 났어요. 그래서 말했죠. '이것 보쇼. 좋은 말 할 때 이거라도 받으쇼. 안 받으면 꿈에서 깰 겁니다.'라고요."

조르바는 웃음을 터뜨렸다.

"인간이란 참 묘해요. 속에다 포도주, 물고기, 빵 같은 걸 채워 주면 그게 한숨이나 웃음, 꿈으로 나와요. 무슨 공장처럼. 우리 대가리 속에 무슨 극장이 있는 것이 분명해요."

그는 갑자기 침대에서 내려 일어났다.

"하지만 그 앵무새는 왜 왔을까요? 마음에 걸려요. 앵무새가 날 데리고 가려는 건 아마도……."

그 말을 채 끝내기도 전에 작달막한 빨강머리 전령이 집 안으로 뛰어들었다.

"사람 좀 살려요. 불쌍한 오르탕스가 죽어 갑니다. 의사를 불러야 해요. 그녀가 말하길 자기는 죽어 간대요. 그 죗값을 당신들이 치르라고 했어요."

나는 부끄러웠다. 과부를 잃은 슬픔에 우리 착한 부불리나를 잊고 있었던 것이다.

그 사내는 말을 계속 했다. "오늘내일 하고 있어요. 의사를 빨리 불러야 해요. 기침을 어찌나 하는지 여관이 들썩거려요. 마을 전체가 들썩거립니다."

"조용히 하게. 그런 농담은 집어치워." 나는 그를 나무랐다.

나는 종이를 꺼내 사연을 적었다.

"어서 달려가 의사에게 전하게. 그리고 의사 선생님이 말에 타는 걸 눈으로 확인하고 돌아오게."

그는 편지를 받아 찔러 넣고 달렸다.

조르바는 일어나 말없이 옷을 갈아입고 있었다.

"기다려요. 같이 갑시다."

"빨리 가야 해요. 급해요." 그는 먼저 나가 버렸다.

잠시 후 나도 조르바가 간 길을 따라갔다. 과부의 정원은 황폐해져 있었다. 미미토스가 매 맞은 개처럼 웅크리고 앉아 있었다. 눈에 띄게 마르고 수척해 보였다. 충혈된 눈이 때꾼했다. 그는 나를 발견하고 돌을 하나 집었다.

"미미토스, 여기서 뭘 하니?" 나는 정원을 바라보았다.

내 목을 휘감던 팔, 레몬 꽃과 월계수 기름의 향내가 났다. 그때 우리는 말이 없었다. 나는 새벽의 어둠 속에서 그녀의 검은 눈을 봤다. 반짝이고 뾰족한 이도 눈에 선했다.

"그건 왜 물으시죠?" 미미토스가 말했다. "가서 일이나 보세요."

미미토스는 퉁명스레 대꾸했다.

"담배 주랴?"

"이제 담배 안 피워요. 모두 나쁜 사람들이에요. 모두."

그는 말을 끊고, 원하는 단어가 생각나지 않는 듯 거친 숨을 쉬었다.

"돼지들, 위선자들, 사기꾼들, 살인자들……."

그리고 이제야 생각났다는 듯 손바닥을 마주쳤다.

"살인자! 살인자! 살인자들!" 미미토스는 떨리는 목소리로 외치다가 웃기 시작했다. 보고 있자니 마음이 아팠다.

"미미토스, 네 말이 맞아." 나는 그를 달래고 그곳을 떠났다.

나는 마을로 돌아가며 봄의 풀 위에서 날아다니는 노란 나비들을 보았다. 그리고 늘그막에 밭일, 아내, 자식 걱정이 필요 없는 아나그노스티 영감을 만났다. 그는 이제 주위를 살펴볼 시간이 생긴 것이다. 내 그림자를 본 영감이 고개를 들었다.

"꼭두새벽부터 여길 오시다니 무슨 일이요?"

그는 나의 표정을 읽은 모양이었다. 내 대답을 기다리지 않고 말했다.

"어서 서두르게. 빨리 가야 할 거야. 살아 있을지도 모르지. 불쌍한 여자."

그녀가 너무도 오래 써 온, 어쩌면 충실한 반려자인 큰 침대는 방 하나를 거의 채우다시피 놓여 있었다. 머리 위에서 앵무새는 푸른 연미복에 노란 모자를 쓰고 깊은 생각을 하며 불안에 떨고 있었다. 앵무새는 사람 머리처럼 느껴지는 대가리를 삐딱하게 꺾고 있었다.

앵무새가 보아 온 여주인이 사랑을 벌이며 터지는 환희의 한숨도, 부드러운 교성도, 웃음도 아니었다. 여주인의 얼굴로 떨어지는 식은 땀, 관자놀이에 달라붙은 머리카락, 침대 위 발작적인 움직임. 그런 것은 처음 본 광경이어서 앵무새에게 낯설었다. 앵무새는 '카나바로! 카나바로!'를 외치고 싶었지만 목구멍이 메어 소리가 나오지 않았다.

불쌍한 주인공은 외롭게 죽어 가며 신음하고 있었다. 그녀는 시들어 버린 팔로 시트를 밀쳐 올리려고 했다. 숨이 막히는 모양이었다. 화장기는 하나도 없고 삐쩍 말랐으며 부스럼에서 시큼한 식초 냄새와 살 냄새가 났다. 부인의 침대 아래에는 구두가 아무렇게나 놓여 있었다. 가슴이 아팠다. 신발의 모습이 애처로웠다.

조르바는 침대 옆에 앉아 신발을 보았다. 그는 입술을 깨물며 눈물을 참고 있었다. 난 그의 뒤에 있었지만 그는 기척을 눈치 채지 못했다.

불쌍한 여자는 숨을 쉬기 위해 애썼다. 그녀가 숨이 막힐 때마다 조르바는 인조 장미로 장식한 모자로 여자에게 부채질을 했다. 큰 손으로 부채질을 하는 동작이 젖은 숯불을 되살리려는 사람 같았다.

여자는 눈을 흠칫 뜨고 주위를 보았다. 어두워서 아무도 보이지 않았다. 모자로 자신을 부채질해 주고 있는 조르바도 보이지 않았다. 모든 것이 흐릿해서 주변 모습들을 계속 바꿔 놓았다. 키득키득 웃는 입이 되었다가, 휘어진 발톱이었다가, 갈고리 같은 발로, 시커먼 날개로 변했다.

불쌍한 그녀는 눈물과 침, 땀이 범벅된 베개를 긁으며 소리쳤다.

"죽고 싶지 않아! 죽고 싶지 않아!"

아직 수염이 나지 않은 청년들은 죽음의 냄새를 맡고 두리번거리다가 병상의 여자를 보았다. 그러고는 만족스러운 얼굴로 윙크를 주고받은 후 사라졌다.

그러자 갑자기 마당에서 닭이 꽥꽥거리는 소리와 홰치는 소리가 들렸다. 누군가 닭을 쫓고 있었다.

이내 말라마테니아 노파가 동료를 향해 고개를 돌렸다.

"레니오, 저놈들 봤지? 배고픈 떨거지들이 닭의 목을 비틀었어. 마을 떨거지들이 모조리 마당에 모여 있어. 이 집은 순식간에 털릴 거야."

그리고 죽어 가는 여자의 침대를 보았다.

"죽어라. 얼른 안 죽고 뭐 해. 되도록 빨리 죽어야 우리도 뭘 좀 건지지."

"사실……" 레니오 할머니가 이빨이 빠진 입술을 오물거리며 말을 이었다. "우리나 쟤들이나 못할 짓을 하는 건 아니지. 먹고 싶은 게 있으면 먹고, 갖고 싶은 게 있으면 훔치라고 했어요. 우리도 곡을 빨리 해치우고, 군것질거리라도 챙기고, 실도 챙겨야죠. 그걸 들고 나가 저 여편네의 추억을 기려야죠. 자식도 없고 개도 없는데, 누가 더 닭이나 토끼를 먹겠수? 포도주는 누가 먹고. 이 무명옷과 빗과 과자는 누가 받아요? 하느님도 용서하실 거예요. 그러니 내가 챙길 수 있는 건 다 챙겨야지."

"조금만 기다리게. 곧 지옥으로 갈 것 같아."

"내 생각도 그래. 저 여자가 떠날 때까지 기다려야지."

그동안 죽어 가는 여자는 베개 밑을 뒤지며 무언가를 찾고 있었다. 그녀는 자신이 죽어 간다는 것을 알고 장롱에서 뼈를 깎아 만든 십자가를 꺼내 베개 밑에 두었다. 십자가는 오랜 세월 동안 잊고 지낸 물건이었다. 우리가 잘 먹고 잘 사는 동안에는 찾을 일이 없었다. 저 장롱 바닥에 누더기 같은 옷가지와 함께 넣어 놓고 잊고 있었던 것이다.

그녀는 마침내 십자가상을 찾아냈다. 십자가를 식은땀으로 축축한 자기 가슴에 올려놓았다.

"오, 나의 사랑하는 예수님……." 부인은 애절하게 중얼거리며 십자가를 손에 쥐고 키스했다.

프랑스어와 그리스어가 섞인 그녀의 말은 울림이 있었다.

앵무새가 부인의 목소리를 들었다. 앵무새는 여자의 목소리가 바뀐 것을 알아챘다. 그리고 기쁨에 젖어 까마귀 소리를 냈다.

"카나바로, 카나바로!"

조르바도 이번에는 앵무새를 막지 않고 두었다. 그는 십자가에 매달린 하느님에게 키스하며 우는 여자를 불쌍하게 보았다. 문이 열리고 아나그노스티 영감이 들어왔다. 그는 다가와 무릎을 꿇고 말했다.

"날 용서하시오. 하느님도 날 용서하시기를. 내 비록 험한 말을 했어도 우리는 인간이니까……."

오르탕스는 말을 듣지 못하고 형언할 수 없는 행복에 잠긴 것처럼 조용히 누워 있었다. 외로운 노년, 조롱, 치욕, 가난, 털양말을 짜며 홀로 보내야 했던 슬픈 밤, 우아한 파리 여자, 4대 강대국을 무릎 위에 놓고 호령했던 여인.

바다는 푸르고, 물에 떠 있는 강철의 성채들은 춤추고, 메추리 굽는 냄새가 진동한다. 석쇠 위에 구운 숭어, 설탕에 절인 과일은 그릇에 담겨 식탁으로 오고 샴페인 병마개는 여기저기 천장으로 날아오른다.

검은 수염, 금빛 수염, 붉은 수염, 잿빛 수염, 네 가지 향수, 선실에 철제문이 닫히고 전깃불이 켜진다. 오르탕스 부인은 눈을 감는다. 사랑, 고통, 그리고 그녀의 일생…… 이 모든 것이 순간의 일인 것을…….

부인은 무릎에서 무릎으로 건너다니며 두 팔로 제독을 껴안는다. 이제는 그 이름을 기억할 수 없다. 앵무새처럼 카나바로만 기억한다. 가장 젊었고 앵무새도 발음할 수 있었다.

오르탕스 부인은 한숨을 쉬며 정열적으로 십자가를 안았다.

"오, 카나바로…… 카나바로……."

여자는 십자가를 안으며 헛소리를 했다.

"이제 천천히 죽어 가네요."

레니오가 중얼거렸다. "수호 천사가 눈에 보여서 겁먹은 것 같네요. 머릿수건을 풀고 가까이 갑시다."

"뭐라고? 레니오, 자네는 하느님이 무섭지도 않아? 살아 있는 여자를 두고 만가를 시작하자는 겐가?"

말라마테니아 노파가 나무랐다.

"왜 이래요. 이 여편네의 트렁크며 옷가지며 마당에 있는 닭들이 보이지도 않수? 그냥 먼저 갖는 사람이 임자지."

이렇게 말하고 그녀는 일어섰다. 말라마테니아도 화를 내며 움직였다. 두 노파는 머릿수건을 벗겨 백발을 풀고 침대 가장자리로 갔다.

레니오 할머니가 먼저 곡을 시작했다. 폐부를 찌르는 듯한 소리에 등골이 오싹했다.

조르바가 일어나 두 노파의 머리를 잡아끌고 내보냈다.

"아가리 닥쳐. 늙은 까마귀들아. 아직 살아 있는 것도 모르고 곡을 하나?"

"저런 멍청한 늙은이." 말라마테니아 노파는 다시 머릿수건을 쓰며 중얼거렸다. "악마 놈이 저 악당 같은 외지 놈을 왜 데려온 거지?"

지쳐 버린 퇴물 세이렌, 오르탕스 부인은 비명을 들었다. 달콤한 환상들은 사라졌다. 제독의 지휘함은 침몰했고, 구운 고기와 샴페인, 향수를 친 수염도 사라졌다. 부인은 다시 이 침대 위에서 도망치려는 듯 애썼다. 하지만 다시 쓰러지고 말았다. 그녀는 조용히 절규했다.

"죽고 싶지 않아! 정말 죽고 싶지 않아."

조르바는 그녀에게 몸을 숙이고, 굳은 살이 박힌 큰 손으로 얼굴 위를 덮는 머리카락을 쓸어 줬다. 그의 눈에는 눈물이 고였다.

"조용하고 진정하게. 나 여기 있어. 나 조르바가 있으니 겁내지 마."

돌연 환상이 돌아왔다. 바다 빛깔의 나비 떼가 날개를 벌리고 침대를 뒤덮었다. 죽어 가는 여자는 조르바의 손을 잡고 목을 끌어당겼다. 부인의 입술이 움직였다.

"우리 카나바로. 사랑하는 카나바로."

십자가가 베개에서 미끄러져 바닥에 떨어지며 부서졌다. 바깥에서는 남자의 목소리가 들렸다.

"빨리 닭을 넣어. 물이 끓고 있어."

조르바는 천천히 자신을 감싸던 오르탕스의 팔을 풀고 일어났다. 그의 얼굴은 창백했다. 눈물이 흘렀다. 눈물을 닦았을 때, 그녀는 부은 발을 떨고 있었다. 그녀는 한두 번 발작을 일으켰다. 이불이 흘러내려 침대로 떨어졌다. 그러자 푸르뎅뎅하게 부푼 그녀의 몸이 드러났다. 여자는 목 잘리는 암탉처럼 새어 나오는 신음을 토하고, 더 이상 움직이지 않았다. 공포에 질린 눈을 그대로 뜬 채였다.

앵무새는 새장 바닥으로 나와 발톱으로 가름대를 거머쥔 채, 조르바가 주인의 눈꺼풀을 내려 주는 모습을 바라보았다.

"그녀가 죽었어요. 빨리 염을 해야 해요." 곡꾼 여인들이 소리를 내며 침대로 왔다. 여자들은 주먹을 쥐고 가슴을 치며 만가를 불렀다. 그 애처로운 노래의 흐름은 모두를 일종의 최면 상태로 몰아갔고, 이내 가슴이 한 꺼풀씩 벗겨지며 곡소리도 고조됐다.

이건 네게 어울리지 않아.

땅속에 눕는 건 어울리지 않아.

조르바는 마당으로 나갔다. 울고 싶었지만 부끄러웠던 모양이었다. 그는 언젠가 내게 이런 말을 했다.

"난 우는 것이 창피하지 않아요. 창피할 이유가 없죠. 남자들 앞에선 그렇죠. 한 족속이니까. 창피할 게 없어요. 하지만 여자들 앞에선 용감해야죠. 내가 울면 이 불쌍한 것들은 어쩌나요?"

그들은 시신을 포도주로 씻었다. 그리고 깨끗한 옷을 입힌 다음 오드콜로뉴 한 병을 뿌렸다. 죽음의 냄새를 맡은 파리들이 그녀의 눈, 코, 입 주변으로 몰려들었다.

날이 저물고 있었다. 서쪽 하늘은 이미 노을이 졌다. 짙은 자줏빛으로 변한 하늘에 붉은 구름이 천천히 지나가고 있었다.

통통하게 살찐 까마귀가 무화과나무로 날아왔다. 조르바는 화를 내며 까마귀를 쫓아 버렸다.

마당 한쪽에서는 마을의 건달들이 잔칫상을 차리고 있었다. 여기저기를 뒤져서 빵과 접시, 칼과 포크를 찾고, 포도주 세 통을 가져오고, 닭 세 마리를 삶았다. 모두가 먹고 마셨다.

"하느님께서 저 여자를 용서하시기를. 구원하시기를."

"저 여자의 애인은 천사가 되어 저 여자를 천국으로 인도하기를."

"저기 조르바 영감 좀 보게." 마놀라카스가 말했다. "까마귀에게 돌을 던지고 있어. 영감 홀아비가 되었군. 여보쇼. 같이 앉아요, 조르바."

조르바가 돌아섰다. 음식을 차려 놓은 식탁에는 닭고기, 포도주, 그리고 시골 소년들이 있었다. 그는 이내 마음을 가다듬었다.

"조르바, 이리 오세요. 모두 기다려요."

조르바가 다가갔다. 그는 포도주를 석 잔 연거푸 마시고는 닭다리를 먹었다. 마을 사람들이 말했지만 그는 대답이 없었다. 그는 묵묵히 술을 마시고 고기를 먹었다. 그러나 그의 정신은 방 쪽에 가 있었고, 먹고 마시면서도 귀로는 만가를 들었다. 종종 슬픈 곡조가 끊기면서 싸우는 듯한 목소리와 장롱을 여닫는 소리, 발걸음 소리가 들렸다.

곡꾼 여자들은 곡하며 틈틈이 죽은 여자의 방을 뒤졌다. 찬장을 열자 숟가락 몇 개, 설탕, 커피, 로쿰(터키 과자의 일종으로, 설탕과 전분을 주원료로 해 달콤하고 쫀득한 맛이 특징임)이 나왔다. 레니오 할머니는 커피와 로쿰을 챙겼다. 말라마테니아 노파는 설탕과 숟가락을 챙겼다. 그리고도 성이 안 찼는지 로쿰 두 개를 입안에 넣었다. 만가는 그 설탕 떡 사이로 새어 나오느라 목멘 소리로 변했다.

"5월의 꽃이 비가 되어 떨어지네. 능금은 그대 무릎에 떨어지네."

다른 노파 둘이 방으로 들어와 트렁크로 갔다. 그들은 거기에 손을 넣어 손수건과 타월, 실크 스타킹, 가터벨트를 자기 가방에 쑤셔 넣고 성호를 그었다.

말라마테니아는 다른 이들이 트렁크를 터는 꼴을 보고 벌컥 화를 냈다.

"자네는 계속해. 이러다 다 빼앗기고 말겠어!" 그녀는 레니오 할머니에게 이렇게 소리치고는 침실로 달려가 장롱에 머리를 쑤셔 박았다.

걸레 같은 새틴(광택이 있는 직물의 총칭) 조각, 빛바랜 나이트가운, 아주 낡은 슬리퍼, 제독용 삼각 모자. 그녀는 혼자 있을 때, 그 모자를 쓰고 감상에 젖곤 했다.

누군가 문 쪽으로 오자 노파들이 도망갔다. 레니오 할머니는 다시 죽은 여인의 침대를 잡고 곡소리를 냈다.

진홍빛 카네이션 그대 목에 두르고······.

조르바는 돌아와 죽은 여자를 보았다. 목에 리본을 두른 채 팔을 포개고 누워 있는 모습은 조용하고 평화로웠다.

"한 줌의 흙이로구나." 조르바는 생각했다. '배가 고팠던, 웃기도 했던, 키스도 했던 한 줌의 흙. 인간의 눈물을 흘리던 진흙 한 덩어리. 우리를 이 땅에 데려다 놓은 악마는 누구일

까.'

그는 침을 뱉고 바닥에 앉았다.

밖에서 젊은이들은 춤출 자리를 만들었다. 이윽고 리라 연주자도 왔다. 그들은 그녀의 짐을 치워 공터를 만들었다.

마을 유지들도 왔다. 길쭉한 지팡이를 든 아나그노스티 영감, 교장 선생도 왔다. 마브란도니는 보이지 않았다. 그는 과부 살해 사건 때문에 산속에 숨어 있었다.

"반갑네." 아나그노스티가 손을 들며 말했다.

"즐겁게 노는 걸 보니 좋네. 하느님이 자네를 축복하시길. 다만 소리를 질러선 안 돼."

콘도마놀리오가 설명했다.

"우리는 죽은 부인의 재산 목록을 작성하러 왔네. 그래야 가난한 사람에게 나누어 줄 수 있으니."

마을의 세 유지 뒤에서 머리가 덥수룩하고 신발도 신지 않은 여자들이 나타났다. 모두가 빈 자루를 하나씩 들고 있었다. 그들은 슬금슬금 다가왔다. 아나그노스티 영감이 고개를 돌리고 버럭 소리를 질렀다.

"돌아가! 이 집시 떼들 같으니. 재산은 가난한 이들에게 나눠 줄 거야. 썩 꺼져."

교장 선생이 허리띠에서 잉크병을 열고 큼직한 백지를 펼친 뒤 재산 목록을 작성하러 가게 안으로 들어갔다.

그 순간, 엄청나게 큰 소리가 났다. 누가 깡통을 찼는지, 컵들이 와장창 부딪쳐 박살이 난 것 같았다. 부엌에서도 냄비, 접시, 나이프, 포크 등이 부딪치는 소리가 났다.

그러자 콘도마놀리오 영감이 말했다.

"여러분, 우리는 오늘 하늘로 간 여자의 재산 목록을 작성하러 왔습니다. 그것을 가난한 사람들에게 나눠 줄 것입니다. 무질서하게 약탈하지 마세요." 그는 그렇게 말하며 지팡이를 휘둘렀다.

사람들은 남녀노소 할 것 없이 들어와 닥치는 대로 들고 나갔다. 문과 창문을 떼어 간 사람도 있었다. 미미토스는 구두를 하나 챙겼다.

불쌍한 아나그노스티 영감만 사람들에게 그러지 말라고 소리를 지르거나 애원했다.

"이 무슨 창피한 일인가. 죽은 사람이 자네들 소리를 다 듣네."

"신부님을 모셔 올까요?" 미미토스가 물었다.

"신부님을 왜 모셔." 콘도마놀리오가 버럭 소리를 질렀다.

"이 여자는 프랑스 사람이야. 유럽인이지. 이 여자 성호 긋는 것도 안 봤나? 이교도도 마찬가지네."

"벌써 벌레가 우글거려요." 미미토스가 중얼거렸다.

마을의 큰 어른인 아나그노스티 영감은 고개를 가로저

었다.

"그게 무엇이 이상하느냐. 사람이란 날 때부터 벌레가 득실거려. 눈에 보이지 않을 뿐. 사람에게 악취가 심하게 나기 시작하면 구멍에서 벌레가 기어 나오는 거야."

이윽고 첫 별이 나타나 하늘의 은총처럼 떨었다. 어둠은 종소리가 메웠다.

조르바는 앵무새 새장을 들어냈다. 고아가 되어 버린 새는 공포에 질려 구석에 있었다. 눈을 크게 뜨고 보아도 방 안의 사정을 알 리 없었다.

조르바가 새장을 열자 앵무새도 고개를 들었다. "조용히 해. 오늘 나랑 가자." 그가 부드럽게 새에게 속삭였다.

조르바는 허리를 숙여 죽은 여자의 얼굴을 보았다. 그렇게 계속 그녀를 바라보자, 결국 목이 메고 말았다.

그는 키스하려는 듯 얼굴을 가까이 댔다가 그만두었다. 그는 새장을 들고 마당으로 나왔다. 이내 나를 보며 조용히 팔을 잡았다. "갑시다."

조르바는 평정을 회복한 것 같았으나 아직 입술을 덜덜 떨고 있었다.

"우리 역시 저렇게 세상을 뜨겠죠." 내가 말했다.

"엄청난 위로가 되는군요." 그가 빈정거렸다. "조금만 더 있어요. 시신을 메고 나올 모양인데 그거를 보고 가야지. 잠간 더 있을 수 있나?"

"알았어요." 그가 침울한 목소리로 대답했다. 그러고는 새
장을 내려놓았다.

시신이 있는 방에서 아나그노스티 영감과 콘도마놀리오
영감이 나와 성호를 그었다. 그들의 뒤로 사내 넷이 귀 뒤에
장미를 꽂고 나왔다. 그들은 모두 취해 있었다. 그 뒤로 리라
연주자가 쫓아오고, 그다음으로 대여섯 명의 여자들이 냄비
따위를 들고나왔다. 미미토스는 실내화를 걸고 맨 끝에서 쫓
아왔다.

"살인자들. 살인자들. 모두가 살인자들." 신나는 듯이 미미
토스가 외쳤다.

습기가 가득하고 뜨거운 바람이 불어오고 있었다. 바다는
사납게 일렁였다. 리라장이는 활을 들었다. 그의 청량한 목소
리가 하늘에 울려 퍼졌다.

태양이여. 무엇이 바빠 노을이 되어 사라진단 말입니까.

"갑시다." 조르바가 말했다. "이제 모든 게 끝났어요."

24

우리는 말없이 마을의 좁은 길을 걸었다. 어느 집도 불이 켜져 있지 않았다. 어디선가 개 한 마리가 짖었고, 황소의 한 숨 소리가 들렸다. 바람결에 리라의 유쾌한 소리가 들려왔다. 리듬감 있게 흐르는 물소리 같은 것이었다.

마을을 막 벗어나 바닷길로 가는 중이었다.

"조르바, 이 바람은 무슨 바람인가요? 남풍인가요?"

앵무새가 들어 있는 새장을 들고 걸어가는 조르바는 아무 말도 하지 않았다. 해변에 도착하자 조르바는 나를 돌아보았다.

"보스, 배고픈가요?"

"아니요."

"졸린가요?"

"아니요."

"나도요. 여기 자갈에 앉아요. 내가 물어볼 게 있어요."

우리는 매우 지쳤지만 잠은 오지 않았다. 우리는 둘 다 오늘 일어난 씁쓸한 일들을 잊고 싶지 않았다. 잠을 자면 이 순간을 도피하는 것이라고 생각했다. 그래서 잔다는 것마저 부끄러웠다.

우리는 바다 앞에 앉았다. 조르바는 새장을 무릎 사이에 두었다. 그는 아무런 말도 없었다. 산 뒤로 수많은 눈을 가진 괴물 형상의 별자리가 떠올랐다. 수많은 눈과 꼬리를 가진 별자리였다. 가끔 별 하나가 떨어지곤 했다.

조르바는 마치 하늘을 처음 보는 사람처럼 입을 벌리고 별들을 쳐다보았다.

"저 위에서는 어떤 일이 벌어질까?" 그가 중얼거렸다.

그러나 말을 잇지는 않았다. 잠시 후 그는 결심했다는 듯 입을 열었다.

"보스, 말해 줘요." 더운 밤공기 속에서 그의 목소리는 더 없이 진지했다.

"이 모든 것에 의미가 있을까요? 누가 이들을 만들어 냈나요. 누가 이런 짓을 꾸미나요. 그리고 또 왜…… (이 말을 할 때 그의 목소리는 분노와 공포로 가득 차 있었다.) 사람들은 죽는 거죠?"

"모르겠어요." 나는 대답했다. 가장 단순한 문제건만 나는 아무런 답도 해 줄 수 없어서 부끄러웠다.

"모른다?" 조르바가 눈알을 굴리며 말했다. 내가 춤추지 못한다고 했을 때와 같은 표정이었다. 그는 또 침묵하다가 나에게 다시 물었다.

"아니, 당신이 읽은 그 빌어먹을 책들은 대체 무슨 소용인가요? 이런 문제에도 답해 줄 수 없는데 왜 읽고 있는 건가요? 그것들이 대체 뭘 알려 주는 건데요?"

"인간의 고뇌에 대해 알려 줍니다. 당신이 나에게 던진 질문에 아무런 대답도 하지 못하는 인간의 고뇌요."

"고뇌라니. 무슨 얼토당토않은 소리요." 조르바는 화가 났는지 발을 굴렀다.

앵무새가 화들짝 놀라 펄쩍 뛰었다. "카나바로! 카나바로!" 앵무새는 구조를 요청하는 것처럼 울었다.

"닥쳐!" 조르바가 소리치며 주먹으로 새장을 쳤다. 그러고는 나를 돌아봤다.

"보스, 제발 설명해 줘요. 우리가 어디에서 왔고 어디로 가는지 알고 싶어요. 그 오랜 시간 동안 마법 책을 잔뜩 읽었잖아요. 그동안 족히 서너 톤의 종이를 읽었을 텐데, 뭐 얻은 것이라도 없요?"

그의 목소리에서 너무 많은 고뇌가 느껴져서 나는 숨이 막힐 지경이었다. 아, 내가 어떤 대답이라도 할 수 있는 능력이 있다면 얼마나 좋을까.

내가 느끼기에 인간이 도달할 수 있는 최고의 경지는 지식이나 선, 승리도 아닌 보다 더 높은 그리고 더 절망적인 어떤 것에, 신성한 두려움이 있다는 것이었다. 신성한 두려움 너머에는 무엇이 있을까. 인간은 그 너머로 갈 수 없다.

"대답이 왜 없나요?" 조르바가 애원하듯 물었다.

나는 신성한 두려움에 대해 이해시켜 보려고 했다.

"조르바, 우리는 아주 큰 나무의 잎사귀에 붙은 아주 작은 벌레예요. 이 조그만 잎이 바로 지구입니다. 다른 나뭇잎들은 우리가 보고 있는 별이고요. 우리는 이 조그만 잎 위에서 열심히 기어 다니며 무언가를 찾습니다. 그것의 냄새를 맡고 악취가 나면 맛도 보고요. 먹을 만하면 그걸 두들겨 보고 비명을 지릅니다. 마치 살아 있는 존재처럼. 또 겁이 없는 어떤 사람들은 잎 가장자리에 갑니다. 그 가장자리 끝에서 고개를 빼고, 귀를 열고, 밑을 봅니다. 그 밑은 심연이에요. 너무 무서워서 소름이 돋죠. 저 아래에는 무시무시한 절벽이 있다고 우리는 짐작해요. 우리는 우리의 잎에서 수액이 올라오는 것을 느끼죠. 그러면 우리 가슴도 부풉니다. 그렇게 심연을 향해 고개를 숙이고 내려다볼 때, 우리는 몸도 마음도 공포에 빠집니다. 바로 그 순간……."

나는 말을 멈췄다. 그 순간에 시가 시작된다고 말하고 싶었다. 하지만 조르바가 이해할 수 있을 것 같지 않았다.

"무엇이 시작되나요? 왜 말을 하다 말죠?" 조르바가 물었다.

"위험이 시작됩니다. 어떤 사람은 정신이 혼란스러워서 헛소리를 하고, 어떤 사람은 자신에게 용기를 줄 답을 찾으려고 노력합니다. 또 어떤 사람은 잎사귀 가장자리에 차분하게 앉아 심연을 내려다보며 말하죠. '내 마음에 들어.'라고요."

조르바는 한동안 생각에 잠겼다. 이해해 보려고 하는 것 같았다.

"보스 양반, 나는 말이요." 그가 입을 열었다. "나는 매 순간 죽음을 생각해요. 죽음을 또렷이 보는 거지, 두려워하는 것은 아니에요. 하지만 죽어도 좋다고 생각해 본 적은 단 한 번도 없어요. 죽는 건 조금도 좋지 않아요. 전혀요. 난 동의가 안 됩니다. 난 죽는 것에 동의하지 않아요."

조르바는 잠시 침묵하다가 소리쳤다.

"난 그런 사람이 아니에요. 절대로. 내 목을 양처럼 순하게 내어 줄 것 같나요?"

나는 아무 말도 하지 않았다. 조르바는 화가 나서 돌아봤다. "내가 자유의 몸이 아닌가요?"

제자들에게 이와 같이 가르치려 했던 현자가 누구였던가.

무언가를 피할 수 없다면, 너의 자유 의지에 따라 본질을 변화시켜라. 필연에 순응하고 불가피한 것들은 자의로 행한 것이 되게 하라. 서글픈 방법이지만 유일한 길일지도 모른다. 나는 그것을 잘 알고 있었다.

조르바는 더 이상 내게 아무런 말도 하지 않았다. 그는 앵무새가 깨지 않도록 조심스레 새장을 들어 머리맡에 둔 뒤 자갈 위에 드러누웠다.

"잘 자요. 그만하면 됐어요."

남풍이 아프리카에서 불어왔다. 채소, 과일, 그리고 크레타의 가슴을 부풀게 하는 바람이었다. 나는 이마에서 입술, 목으로 그 바람을 받았다. 어떤 과일처럼 껍질이 터지며 나의 뇌가 부푸는 것 같았다.

나는 잠을 잘 수 없었지만, 잠을 자고 싶지도 않았다. 나는 아무것도 생각하지 않았다. 그저 이 밤에, 나의 내면에서 누군가가 성숙해 가고 있다는 것이 느껴졌다. 나는 내가 변하고 있다는 기적을 또렷이 보았다. 우리 존재의 가장 어두운 곳에서 일어나는 일들이 지금 내 눈앞에서 적나라하게 드러나고 있었다. 나는 바닷가에 앉아 이 기적을 지켜보았다.

별빛이 흐려지고 하늘이 밝아 왔다. 이 환한 여명 위로 섬세하게 그린 듯한 나무와 갈매기들이 보였다. 날이 밝고 있었다.

며칠이 흘렀다. 옥수수가 익어 갔고, 매미들은 올리브 나무 위에서 노래하고, 불이 붙은 듯한 빛 속에서는 곤충들이 울고 있었다. 바다에서는 수증기가 일었다.

조르바는 매일 새벽, 혼자 산으로 올라갔다. 케이블 설치는 끝나 가고 있었다. 기둥은 다 세워졌고, 케이블이 걸리고, 도르래가 부착됐다. 조르바는 매일 피로에 지쳐 돌아왔다. 나는 불을 지펴 저녁을 짓고 먹었다. 우리는 우리의 내면에 도사리고 있는 사랑, 죽음, 공포 등의 악마를 깨우려 하지 않았다. 과부 이야기도, 오르탕스 부인의 이야기도 하지 않고 조용히 바다만 바라보았다.

그러던 어느 날, 나는 일어나서 세수했다. 온 세상이 잠에서 깨어나 세수하기라도 한 듯 빛났다. 나는 마을로 내려갔다. 왼쪽으로는 암청색 바다가 있었고, 오른쪽에는 멀리서 밀밭이 병정들처럼 빛나고 있었다. 나는 푸른 잎과 작은 무화과 열매로 덮인 '아가씨 무화과나무'의 그늘을 지나갔다. 그리고 과부의 정원은 보지 않으려고 급히 지나쳐 마을로 들어섰다. 오르탕스 부인의 여관은 버려져 황폐해졌다. 문짝과 창문은 떨어져 나갔고, 부인이 숨을 거둔 방에는 침대도, 트렁크도, 장롱도, 의자도 없었다. 모두 약탈을 당했고 오직 구석에 슬리퍼 한 짝이 있을 뿐이었다. 슬리퍼는 아직 충성스럽게 여주인의 발 모양을 간직하고 있었다. 인간의 영혼보다 더 가슴

아파하며 혹사를 당하던 발을 잊지 않은 것이다.

나는 늦게 집으로 갔다. 조르바는 불을 지피고 식사를 준비하고 있었다. 그는 나를 바라보았다. 내가 어디에서 왔는지 바로 알았다. 그는 눈살을 찌푸렸다. 침묵의 나날을 보낸 그는 그날, 비로소 말했다.

"보스, 어떤 고통이든…… 고통스러워하면 내 가슴이 찢기는 듯합니다." 그는 변명하듯 말했다. "하지만 이미 상처투성이인 내 몸은 금방 아물어요. 이번에도 여러 상처가 났다가 아물었으니 새삼스럽게 보이지 않죠. 내 몸은 다 상처투성이예요. 그래서 내가 견디는 거고요."

"조르바, 불쌍한 부불리나를 빨리도 잊네요." 나는 생각보다 심하게 그를 비난하듯 말했다.

조르바는 화가 났는지 목청이 커졌다.

"새로운 길, 새로운 계획을 세워야죠. 나는 지난 일은 생각 안 해요. 내일 일어날 일을 찾을 뿐입니다. 내게 중요한 것은 이 순간, 지금에만 신경 씁니다. '조르바, 너 지금 뭘 하는 거냐.' '자고 있네.' '잘 자게.' '조르바, 지금 자네 뭐 하나?' '일하네.' '열심히 일해라.' '조르바, 지금 뭐 하나?' '여자에게 키스하네.' '그럼 열심히 키스해라. 키스할 동안은 다 잊어버리게. 이 세상에는 그 여자와 너 둘 뿐이네. 신나게 즐기게.'"

그는 계속 말했다.

"부불리나가 살아 있을 동안에는 어떤 카나바로도 나만큼 그녀에게 기쁨을 주지 못했죠. 이런 누더기를 입은 조르바이지만요. 왜냐고? 다른 카나바로들은 키스하면서도 힘대, 크레타, 훈장, 마누라를 생각하죠. 나 조르바는 모든 걸 잊어요. 그리고 이 할망구도 그걸 알고 있어요. 똑똑하신 분께 알려 드리는데, 여자에게 그 이상의 기쁨은 없습니다. 진정 여자는 남자에게서 받는 것보다 자기가 기쁨을 줄 수 있다는 것에 더 행복해하죠."

그는 몸을 숙여 화덕에 나무를 넣고 입을 다물었다가 말했다.

"내일 모레 케이블 준공식을 합니다. 이제 나는 더 이상 땅에 딛지 않고 공중에 뜰 겁니다. 나도 날짐승이 되는 거죠. 마치 내 어깨에 도르래가 하나 돋아난 것처럼 느껴집니다."

"조르바, 피레에프스 항구 카페에서 당신이 던진 미끼가 기억나나요? 당신은 그때 맛있는 수프를 끓인다고 했죠? 그때 내가 수프가 먹고 싶다는 걸 어떻게 알았나요?"

조르바는 고개를 저었다.

"보스, 그건 말하기 어려워요. 그냥 그런 생각이 들었어요. 당신이 카페 구석에 조용히 앉아서 벌벌 떨며 책을 읽는 걸 보고는……. 그저 당신이 수프를 좋아할 것 같았어요. 그래서 그런 거죠."

그가 갑자기 조용하더니 귀를 세웠다.

"쉿, 누가 오는데요."

다급한 발소리와 숨소리가 우리 귀에 들려왔다. 갑자기 화로의 불빛 안으로 옷은 찢어지고, 수염은 불에 그슬리고, 모자도 쓰지 않은 수도승이 들어왔다. 그에게서 석유 냄새가 났다.

"아이고, 자하리아스 신부. 무슨 일이요?" 조르바가 외쳤다.

수도승은 불 옆 바닥에 쓰러졌다. 심하게 턱을 떨고 있었다.

조르바는 그에게 눈짓했다.

"했습니다." 수도승이 대답했다.

"잘했어요! 이제 천국에 갈 거야. 틀림없이요. 손에 석유통을 들고서."

"아멘." 수도승이 대답했다.

"언제 그랬나요? 어떻게? 자세히 얘기해 보쇼."

"카나바로 형제, 난 천사장 미카엘을 봤어요. 그분의 명령을 받았죠. 나는 취사장에서 혼자 콩을 까고 있었어요. 문은 잠겨 있었고요. 수도승들은 모두 저녁 기도를 하고 있었죠. 아주 고요했습니다. 새들의 노랫소리를 듣는데 마치 천사의 소리 같았어요. 모든 걸 준비하고 조용히 기다렸죠. 석유 한

통을 사서 미카엘의 축복을 받기 위해 묘지 부속 성당의 성찬대 밑에 감췄죠. 그러니까 어제저녁, 콩을 까며 나는 머릿속으로 천국을 생각하고 있었죠. 나는 숭얼거렸어요. '예수님, 전 하늘나라에 갈 자격이 있어요. 천국의 부엌에서 영원히 콩 껍질만 깔 준비가 되어 있어요.' 그런 생각을 하자 내 얼굴에 눈물이 뒤덮였습니다. 그때 머리 위에서 날개 소리가 들리고, 난 깨달았죠. 그리고 머리를 조아렸어요. 그러자 '자하리아스, 고개를 들어 나를 보아라. 겁내지 마라.' 하는 소리가 들렸어요. 나는 벌벌 떨며 엎드렸죠. '자하리아스, 눈을 들어라.' 그래서 눈을 들고 보았더니 문이 열려 있고, 문지방 위에 성당 문에 그려져 있는 것과 똑같은 미카엘 천사장님이 서 있었어요. 검은 날개, 붉은 샌들, 황금빛 후광…… 손에는 칼 대신 횃불을 들고서 말이죠. '자하리아스, 잘 있었느냐. 나는 하느님의 종이다.' 그러시더라고요. 제가 말했어요. '저는 하느님의 종입니다. 명령을 내리소서.' '이 횃불을 받아라. 주님이 너와 함께하신다.' 난 손을 뻗었어요. 손바닥이 탈 것처럼 뜨거웠어요. 하지만 이미 천사장님은 사라진 뒤였어요. 오직 열린 문과 별똥별 같은 빛줄기만 보였지요."

수도승은 이마의 땀을 닦았다. 얼굴이 창백했다. 그는 열병에 걸린 사람처럼 심하게 이를 떨고 있었다.

"그래서? 계속 말해 보시게." 조르바가 말했다.

"그 시각, 신부들은 저녁 기도를 마치고 식당으로 들어갔어요. 수도원장이 지나가며 개한테 하듯 날 발로 찼어요. 다들 웃었지만, 나는 아파서 신음도 못 냈죠. 공기 중에서 유황 냄새가 났지만 아무도 눈치 채지 못했어요. 그들이 식탁에 앉자 수도원 사무장이 묻더군요. '자하리오스, 넌 안 먹니?' 하지만 난 대답하지 않았죠. '저 녀석은 천사의 음식만 있으면 되잖아.' 남자 놈이랑 놀아나는 데메티오스 신부가 말했어요. 신부들이 다시 웃었어요. 나는 일어나서 묘지로 물러났어요. 그리고 대천사의 천사장 발 앞에 엎드렸어요. 몇 시간 동안 그분의 발이 내 목을 누르는 것 같았어요. 시간이 쏜살같이 흘렀어요. 아마 천국에서는 시간이 이렇게 흐르겠죠. 자정이 되었고, 쥐 죽은 듯 고요했죠. 수도승들은 모두 잠자리에 든 다음이었어요. 나는 일어나 성호를 긋고 천사장님 발에 입을 맞췄어요. '당신의 뜻이 이루어지게 하소서.' 나는 이렇게 말하고 석유통을 따서 들고 나왔어요. 옷 속에 헝겊 쪼가리를 쑤셔 넣고서요. 칠흑같이 어두웠어요. 달도 없었죠. 수도원은 지옥만큼 캄캄했습니다. 나는 마당으로 나가 계단을 올랐어요. 문과 창문과 벽에 석유를 붓고, 도메티오스 방에 가서 커다란 목조 계단 전체에 석유를 들이부었습니다. 당신이 알려준 대로. 그다음에는 예배당으로 가서 예수님 상 앞에 놓인 등잔의 초를 들어 불을 켜고, 마침내 불을 질렀어요."

수도승은 숨이 가빠 말을 멈추었다. 그의 눈은 가슴속처럼 타 들어가는 것 같았다.

"하느님을 찬양하라. 하느님을 찬양하라." 그가 성호를 그으며 소리쳤다. "순간 수도원 전체가 불길에 휩싸였어요. 나는 '지옥의 불길이다!' 목청껏 소리를 지르고 온 힘을 다해 도망쳤죠. 뛰고, 뛰고, 또 뛰었어요. 종소리와 수도승들이 지르는 고함이 들렸어요. 난 계속 뛰었죠. 날이 밝자 나는 숲속에 숨었어요. 떨리더군요. 해가 뜨자 수도승들이 숲을 뒤져 나를 찾는 소리가 들렸어요. 하지만 하느님께서 안개를 보내셔서 나를 숨겨 주었지요. 땅거미가 질 때쯤 '바닷가로 내려가라, 바닷가로 내려가라.' '저를 인도하소서, 천사장님.' 나는 이렇게 소리치며 달렸어요. 어디로 가는지도 몰랐어요. 천사장은 때로는 섬광으로, 때로는 나무들 위에 있는 새를 시켜서, 때로는 내리막길이 되어서 나를 안내했어요. 나는 믿음을 갖고 천사장의 뒤를 따랐죠. 그리고 보세요. 나는 당신, 카나바로 형제를 만난 겁니다. 난 이제 구원받은 거죠."

조르바는 말이 없었지만 악마 같은 미소를 짓고 있었다. 그의 입술 양끝은 당나귀처럼 그의 귀밑까지 찢어져 있었다.

저녁이 준비되자 조르바가 불에서 음식을 내렸다.

"자하리아스, 천사의 음식이 무엇인가?"

"정신이지요." 수도승은 대답하며 성호를 그었다.

"정신……. 다른 말로 하면 공기지. 하지만 그것만으로는 배가 부르지 않지. 이리 와서 빵과 수프, 고기도 먹게. 원기가 돌아올 거야."

"난 배고프지 않아요."

"자하리아스는 먹고 싶지 않겠지만, 요셉은?"

"요셉은……." 자하리아스는 큰 비밀처럼 조용히 말했다.

"요셉은 불타 죽었소. 하느님께 영광을."

"타 죽었다고?" 조르바가 크게 웃었다. "어떻게? 형제가 보았는가?"

"카나바로 형제, 내가 예수님의 등잔불로 촛불에 불을 켜는 순간 타 죽었습니다. 그놈이, 불로 된 글자가 쓰여 있는 까만 리본같이 생긴 그놈이 내 입에서 나오는 것을 보았어요. 몸이 가뿐해졌죠. 난 이미 천국으로 들어간 것 같아요."

그는 쪼그리고 앉아 있던 불 앞에서 일어났다.

"저는 바다에 가서 누울게요. 그렇게 하라는 명령을 받았어요."

그는 물가를 걸어가다가 어둠 속으로 사라졌다.

"조르바, 당신이 저 친구를 책임져야 해요. 수도승들이 저 친구를 붙잡기라도 하면 그는 끝장입니다."

"붙잡지 못할 테니 걱정 마요. 나는 이런 장난을 너무 잘 압니다. 내가 아침 일찍 면도를 해 주고 인간의 옷으로 갈아

입힌 뒤 배를 태워 멀리 보낼게요. 심각한 일이 아니니 걱정 마쇼. 이 수프 맛 어때요? 인간들의 빵이나 맛있게 잡수시오."

조르바는 왕성한 식욕을 자랑하며 먹고 마시더니 콧수염을 닦았다. 그러고는 만족했는지 이야기를 시작했다.

"보스도 봤죠? 저 친구의 악마는 죽었어요. 저 친구는 이제 속이 비었어요. 저 친구는 이제 다른 사람과 똑같아져 버렸어요."

그는 한참 동안 생각에 빠졌다.

"보스 생각도 나와 같나요? 악마란 놈이 아마……"

"분명해요." 내가 대답했다. "수도원을 불살라 버리겠다는 생각이 그를 지배했어요. 그 집념은 수도원을 태우고 나니 잠잠해진 거죠. 바로 그 집념이 고기를 바랐고, 술을 먹고 싶어 했고, 마침내 실제 행동이 된 거죠. 전혀 다른 자하리아스는 술도 고기도 먹지 않고 금식을 통해 성숙해졌었죠."

조르바는 내 말을 곰곰이 생각했다.

"보스 양반 생각이 맞아요. 내 속에는 대여섯 명의 악마가 있는 것 같아요."

"조르바, 사람들은 악마를 모두 가지고 있어요. 걱정 마세요. 많을수록 좋은 거지요. 중요한 건 그들이 같은 목표를 향해 가야 한다는 거예요."

이 말이 조르바의 마음을 움직이게 했다. 그는 큰 머리를 무릎 위에 올리고 생각했다.

"무슨 목표요?" 그가 눈을 치켜뜨며 물었다.

"내가 어떻게 알겠어요. 내가 뭐라고 설명할 수 있겠어요."

"그냥 간단히 말해 봐요. 나도 알고 싶어요. 지금까지 나는 내 안에 있는 악마들이 하고 싶은 대로 할 수 있게 했어요. 그래서 어떤 자들은 나에게 나쁜 놈이라고 하고, 어떤 자들은 좋은 놈이라고 하고, 어떤 자들은 바보라고 합니다. 일단 그것들이 다 내가 맞고, 그것보다 훨씬 많은 걸 더 해야 나라는 인간이 되는데……. 그러니까 완전 잡탕이겠죠. 그러니 보스, 가능하다면 내가 무슨 류인지 알 수 있나요?"

"조르바, 내 말이 잘못된 것일 수도 있어요. 나는 세 부류의 사람이 있다고 생각해요. 우선 자신들만의 삶을 살기 위해 목표를 세우는 사람이 있죠. 그들은 자신을 위해 먹고 마시고 사랑하고 돈을 벌고 명예를 추구하죠. 그리고 그다음엔 자신이 아니라 모든 인류의 삶을 위해서 사는 부류가 있어요. 그들은 사람들을 가르치고, 사랑과 선행을 독려해요. 자신이 할 수 있는 일로 베푸는 사람들이죠. 그리고 우주의 삶을 위해 목표를 삼는 사람들이 있어요. 그들은 사람이나 짐승, 나무나 별, 우주 만물, 우리는 모두 하나이고, 우리 모두는 무시무시한 투쟁을 하는 동일한 존재라고 생각해요. 물질을 정신으로 바꾸는 것이죠."

조르바는 머리를 긁적였다.

"난 무식해서 알 수가 없네요. 내가 알아들을 수 있도록 쉽게 말해 줄 수 없나요?"

나는 절망했다. 이 모든 생각들을 춤으로 보여 준다면 얼마나 좋을까. 하지만 나에게는 그러한 능력이 없었다.

"아니면 내게 말한 것들을 한 편의 이야기로 들려주세요. 후세인 아가스가 한 것처럼요. 후세인 아가스는 우리 동네에 살던 터키 노인인데 나이가 많고, 가난하고, 마누라도 아이도 없는 외톨이였죠. 옷은 형편없이 낡았지만 늘 깔끔했어요. 옷도 손수 빨아 입고, 요리도 하고, 청소도 하고, 저녁이면 우리 집에 놀러 와서 손수 양말을 뜨곤 했죠. 후세인 아가스는 정말 성스러운 분이었어요. 그러던 어느 날, 이 사람이 나를 무릎 위에 앉히고는 내 손을 잡고 축복을 내리듯 말하더군요. '알렉시스, 너에게 비밀 하나를 일러 주마. 지금은 너무 어려서 무슨 말인지 모르겠지만 잘 들어 보렴. 7층짜리 하늘도, 7층짜리 땅도 하느님을 품기엔 좁단다. 하지만 인간의 가슴은 하느님을 받아들일 수 있어. 알렉시스, 내 축복을 받아라. 절대 사람들의 마음에 상처를 주지 말거라.'"

나는 조용히 조르바의 이야기를 들었다. 나도 나의 추상적 생각들이 최고의 정점에 이르러 하나의 이야기가 되고 나서

야 비로소 입을 열 수 있었으면 좋겠다고 여겼다. 그러나 그
것은 오직 위대한 시인만이 도달할 수 있는 것이었다. 혹은
몇 세기 동안 노력해야 그런 경지에 오를 수 있는 것이다.

조르바가 일어섰다.

"얼른 가서 우리 방화범이 뭐 하고 있나 보고 담요라도 한
장 덮어 줘야죠. 가위도 하나 가지고 가요."

그는 웃으며 가위와 담요를 챙겨 바닷가로 갔다. 땅 위에
는 달의 빛줄기가 내려앉았다.

나는 꺼져 가는 모닥불 옆에 누워 조르바가 한 말의 무게
를 가늠했다. 본질로 가득하고 포근한 흙냄새가 나는 말들이
었다. 그 말들은 그의 존재 밑바닥에서 올라와 여전히 인간의
체온 속에 머물고 있었다. 나의 말은 종이로 만들어진 것이었
다. 그 위에 오직 피 한 방울을 떨어뜨린 것이다. 나의 말에 조
그마한 의미가 있다면 그 핏방울 덕분이었다.

조르바는 갑자기 팔이 처진 채 놀란 얼굴로 다가왔다.

"보스 양반, 놀라지 마쇼."

나는 벌떡 일어났다.

"수도승 녀석이 죽었소." 그가 말했다.

"죽다니요?"

"내가 갔는데 그가 바위 위에 길게 누워 있더라고요. 달
빛이 비치는 곳에. 난 무릎을 꿇고 앉아서 그의 수염과 턱수

염까지 깡그리 잘라 버렸어요. 계속 깎고 있는데 글쎄 이놈이 꿈쩍도 안 하더라고요. 나는 신이 나서 수염을 깎고 머리도 밀어 버렸죠. 꼴을 보니 꼭 양 같아서 배를 잡고 웃었어요. '이봐, 자하리아스, 일어나. 성모 마리아님의 기적을 보아라.' 했더니 이 인간이 꿈쩍도 하지 않는 거예요. '죽었을 리는 없고 웃기는 녀석 아냐.' 나는 이렇게 중얼거렸죠. 옷을 젖혀 심장 위에 손을 얹었어요. 그런데 아무 소리도 나지 않았어요. 엔진이 꺼진 거죠." 이런 말을 하며 조르바는 더 신이 났다. 죽음이 잠시 그를 당황하게 했지만, 곧 원래의 모습으로 돌아왔다.

"이제 어쩌죠? 내 생각엔 화장하는 것이 나을 듯해요. 석유로 타인을 해쳤으니 석유로……. 옷이 때와 석유로 범벅되어 있으니 목요일에 유다처럼 불이 확 붙을 겁니다."

"하고 싶은 대로 하세요." 나는 이렇게 대답했지만 영 내키지 않았다.

조르바는 깊은 생각에 잠겼다.

"곤란하네. 참 골치 아파. 불을 붙이면 옷은 활활 타겠지만 녀석이 뼈다귀밖에 없어서 재가 되려면 오래 걸릴 거예요. 불길을 도와줄 비계가 없으니까요."

그는 고개를 가로저으며 덧붙였다.

"하느님이 정말 계시다면 이런 걸 예측하고, 불길을 돕고,

우리를 도울 비계 한 덩이쯤은 미리 붙여 놓았을 게 아닙니까. 어떻게 생각하세요?"

"날 끌어들이지 마요. 당신 좋을 대로 하세요. 되도록 빨리요."

"제일 좋은 것은 여기에 '펑' 하고 기적이 일어나는 거겠죠. 수도승들은 하느님이 이발사가 되어 이 녀석의 머리와 수염을 밀어서 끌고 가심으로써 수도원에 방화한 죄를 벌하신 거라고 믿어야 하는 거죠." 그는 머리를 긁었다.

"무슨 기억을……. 바로 이 시점에 조르바 당신이 필요한 거야."

초승달은 지려는지 불에 달궈진 구리 조각처럼 황금색과 붉은색의 중간쯤 되는 색으로 하늘과 바다에 걸쳐져 있었다.

나는 지쳐서 잠자리에 들었다. 새벽에 일어난 나는 내 옆에서 커피를 끓이는 조르바를 보았다. 밤을 새웠는지 그의 얼굴은 창백했고, 눈은 충혈되어 있었다. 하지만 염소를 닮은 그의 입술에는 악동 같은 미소가 떠올랐다.

"보스 양반, 나 밤새 한숨도 못 잤수."

"무슨 일로 바빴소?"

"기적을 만들었죠."

그가 웃으며 손가락을 입술에 갖다 댔다.

"어떤 일이 있었는지는 말하지 않을게요. 내일 케이블 개통식이 있어요. 황소 같은 덩치의 수도승들이 성수식을 하러 내려올 거예요. 그때 '복수의 성모 마리아'가 일으킨 기적을 볼 수 있을 거예요."

그는 커피를 날라 주었다.

"난 수도원장 자리를 준다면 멋지게 할 것 같소. 내가 수도원을 하나 차린다면 다른 수도원 문을 다 닫게 했을 것 같은데. 여기에 돈도 걸 수 있겠어요. 눈물이 필요한 거야? 그렇다면 조그만 젖은 솜뭉치 하나를 성화 뒤에 붙여 놓고, 그림 속 성자들이 울고 싶을 때 우시는 거지. 천둥소리가 필요해요? 그렇다면 성스러운 식탁 아래에 기계를 하나 숨기고 귀가 멍멍하도록 울리죠. 유령이 필요하다고? 그러면 믿을 만한 수도승들을 골라 침대 시트를 뒤집어쓰고 한밤중에 수도원 지붕을 돌아다니게 만드는 거죠. 그리고 매년 축제 때 절름발이, 장님, 중풍 환자들을 모아 놓은 뒤 다시 눈을 뜨게 하고, 벌떡 일어나 춤추게 하고. 웃을 일이 뭐 있어요. 내게 아저씨 한 분이 있는데, 어느 날 길을 가다가 다 죽어 가는 노새를 봤죠. 누군가 죽으라고 황량한 벌판에 버린 거죠. 우리 아저씨는 그놈을 집에 데려왔죠. 이분은 아침마다 개를 데리고 나가 풀을 뜯게 하고, 밤이면 다시 몰고 들어왔어요. 어느 날, 마을 사람 하나가 물었죠. '이보쇼. 하라람보스 영감, 그 형편없는 노새로 뭐 하려고 하나요?' 그러자 우리 아저씨가 말했죠. '이

건 내 공장일세. 똥거름 공장.' 보스, 만약 내 수중에 들어오면
수도원은 그런 기적 공장이 될 거예요."

25

노동절 하루 전날은 내가 절대로 잊지 못할 날이었다. 케이블 설치는 완성됐고, 기둥과 철사 줄 도르래는 아침 햇살을 받아 번쩍거렸다. 거대한 소나무들은 산처럼 쌓여 있었고, 인부들은 위에서 그 나무들을 매달아 바닷가로 내려 보내기 위해 기다리고 있었다.

산 정상 케이블의 가장 높은 곳에는 커다란 그리스 국기가 펄럭였고, 바닷가에도 국기가 계양되어 있었다. 오두막 마당에서는 조르바가 포도주를 한 통 준비해 뒀다. 그 옆에서 인부들은 살이 통통히 오른 양 한 마리를 꼬챙이에 꿰어 굽고 있었다. 준공식과 성수식이 끝나면 손님들과 포도주를 마시며 우리 사업을 축복해 줄 참이었다.

조르바는 앵무새를 새장까지 들고나와 첫 번째 케이블 기둥 가까이에 있는 높은 바위에 조심히 올려놓았다.

"저놈 여주인을 보는 것 같군." 조르바가 앵무새를 다정하게 바라보며 중얼거렸다. 그는 주머니에서 아랍 피스타치오를 꺼내 앵무새에게 먹였다.

조르바는 옷을 멋지게 차려입고 있었다. 단추를 푼 와이셔츠와 회색 양복을 입고 고무창이 있는 구두를 신었다. 빛이 바래기 시작하는 수염에 왁스 칠을 하니 근사해 보였다.

그는 다른 귀족들을 맞이하는 귀족의 태도로 마을 유지들을 맞이했다. 케이블이 무엇인지, 케이블이 마을에 어떤 이익을 줄 것인지, 계획을 실행하는 데 있어 성모 마리아님이 얼마나 큰 은총으로 영감을 주었는지 설명했다.

"이 케이블 건설은 위대한 작품입니다. 무엇보다 정확한 경사면을 찾아야 해서 엄청난 계산을 요하는 작업이죠. 몇 달 동안 머리를 쥐어짰지만 소용없었어요. 이같이 엄청난 일은 인간의 정신만으로는 충분하지 않죠. 우린 하느님의 도움이 필요합니다. 그런데 성모님께서 제가 고민으로 고통스러워하는 것을 불쌍히 보시고 이렇게 말씀하셨어요. '가엾은 조르바, 나쁜 사람이 아닌데, 마을을 위해 좋은 일을 하는데 내가 도와줘야겠구나.' 그렇게 하느님이 기적을 내리셨어요."

조르바는 말을 멈추고 성호를 세 번 그었다.

"기적이 일어났어요! 어느 날 밤, 내 꿈에 검은 옷을 입은 여인이 나왔어요. 바로 성모님이셨죠. 그분의 은총은 크고 큽니다. 손에 조그만 케이블을 들고 계셨습니다. 이렇게 말씀하시더군요. '조르바, 내가 하늘에서 설계도를 가져왔다. 이 기울기로 지어라. 그리고 축복을 받아라.' 그러고는 사라지셨죠. 나는 벌떡 일어나 실험하던 곳으로 달려갔습니다. 그런데 케이블은 이미 정확한 기울기를 유지하고 있었습니다! 케이블에서 안식향 냄새가 났어요. 성모 마리아님께서 직접 만지신 게 분명합니다!"

콘도마놀리오 영감이 무언가를 묻고 싶어서 입을 열려고 할 때, 노새를 탄 수도승 다섯 명이 내려왔다. 그 가운데 한 수도승은 십자가를 짊어지고 달려오며 소리를 질렀는데, 뭐라고 소리치는지 알아들을 수 없었다.

성가 소리가 가까이 들리기 시작했다. 수도승들은 손을 흔들고 성호를 그었다. 자갈 소리가 들렸다.

노새를 타지 않은 수도승이 우리 앞으로 왔다. 그는 땀을 흘리고 있었다. 그는 십자가를 높이 쳐들고 외쳤다.

"성도 여러분, 기적이 일어났습니다! 성도 여러분, 기적입니다! 신부님들이 성모님을 모시고 오고 계십니다. 무릎을 꿇고 경배하십시오."

마을 유지들과 인부들을 비롯한 마을 사람들이 수도승을 에워싸고 성호를 그었다. 나는 조금 멀찍이 있었다. 조르바가 곁눈질로 나를 힐끔 보았다.

"보스, 보스도 얼른 가죠. 성모님의 기적이 뭔지 들어 보세요."

수도승은 숨을 몰아쉬며 급하게 이야기를 시작했다.

"성도 여러분, 무릎을 꿇으세요. 그리고 하느님의 기적을 들으세요. 악마가 저주받은 자하리아스의 영혼을 차지하고 엊그제 밤, 거룩한 수도원에 석유를 퍼붓고 불을 질렀습니다. 우리는 한밤중에 그 불을 보았습니다. 하느님께서 우리를 흔들어 깨워 주셔서 우리는 모두 일어났습니다. 수도원장실과 화랑, 수도승들의 방이 불길에 휩싸였습니다. 우리는 종을 치고 소리를 질렀죠. '도와주소서. 복수의 성모 마리아님이시여. 도와주소서.' 그리고 우리는 물동이와 양동이를 들고 뛰었습니다. 새벽녘이 되어서 불은 꺼졌죠. 성모 마리아님의 은총 덕분입니다. 우리는 예배당으로 달려가 성상 앞에 무릎을 꿇고 외쳤죠. '복수의 성모 마리아님이시여. 당신의 거룩한 창을 들어 범인을 치소서!' 그리고 우리는 모두 마당에 모였는데 유다 자하리아스가 보이지 않았습니다. '그자가 불을 놓았다. 틀림없다.' 우리는 소리를 지르며 추적했지만 헛수고였습니다. 밤새도록 찾았지만 허탕이었습니다. 그런데 오늘 아침, 우리가 묘지 부속 성당에 갔는데 무엇을 보았는지 아십니까? 하느님의 기적을 보았습니다. 자하리아스 놈이 성모 마리아의 발밑에서 시체가 되어 널브러져 있었습니다. 성모 마리아님께서 들고 계신 창끝에는 피가 묻어 있었습니다!"

"주여, 불쌍히 여기소서! 주여, 불쌍히 여기소서!" 마을 사람들이 중얼거리며 엎드려 회개했다.

"그뿐만이 아닙니다." 수도승은 침을 삼키고 다시 말을 이었다. "우리는 악마에 사로잡힌 놈을 들어내려 그를 일으키려다가 그만 놀라서 입을 다물 수 없었습니다. 성모 마리아님께서 그놈의 머리와 수염을 몽땅 밀어서 가톨릭 신부처럼 만들어 놓았던 것입니다!"

나는 웃음을 참기 위해 고생하며 조르바를 돌아보았다.

"이 불경한 사기꾼 같으니……." 내가 조용히 속삭였다.

그러나 조르바는 수도승을 바라보고 있었다. 그는 큰 눈동자를 굴리며 감동한 듯 성호를 그었다.

"오, 주여. 당신은 위대하십니다. 그리고 주님의 기적은 늘 놀랍습니다." 조르바가 중얼거렸다.

그러는 사이에 다른 수도승들도 도착해 노새에서 내렸다. 영빈 수도승은 성상을 들고 있었다. 마을 사람 모두가 달려가 성화 앞에 경배를 드렸다. 그 뒤에서는 뚱뚱한 도메티오스 신부가 물뿌리개로 성수를 뿌리며 헌금 쟁반을 들고나와 헌금을 모으고 있었다.

나머지 수도승 셋은 그 주변에 서서 털북숭이 손을 배 위에 얹고 성가를 불렀다.

"우리 신도들이 경배할 수 있도록, 그리고 그들이 성모 마리아에게 받은 은총만큼 헌금할 수 있게 크레타의 마을을 돌 것입니다. 이 성스러운 수도원을 복원하려면 엄청난 돈이 필요합니다."

"빌어먹을 돼지 같은 놈. 이걸로 또 우려먹을 모양이구나."

조르바는 툴툴거리다가 수도원장에게 다가갔다.

"수도원장님, 개통식 준비가 다 되었습니다. 성모 마리아 님의 은총으로 이 사업을 축복해 주십시오."

태양은 이미 높이 솟았고, 바람 한 점 불지 않았다. 더운 날이었다. 수도승들은 국기가 게양된 첫 번째 기둥 주위로 몰려들었다. 그들은 널찍한 소매로 땀을 닦고 '집의 기초'를 위한 성가를 불렀다. "주여. 주님이시여. 이 건물을 반석 위에 세우셔서 바람에도 물에도 무너지지 않고 강하게 하여 주소서." 그들은 성수용 물뿌리개를 넣었다 꺼내 기둥과 철사 줄, 도르래, 조르바와 나, 일꾼들, 바다에 뿌렸다.

그런 다음, 병든 여자를 다루듯 조심스럽게 성상을 들어 앵무새의 새장 옆에 세우고는 삥 둘러섰다. 반대편에는 마을 유지들이 섰고, 조르바는 가운데에 서 있었다. 나는 바닷가로 조금 물러나 기다렸다.

케이블 시범은 삼위일체를 뜻하는 의미로 나무 기둥 세 개만 가지고 할 예정이었다. 그러나 '복수의 성모 마리아'에 대한 감사로 나무 기둥 하나를 더 추가했다.

수도승, 마을 사람들, 인부들 모두가 저마다 성호를 그었다.

"하느님과 성모 마리아님의 이름으로."

조르바는 저벅저벅 걸어가 첫 번째 기둥의 철탑 아래로 줄을 당겨 깃발을 내렸다. 산 위의 인부들이 기다리고 있던 신호였다. 구경꾼들은 모두 산 정상을 바라보았다.

"성부의 이름으로!" 수도원장이 소리쳤다.

그때 일어난 일은 차마 글로 표현이 되지 않는다. 파국이 벼락처럼 덮쳤다. 구조물 전체가 흔들거렸다. 인부들이 케이블에 올려놓은 나무 기둥이 미친 듯이 무서운 속도로 아래로 곤두박질쳤다. 불꽃과 나무 조각이 공중으로 날렸다. 몇 초 만에 도착한 나무 기둥은 이미 숯이 되어 있었다.

조르바는 혼나서 맞은 개처럼 나를 보았다. 수도승들과 마을 사람들은 멀찌감치 서 있었고, 놀란 노새들이 발길질을 시작했다. 도메티오스 신부는 땅에 엎드리고 있었다.

"주여, 자비를 베푸소서." 겁을 집어먹은 그가 중얼거렸다.

조르바가 손을 들었다.

"아무것도 아닙니다. 원래 첫 번째는 그런 법입니다. 이제는 케이블이 제대로 길이 들었습니다."

그는 깃발을 들어 신호를 보낸 후, 재빨리 도망쳤다.

"성자의 이름으로. 아멘!" 수도원장의 목소리는 떨리고 있었다.

두 번째 나무 기둥의 끈이 풀렸다. 철탑이 흔들리며 나무 기둥에 가속도가 붙었다. 나무 기둥은 돌고래처럼 우리를 향해 돌진했다. 그러나 내려오지는 못했다. 산 중간에서 박살이 난 것이다.

"빌어먹을!" 조르바는 수염을 쥐어뜯으며 중얼거렸다. 적절한 경사면이 아직 덜 잡힌 것이다.

그는 철탑 아래로 내려가 깃발을 내려 다시 신호를 보냈다. 수도승들은 노새 뒤에 숨어 성호를 그었다. 마을 유지들은 발에 힘을 주고 도망갈 준비를 하고 있었다.

"성신의 이름으로. 아멘." 수도원장이 긴 신부복을 치켜 잡고 말했다.

세 번째는 아주 큰 소나무 기둥이었다. 나무를 묶은 줄이 풀리자마자 엄청난 소리가 났다.

"여러분, 모두 엎드리세요! 빌어먹을!" 조르바는 도망치며 소리쳤다.

수도승들은 모두 땅에 코를 박고 엎드렸고, 마을 유지들은 도망치기 바빴다.

통나무는 케이블에 걸린 채 크게 튀어 오르더니, 다시 케이블 철사 줄에 매달렸다. 불꽃들이 튀며 나무 기둥은 무시무시한 속도로 산을 내려와 해변 모래사장을 지나 바다에 빠졌다. 케이블을 받치던 기둥들이 기울어신 채 흔들거렸다. 노새들은 줄을 끊고 도망쳤다.

"아무것도 아닙니다. 걱정 마세요!" 조르바가 주위 사람들에게 미친 듯이 악을 썼다. "이제 진짜 기계가 길들었어." 그는 끝장을 보려고 서두르는 것 같았다.

그는 다시 한번 깃발을 들었다.

"복수의 성모 마리아의 이름으로. 아멘!" 수도원장이 바위 뒤에 숨어서 소리쳤다.

네 번째 나무 기둥이 풀리자, 이제는 기둥이 도미노처럼 차례차례 쓰러지기 시작했다.

"주여, 불쌍히 여기소서. 주여, 불쌍히 여기소서." 인부들과 마을 유지들, 수도승들이 소리쳐 기도하며 도망갔다.

통나무 파편이 도메티오스 신부의 허벅지에 상처를 입혔다. 또 하나는 수도원장의 눈을 스쳤다. 마을 사람들은 모두 자취를 감췄다. '복수의 성모 마리아'만이 바위 위에서 창을 손에 들고 서 있었다. 그리고 그 옆에는 불쌍한 앵무새가 초록색 깃을 세우고 떨고 있었다.

수도승들은 성모 마리아 성화를 품에 안고 비명을 지르는 도메티오스 신부를 부축해 일으켜 세우고는 노새들을 모아 떠나 버렸다. 꼬챙이를 돌리며 양고기를 굽던 인부들도 공포에 질려 양을 버려두고 도망가는 바람에 양고기가 타기 시작했다.

"양고기가 숯이 되어 버리겠네." 조르바가 달려가 꼬챙이를 돌렸다.

나도 그의 옆으로 갔다. 해변에는 우리 둘만 남았다. 모두가 버린 것이다. 그는 내 쪽으로 고개를 돌려 민망한 듯한 눈으로 나를 보았다. 그는 내가 이 파국을 어떻게 생각할지, 이 모험을 어떻게 수습해야 할지 모르는 것 같았다. 그는 고개를 숙이고 양고기를 베어 맛보았다. 그러고는 양이 꽂힌 꼬챙이를 불에서 내려 똑바로 세웠다.

"꿀맛이구먼! 보스, 한번 드셔 보실래요?"

"포도주와 빵도 가져와요. 배가 고파요."

조르바는 포도주 술통을 굴려 양고기 옆에 놓고, 큰 덩어리 빵과 포도주 잔 두 개를 가져왔다. 우리는 각자 칼을 쥐고 고기를 베어 먹고 빵을 먹었다. "보스, 내 말대로 맛있죠? 입안에서 살살 녹네요. 이 근방에는 초원이 없어서 양이 내내 마른 풀만 먹어요. 이러니 고기가 맛있을 수밖에 없죠. 이렇게 맛있는 고기를 먹어 본 적은 단 한 번밖에 없어요. 그 시절 나는 내 머리카락으로 만든 성 소피아 성당을 부적으로 차고 다녔었죠. 그 시절의 이야기예요."

"말해 봐요. 들려줘요."

"흘러간 이야기예요. 아주 옛날에 미친 그리스인들이 하는 미친 짓거리요."

"얘기해 봐요. 듣고 싶다니까요."

"얘기할게요. 우리가 불가리아군에게 포위됐을 때였어요. 그놈들이 우리를 완전히 에워싸고 산등성이에서 불을 지르고 심벌즈를 치며 늑대처럼 소리를 지르더군요. 한 300명은 되었을 거예요. 우리는 스물여덟 명이었고요. 대장은 루바스였는데, 그분은 정말 멋쟁이였어요. 죽었다면 하느님이 그 영혼을 편히 쉬게 하시기를. 그가 나에게 말했죠. '어이, 조르바. 양을 꼬챙이에 꿰어.' '대장, 그것보다 구덩이를 파고 구우면 더 맛있어요.' 내가 그랬죠. '그래, 네가 하고 싶은 대로 해. 대신 빨리 해. 배고파 죽겠으니까.' 우리는 구덩이를 파고 양을 파묻었어요. 그 위에 숯을 올리고 양 가죽 배낭에서 빵을 꺼내 둘러앉았죠. '이게 우리의 마지막 식사가 될 수도 있어. 겁나나?' 대장이 말했어요. 우리는 모두 웃었고, 아무도 대답하지 않았죠. 우리는 술잔을 쳐들고 말했어요. '건강하세요, 대장. 총알에 축복이 있기를.' 한 잔, 두 잔, 우리는 연거푸 마셨어요. 그런 다음 구덩이의 양을 꺼냈죠. 지금 생각해도 침이 고이는 맛이었어요. 육즙이 흐르고 입에서 살살 녹았죠. 우리는 정신없이 양고기에 덤벼들었어요. 대장이 또 이러더라고요. '내 평생 이렇게 맛있는 양고기는 처음이다. 다 하느님 덕이다.' 생전 술을 안 마시던 사람이, 글쎄 누가 한 잔 따라 주니 단숨에 넘기더라고요. 그러고는 명령을 내렸습니다. '야, 클레프트 노래를 불러 보거라. 저놈들은 늑대처럼 악다구니를 쓰고 있잖아. 우리는 사람이니 노래를 부르자. 우선 〈디모스 영감〉을 불러 보자!' 우리는 술을 마시고 또 마신 다음에 노래를 시작했어요. 노랫소리가 온 계곡에 울렸죠. '난 늙었다, 애들아. 나는 40년을 클레프트 산적 떼로 살았다네.' 우리는 사기가 충전해 힘껏 노래했죠. 대장이 이러더군요. '사기가 올라왔구나. 이봐, 조르바, 양의 등짝을 좀 살펴봐봐. 뭐라고 나와 있나?' 내가 단도로 양 등껍질을 뒤적거려 보고 답했죠. '대장, 무덤들은 안 보이네요. 시체도 없고요. 우리는 이번에도 살아남겠네요.' 그랬더니 결혼한 지 얼마 안 된 대장이 소리치더라고요. '제발, 아들 하나만 낳으면 좋겠는데…… 그다음은 어떻게 돼도 상관없어.'"

조르바는 양의 등심 살점을 잘라 내었다.

"그때 먹던 양은 참 근사했습니다. 하지만 이것도 못지않게 최고네요."

"조르바, 한 잔 더 부어요. 단숨에 비웁시다." 내가 외쳤다.

우리는 잔을 마주치고 마셨다. 포도주를 음미했다. 토끼의 피처럼 검붉은 색의 그 유명한 크레타 포도주였다. 이 술을 마시면 술 마시기를 꺼려 하는 자도 피와 교감해 금세 용감해지고, 용감했던 자는 이내 사나운 야수가 된다. 혈관에는 힘이 넘치고 가슴은 선한 마음으로 가득 차오르는 것이다.

"조르바, 양의 등짝을 보세요. 뭐라고 쓰여 있나요? 어서요."

그는 조심스럽게 등을 손질한 뒤 칼을 씻었다. 그러고는 양의 등껍질을 조심스레 빛을 비추어 바라보았다.

"만사형통이에요. 우리 1,000년은 살겠군요. 심장이 굳건하기 때문이죠."

그는 다시 고개를 숙이고 자세히 바라보며 말을 이었다.

"여행이 보이네요. 아주 긴 여행이요. 이 여행의 끝에는 문이 많은 저택이 있습니다. 이건 왕국의 수도 혹은 내가 문지기가 될 수도원일 수도 있고요. 우리가 얘기했던 사기란 사기는 아마 다 치고 다니겠죠."

"조르바, 술이나 따라 줘요. 예언은 관두고. 그 저택이 뭐고 문이 뭔지 가르쳐 드리죠. 대지와 대지 사이의 무덤이에요. 그게 여행의 끝이에요. 자, 우리의 악당 조르바의 건강을 위하여!"

"보스의 건강을 위하여! 행운의 신은 완전히 눈이 멀어 못본답니다. 자기가 어디로 가는지도 모르고 지나가는 사람과 부딪치는데…… 그렇게 부딪친 사람을 우리는 재수 좋은 사람이라고 하죠. 그런 게 행운이라니. 악마나 가져가라고 하죠. 우리는 그딴 것 없어도 되잖아요."

"조르바, 우리는 절대 그런 행운을 바라지 않죠. 자, 마셔요."

우리는 많은 술을 마셨고, 양고기를 다 먹었다. 세상이 전보다 가벼워진 것 같았다. 바다가 웃고 있었고, 배의 갑판처럼 대지가 일렁거렸다. 갈매기 두 마리가 사람처럼 대화를 나눴다.

나는 일어섰다.

"자, 조르바. 이리 와서 춤 좀 가르쳐 주세요."

조르바가 펄쩍 뛰었다. 그의 얼굴이 빛났다.

"춤이라고요? 정말 춤이요? 좋아요!"

"조르바, 시작해 보세요. 내 인생을 달라지게 해 줘요."

"처음엔 제임베키코부터 가르쳐 드리지. 이건 아주 용감한 전사들의 춤입니다. 게릴라들이 출전하기 전에는 늘 이 춤으로 추죠."

그는 구두와 양말을 벗었다. 셔츠 바람이었다. 그래도 더운지 그것마저 벗었다.

"보스, 내 발을 잘 봐요."

그는 발을 뻗으며 가볍게 땅을 찼다. 그리고 발을 내딛더니 거칠게 뛰었다. 두 발이 맹렬하게 뛰는 소리가 땅을 울렸다.

그가 내 어깨를 잡았다.

"해 봐요. 같이합시다."

우리는 함께 춤췄다. 조르바는 내게 춤을 가르쳐 주었다. 아주 엄격하게, 참을성 있게, 그리고 다정하게. 그는 부드럽게 틀린 부분을 고쳐 주었고 나는 차츰 대범해졌다. 내 무거운 발이 이내 날개를 단 것 같았다.

"브라보! 아주 잘하시네요!" 조르바는 박자를 맞추며 박수를 쳤다. "브라보! 종이와 잉크는 악마 놈이나 가져가라! 상품, 이윤, 광산, 인부, 수도원 좋아하시네. 당신이 춤추는 걸 보니 내 언어를 배웠구려. 우리 이제 서로 못 할 이야기가 없네요."

그는 맨발로 자갈을 밟으며 박수를 쳤다.

"보스 양반, 난 당신에게 할 말이 너무나 많소. 사람을 당신만큼 사랑해 본 적이 없어요. 하고 싶은 말이 정말 많은데, 내 혀로는 표현이 안 돼요. 춤으로 보여 드릴 테니 보시오. 자, 시작해요."

그는 공중으로 뛰었다. 그가 뛰어오르자 그의 손과 발은 날개로 변했다. 그는 꼿꼿한 자세로 뛰어올랐다. 바다와 하늘을 배경으로 조르바가 솟구치는 모습은 흡사 반란을 일으킨 대천사의 모습 같았다. 조르바가 추는 춤은 도전, 신념, 반항으로 가득 찼기 때문이었다. 그는 하늘에 대고 이렇게 외치는 것 같았다. "전능하신 하느님, 당신이 어쩔 건가요. 날 죽이기 밖에 더 하나요? 그래요. 죽여요. 그래봤자 전 괜찮아요. 하고 싶은 말을 다 했고, 실컷 춤도 췄습니다. 더 이상 필요한 건 없어요."

조르바가 춤추는 것을 보니 나는 생애 처음으로 인간이 자신의 무게를 이기기 위해 펼치는 몸짓이 경탄할 만하다는 것을 느꼈다. 나는 조르바의 끈기와 재빠름, 긍지에 찬 모습이 감탄스러웠다. 조르바는 정열적이면서도 기민하고 맹렬하게 인간의 역사를 모래사장에 새기고 있었다.

그는 춤을 멈췄다. 그리고 무너져 버린 케이블을 천천히 바라보았다. 해가 저물면서 그림자가 길어졌다. 조르바는 나를 보며 특유의 몸짓으로 입을 가렸다.

"보스 양반, 아까 불꽃들을 봤수?" 그가 물었다.

우리는 웃음을 터뜨렸다.

조르바가 갑자기 내게 달려들어 키스를 퍼부었다.

"당신도 웃는구려! 웃는구먼. 아주 좋아요."

우리는 웃고 뒹굴며 장난으로 씨름했다. 그러다가 갑자기 쓰러져 자갈밭 위에 누워서는 서로를 안고 잠이 들었다.

나는 새벽에 일어나 바닷가를 따라 마을로 갔다. 내 마음은 가벼웠고 기뻤다. 내 생에 이러한 기쁨은 누려 본 적이 없었다. 기쁨이라기에는 숭고하고 이상한, 설명할 수 없는 열정이었다. 설명할 수 없는 것을 넘어서 설명할 수 있는 모든 것과 대척하고 있는 그런 것이었다. 나는 모든 것을 잃었다. 인부도, 케이블도, 짐수레도 다 잃었다. 우리는 조그만 항구를 만들었지만, 수송해야 할 물건이 없었다. 모든 것이 날아간 것이다.

그렇다. 나는 뜻밖의 자유를 느끼고 있다. 마치 어렵고 어둡기만 한 곳에 있다가 좁은 구석에서 자유가 행복하게 놀고 있는 것을 발견한 느낌이었다. 그리고 나도 자유와 함께 놀았다.

모든 것이 어긋났을 때, 우리의 영혼을 시험대 위에 올리고 그 인내와 용기를 시험해 보는 것은 얼마나 즐거운가. 어떤 이들은 하느님이라고 하고, 다른 이들은 악마라고 하는 보이지 않는 적이 우리에게 덤벼들 때 우리는 물러나지 않고 부서지지 않는다. 겉으로 보면 참패했을지라도 내적으로는 승리자가 될 때, 인간은 긍지와 환희를 느낀다. 외면적인 불행은 보다 더 높고 여간해서는 맛보기 힘든 행복으로 바뀐다.

나는 언젠가 조르바가 했던 말을 떠올렸다.

"어느 날 밤, 눈 덮인 마케도니아의 산속에서 거센 강풍이 일어 내가 몸을 피하고 있던 움막을 덮쳤어요. 나는 진작 버팀목을 대었고, 다행히 필요한 곳은 튼튼하게 지은지라 모닥불 앞에 앉아 바람에게 큰소리를 쳤죠. '이것 보게. 아무리 그래도 여긴 들어올 수 없어. 내가 문을 열어 주지 않을 거야. 내 모닥불도 끌 수 없어. 내 오두막을 열 수 없으니까.'"

조르바의 이 이야기는 내 영혼에 용기를 주었다. 그때 나는 인간이 어떻게 행동해야 하는지, 그리고 결핍의 여신에게 어떻게 말해야 하는지 알 수 있었다.

나는 해변을 따라 빠른 걸음으로 걸으며 보이지 않는 적과 대화했다. 나는 소리쳤다. "내 영혼에는 들어오지 못해. 문을 열어 주지 않을 거야. 내 불을 끌 수도 없어. 넌 나를 무너뜨릴 수 없으니까."

해는 아직 산 위로 드러나지 않았다. 물 위의 하늘에서 여러 색깔이 장난을 치고 있었다. 푸른빛, 초록빛, 장밋빛, 진주빛이 번갈아 어우러졌다. 저편에서는 올리브 나무들이 깨어나고 있었고, 꾀꼬리들은 노래하고 있었다.

나는 이 쓸쓸한 해변에 작별을 고하고, 이 모든 것을 가슴에 새기기 위해 바닷가를 따라 걸었다.

나는 이 바닷가에서 행복했다. 조르바와의 생활은 내 가슴을 넓혀 주었고, 그가 한 말 중에는 내 영혼을 달래 주는 말도 있었다. 정확한 직감, 매의 눈 같은 원초적인 눈으로 힘들이지 않고 노력으로 정상에 서는 경지를 보여 주었다.

음식과 포도주 병을 넣은 광주리를 든 한 무리의 남자와 여자가 지나갔다. 그들은 노동절 축제를 즐기기 위해 들판으로 소풍을 가는 중이었다. 어린 처녀가 노래를 불렀는데, 그 노래는 마치 분수에서 물이 흐르는 소리 같았다. 이미 가슴이 봉긋해진 여자아이는 숨을 가쁘게 쉬며 내 옆을 달려 도망가려는 듯 위로 올라갔다. 그러자 수염이 검고 얼굴이 창백한 사나이가 화가 나 쫓아갔다.

"내려와. 내려오라고!" 소리치는 그의 목소리는 쉬어 있었다.

그러나 여자아이는 볼을 붉히고 팔을 올려 머리 위에 깍지를 끼고는 몸을 천천히 흔들며 노래를 불렀다.

> 웃으면서 말해 줘. 울면서 말해 줘.
>
> 사랑하지 않는다고 말해 봐.
>
> 그래도 난 괜찮아.

"내려와. 내려오라니까!" 검은 수염의 젊은이가 그녀를 어르고 달래며 소리쳤다. 그러다가 순식간에 뛰어올라 아이의 발을 붙들어 쥐었다. 아이는 마치 그러기를 기다렸다는 듯이 울음을 터뜨렸다.

나는 걸음을 재촉했다. 이 모든 열정들은 내 가슴을 휘저어 놓았다. 늙은 세이렌이 생각났다. 뚱뚱하고 향수를 잔뜩 뿌린 그녀의 모습이. 부인은 이제 통통 부어올라 초록빛으로 변해 있을 것이다. 살은 흐물흐물해지고, 진물이 터진 채 구더기가 그녀의 몸을 죄다 파먹고 있을 것이다.

나는 몸서리를 치며 고개를 흔들었다. 언젠가 땅이 투명해지면서 위대한 지배자인 구더기들이 밤낮으로 공장에서 일하는 모습을 보게 되더라도 우리는 고개를 돌릴 것이다. 인간은 모든 것을 견딜 수 있지만, 하얀 구더기만은 견딜 수 없기 때문이다.

나는 마을로 들어가다가 트럼펫을 입술에 대려던 우체부를 만났다.

"사장님, 편지입니다." 그는 파란색 봉투를 건네며 말했다.

나는 글씨를 알아보고는 매우 기뻤다. 나는 급히 가지를 헤쳐 숲으로 들어가 편지를 뜯었다. 급한 마음에 단숨에 편지를 읽었다.

우리는 조지아 공화국 국경 안으로 들어왔어. 쿠르드족의 위협으로부터 탈출했고 다 잘되고 있네. 나는 마침내 진정한 행복이 무엇인지 알았다네. 바로 지금, '행복이란 내게 주어진 임무를 행하는 것이다. 그 의무가 무거울수록 행복감은 더 크다.'라는 오래된 말을 고스란히 경험했기 때문이지.

며칠 후면 쫓기던 그리스인들의 영혼이 바툼에 도착할 것이네. 조금 전 이런 전보를 받았어. '첫 배가 시야에 들어옴!'

이 수천 명의 부지런하고 기민한 그리스인들과 그들의 두툼한 허리를 가진 아내들과 눈이 맑은 아이들은 곧 마케도니아와 트라케 지방으로 이주해 뿌리를 내리게 될 거야. 우리는 그리스의 늙은 핏줄에 용감하고 활기찬 피를 주입할 거야.

조금 피곤하지만 괜찮아. 우리는 싸워 이겼다네. 나는 행복해.

나는 편지를 주머니에 넣고 다시 걸었다. 나 역시 행복했다. 나는 산으로 오르는 가파른 길을 골라 걸으며 백리향의 가시 돋친 가지 하나를 손가락으로 비볐다. 정오가 되고 있었다. 새까만 그림자가 발 부근으로 모였다. 매 한 마리가 머리 위로 돌았다. 날개를 어찌나 빨리 움직이는지 정지한 것처럼 보일 정도였다. 자고새 한 마리가 내 발소리를 듣고 놀라 나무 사이로 날아올랐다. 새의 날갯짓에서 나는 소리가 공기 중으로 퍼졌다.

나는 행복했다. 내가 노래를 할 줄 알았다면 시원하게 내 감정을 표출했을 텐데 나는 고작 외마디 소리만 나올 뿐이었다. '자네, 행복한가?' 나는 나 자신을 향해 빈정거렸다. "네가 그렇게 애국자인데 네 자신은 그걸 모른다고? 자네가 그렇게 친구를 사랑하는가? 정신 좀 차려. 부끄럽지도 않는가."

그러나 나는 대답하지 않았다. 나는 고함을 치며 오르막길을 올랐다. 바위 사이에서 검은색, 고동색, 회색 염소들이 햇살을 받으며 나타났다. 덩치가 큰 숫양 놈이 목을 든 채 앞장서 갔다. 공기에서 산양의 노린내가 났다.

"여보쇼. 어디를 그렇게 바쁘게 가쇼? 뭘 쫓고 있소?"

양치기가 바위 위로 뛰어올라 나를 향해 휘파람을 불었다.

"나는 지금 급한 일이 있다네." 나는 이렇게 대답하고 계속 올라갔다.

"잠깐 멈추고, 시원한 산양 젖 좀 마시고 가요." 양치기가 뛰어오며 소리쳤다.

"난 지금 바빠요." 나는 마치 대화를 나누느라 기쁨이 끊기기를 바라지 않는 사람처럼 외쳤다.

"내 산양 젖을 무시하네요. 그럼 가시구려." 양치기가 자존심이 상해 말했다.

그는 손가락을 입에 넣고 산양들에게 휘파람을 불었다. 그리고 모두 바위 위로 자취를 감췄다.

나는 산꼭대기에 이르렀다. 정상에 가는 것이 목적이었다는 듯 나는 마음이 편안해졌다. 나는 바위의 그늘에 드러누워 평야와 바다를 보았다. 숨을 깊이 들이쉬자 샐비어와 백리향 냄새가 났다.

나는 일어나서 샐비어를 모아 베개를 만들고는 다시 누웠다. 나는 피곤해서 눈을 감았다.

한순간 새하얀 눈이 덮인 산속의 병원에서 북으로 향하는 남자와 여자들, 그리고 가축과 양 떼를 이끄는 내 친구의 모습을 상상해 봤다. 하지만 정신이 혼미해지면서 낮잠으로 빠져 들어갔다.

나는 잠들고 싶지 않아서 눈을 부릅떴다. 알프스 까마귀한 마리가 내 앞의 바위 위에 앉아 있었다. 푸른색과 검은색이 섞인 까마귀의 날개는 햇빛에 반짝거렸고, 커다랗고 노란 부리가 잘 보였다. 기분이 이상했다. 나쁜 징조인 것 같아서화가 났다. 나는 돌멩이를 집어던졌다. 까마귀는 조용히, 그리고 천천히 날개를 펼쳤다.

나는 다시 눈을 감았다. 더 이상 참을 수 없었다. 빠른 시간안에 잠이 나를 덮쳤다.

그렇게 몇 초나 지났을까. 나는 소리를 지르며 일어났다. 까마귀는 내 머리 위를 지나가고 있었다. 나는 바위에 몸을기대앉았다. 부르르 몸이 떨렸다. 불길한 꿈이 내 머릿속을헤집고 내 가슴을 쥐어짜는 것 같았다.

꿈속에서 나는 혼자 외롭게 에르무 거리를 걷고 있었다. 햇빛은 뜨거웠고 거리에는 인적이 드물었다. 가게들도 모두 닫아 황량하기만 했다. 내가 카프니카레아 성당을 지날 때,

갑자기 내 친구가 신다그마 광장 쪽에서 뛰어왔다. 창백한 얼굴에 숨을 헐떡이며 내게로 오고 있었다. 키가 큰 남자가 거인같이 큰 보폭으로 걸어오고 있었다. 내 친구는 외교관 복장이었다. 친구는 나를 알아보고는 멀리서 나를 불렀다. 헐떡이는 목소리였다.

"어이, 나의 스승. 자네 요즘 어떻게 지내? 오래 못 봤군. 오늘 저녁에 이야기라도 나누세."

"어디서?" 나는 친구가 멀리 있어서 크게 말해야 들릴 것 같아 아주 큰 소리로 말했다.

"오늘 저녁 6시 오모니아 광장에서 만나자. '천국의 분수대' 카페로 오게."

"좋아, 그리로 갈게." 내가 대답했다.

"넌 항상 오겠다고 해 놓고 안 오잖아." 친구는 나를 원망하듯 말했다.

"꼭 갈 거야. 악수로 약속할게. 손을 잡자." 내가 말했다.

"난 바빠."

"뭐가 그리도 바빠. 손 좀 주라니까."

그가 손을 내밀었다. 그러자 갑자기 그의 팔이 어깨에서 빠져나와 허공을 가로질러 내 손을 잡았다.

나는 서늘한 촉감에 깜짝 놀라 비명을 지르며 깨어났다.

나는 아직도 내 머리 위를 서성이는 까마귀를 올려다보았다. 내 입술은 독이라도 나온 듯 쓴맛이 났다.

나는 동쪽으로 돌아서 마치 먼 거리를 꿰뚫어 보기라도 하듯 시선을 고정했다. 내 친구가 위험에 빠졌다는 확신이 들었다. 나는 그의 이름을 세 번 불렀다.

"스타브리다키! 스타브리다키! 스타브리다키!"

나는 그에게 용기를 주고 싶었다. 그러나 내 목소리는 앞으로 몇 미터도 나가지 못하고 공기 속에 사라졌다.

나는 곤두박질치듯 산을 뛰어 내려왔다. 몸을 지치게 해서 고통을 잊고 싶었다. 내 머리로 도착한 불가사의한 메시지를 무시하려고, 비웃으려고 했지만 허사였다. 메시지는 내 안에서 어떤 논리보다 깊고 생생하게 원시적인 확신을 주입시켰고, 이는 나를 공포 속으로 몰아넣었다. 양이나 쥐 같은 동물들이 지진을 예지하듯 드는 그런 확신이었다. 내가 미처 땅에서 내 몸을 떼어 내기 전에, 그래서 왜곡하는 이성의 개입 없이 우주의 진리를 직접 느낄 수 있었던 최초의 인간이 가지고 있던 그런 영혼이 깨어나고 있었다.

"그가 위험해. 그가 위험해⋯⋯." 나는 중얼거렸다. "그가 죽어 가고 있어. 그는 아직 깨닫지 못했을 수도 있어. 하지만 나는 확실하게 느껴져."

나는 산길을 달려 내려오다가 돌부리에 걸려 바닥에 쓰러졌다. 돌이 사방으로 튀고 손과 발이 온통 피범벅이 됐다. 온몸에 상처가 났고 셔츠는 찢어졌다.

"그가 죽을 거야. 그가 죽어 가고 있어……" 나는 계속 중얼거리다가 목에서 웅어리가 솟았다.

인간이라는 불운한 존재는 자기 주위에 넘을 수 없는 장벽을 세우고, 그 안에 요새를 만들었다. 그 속에서 삶에 미미한 질서와 안정을 부여하고, 그것을 유지하기 위해 애쓴다. 미미한 행복을 말이다. 이 요새 안에 있는 모든 것은 아주 쉽고 단순하게 만들어진 법에 복종하고, 매일 되풀이되는 일정을 따라야 한다. 알 수 없는 것들의 무서운 침략을 막으려 요새처럼 만들어 둔 테두리 안에서, 자잘한 확신들은 지렁이처럼 기어 다니고 누구의 도전도 받지 않는다. 하지만 무시무시한 적이 있다. 바로 단 하나의 위대한 확실성이다. 이 유일하고 위대한 확실성이 장벽을 넘어와 나를 공격한 것이다.

해변에 이른 나는 달리기를 멈추고 잠시 숨을 골랐다. 그리고 마치 요새의 두 번째 방어선에 도착한 것처럼 전열을 가다듬었다.

'이 모든 것이 불안의 자식들이야. 이 자식들이 우리가 자는 동안 상징이라는 옷을 입고 나타난다. 하지만 우리에게 오는 메시지를 만들어 내는 것은 우리 자신이다.'

나는 천천히 마음의 평정을 회복해 갔다. 어두운 메시지 때문에 당황했던 마음에 이성적인 질서를 부여했다. 이성은 이국적이고 기묘한 박쥐의 날개를 자르고 잘라 친숙한 생쥐의 모습으로 바꿔 놓았다.

오두막에 이르렀을 때, 나는 문득 나 자신의 순진함에 웃음이 났다. 내 정신이 이토록 쉽게 흔들렸다는 것이 부끄러웠다. 나는 일상을 회복했다. 배가 고팠고 목이 말랐다. 완전히 지쳤고 돌에 찢긴 상처는 아팠다. 내 가슴은 안도했다. 성벽을 뛰어넘어 들어왔던 무서운 적은 내 영혼의 두 번째 방어선에 의해 저지당했다.

26

이제 모든 것은 끝났다. 조르바는 케이블, 연장, 짐수레, 쇠붙이, 목재 따위를 해변에 쌓아 두고 이것들을 실어 갈 화물선을 기다렸다.

"조르바, 이 모든 것을 당신에게 선물로 줄게요. 이걸로 이익을 보길 바랍니다." 그러나 조르바는 울음을 참으려는 듯 목을 감싸고 있었다.

"헤어지는 건가요." 그가 중얼거렸다. "어디로 갈 건가요?"

"외국으로 나갈까 합니다. 내 안의 산양이 아직 종이를 더 씹어 먹어야 성이 차겠대요."

"보스, 그렇게 말했는데 아직도 정신을 못 차렸소?"

"많은 걸 배웠어요. 조르바, 당신 덕분에요. 나도 당신의 길을 따를 거예요. 당신이 체리를 잔뜩 먹어 그렇게 했듯 난 책으로 그렇게 할 참이에요. 종이 나부랭이를 먹고 토해서 그것들로부터 자유로워질 거예요."

"하지만 보스, 보스가 없으면 난 어쩝니까?"

"조르바, 너무 상심하지 말아요. 다시 만날 날이 있겠지요. 또 누가 알겠어요? 인간의 힘은 위대해요. 우리가 언젠가 말했듯이 자유로운 사람들과 함께 하느님도 악마도 없는 수도원을 지읍시다. 그렇게 되면 조르바, 당신은 성 베드로처럼 문지기가 되어 문가에 큰 열쇠 꾸러미를 들고 앉아 문을 열고 닫고 할 거예요."

조르바는 오두막의 구석에서 등을 기대고 주저앉아 잔을 비우고 다시 채우고 또 비웠다. 그러면서 아무 말도 하지 않았다.

밤이 되었다. 우리는 저녁 식사를 끝냈고 술을 마시며 대화를 나누었다. 내일 아침 우리는 헤어진다. 나는 카스트로로 갈 예정이었다.

"네, 네. 알았소." 조르바는 이렇게 대꾸하며 안주도 없이 술을 마시며 콧수염을 문질렀다.

여름밤 하늘은 반짝이는 별로 가득했다. 우리의 심장은 신음을 내려 했지만 그러지 못했다.

나는 생각에 잠겼다. '이 사람에게 작별 인사를 하고, 영원한 이별을 고하자. 그리고 잘 봐 두어라. 이제 다시 네 눈으로 조르바를 보지 못할 테니.' 나는 그의 늙은 가슴을 안고 엉엉 울고 싶었지만, 차마 부끄러워서 그러지 못했다. 나는 이런 내 감정을 숨기려 자꾸 웃음을 지어 봤지만 결국 실패했다. 목구멍에 무언가가 걸려 있었다.

나는 조르바가 묵묵히 술을 마시는 모습을 바라보았다. 그를 계속 바라보자니 이런 생각이 들었다. 겨울철 나뭇잎들처럼 만나고 헤어지기를 반복하며 살아야 하는 사람의 얼굴. 몸과 손짓 하나하나를 다 기억하려 하지만, 몇 해만 흘러도 우리는 그 사람의 눈이 어떤 색인지 기억하지도 못한다. 우리 인생은 얼마나 수수께끼인가.

"인간의 영혼은 공기가 아니라 강철이요. 단단한 강철임에 틀림없어." 나는 나 자신에게 외쳤다. 조르바는 큼직한 머리를 세우고 꼼짝도 하지 않은 채 계속 술을 마셨다. 이 밤중에 그는 가까이 오거나 멀어지는 발소리에 귀를 기울이는 듯했다. 내면에서만 들을 수 있는 발걸음 소리를 듣고 있었다.

"조르바, 무슨 생각을 하나요?"

"보스, 내가 무슨 생각을 하고 있다고요? 아무 생각도 안 합니다. 정말이지 아무 생각도 안 했소."

조금 후에 그는 다시 잔을 채우며 말했다.

"보스, 건강하시구려."

우리는 잔을 부딪쳤다. 우리는 이 울적한 상태가 오래 이

어지지 않으리라는 것을 잘 알고 있었다. 우리는 술에 만취해 울음을 터뜨리거나 춤추거나 해야 했다.

"조르바, 산투리를 쳐 봐요." 내가 밀했다.

"산투리도 마음이 좋을 때 소리를 낸다는 말을 했잖소. 지금부터 한 달, 두 달, 아니 2년 뒤? 언제 칠 수 있을지 모르겠소. 그때 우리 두 사람이 영원히 이별한 사연을 노래할 수도."

"영원히라니요!" 나는 깜짝 놀라 우는 소리로 외쳤다.

나는 차마 그 말을 내 귀로 듣는 것이 용기가 나지 않아 감히 입 밖으로 내지 못했다. 그래서 몹시 놀랐다.

"'영원히'죠." 조르바가 침을 억지로 삼키며 그 말을 반복했다. "그래요. '영원히'죠. 보스가 방금 전에 한 말, 다시 만난다느니, 수도원을 짓는다느니 하는 말, 그런 것들은 임종 직전의 환자한테나 하는 위로의 말이죠. 난 그런 건 싫어요. 왜냐고? 우리가 위로를 바라는 애들입니까? 사나이는 위로 따위 필요 없소. 그래요. 이별은 영원합니다!"

"떠나지 않을 수도 있어요." 조르바의 분노에 찬 솔직함에 나는 겁을 먹었다. "당신과 함께 갈 수도 있어요. 난 자유잖아요."

하지만 조르바는 고개를 저었다.

"아니요. 보스, 보스는 자유롭지 않아요. 당신이 묶인 줄은 다른 사람들의 줄보다 조금 더 길지만, 그뿐이오. 당신의 고귀한 줄은 깁니다. 당신은 마음대로 오가니 자유롭다고 생각할 수도 있죠. 하지만 당신은 그 줄을 잘라 내지 못합니다."

"언젠가는 잘라 낼 거요." 내가 오기를 부리며 말했다. 조르바의 말이 내 상처를 건드려서 아팠다.

"보스, 그건 어려워요. 아주 어려워요. 그러려면 바보가 돼야 합니다. 모든 것을 걸어야 하는 거죠. 하지만 당신은 머리가 좋고, 그것이 당신을 갉아먹고 있죠. 인간의 머리는 식품점 주인 같은 거요. 장부를 팔에 끼고서 이렇게 씁니다. '얼마를 지불했고, 얼마를 벌었고, 이 액수는 손해고 이 액수는 이익이다.' 똑똑한 머리는 뛰어난 지배인과 같아요. 절대로 모든 것을 다 거는 법이 없어요. 뭔가 하나는 꼭 숨겨 두죠. 그러니 줄을 자를 수 없다는 겁니다. 절대로 그러지 못할 거요. 오히려 더 단단해지죠. 만약 줄이 끊어져 나가면 똑똑한 머리는 끝장이에요. 불쌍하게도 사라지는 거죠. 하지만 그 끈을 자르지 않으면 인생에 단단한 기반이 있을까요? 캐모마일 차. 맛있는 캐모마일 차 정도? 이것도 희석한 맛이죠. 이 세상을 바꾸는 데 필요한 건 럼주밖에 없어요."

조르바는 입을 다물고, 술잔을 더 채우고 나서 화제를 바꿨다.

"보스 양반, 날 용서해 주죠. 난 무식한 촌놈이요. 진흙이 발에 붙어 있듯 난 이 사이에 낍니다. 난 언변 좋게, 예의 바르게 말하지 못해요. 그렇게 할 수 없소. 그러니 이해해 줘요."

조르바는 또 잔을 비우고 나를 보았다.

"아시겠소?" 그는 갑자기 화난 사람처럼 부르짖었다. "이시겠냐고요. 이게 바로 당신을 잡아먹고 있어요. 보스는 부족한 것이 없어요. 젊겠다, 돈도 있겠다, 머리도 있겠다, 건강하겠다, 사람도 좋고. 부족한 것이 없어요. 하나도 없어요. 딱 한 개만 빼고. 당신이 말한 바보짓이요. 하지만 그게 없으면…… 보스 양반……."

조르바는 머리를 흔들며 다시 입을 다물었다.

나는 울고 싶었다. 하지만 가까스로 참아 냈다. 조르바가 하는 말들은 다 옳았다. 어릴 적 나는 인간이 되기 전의 야수가 가질 법한 욕망과 열정이 넘쳤다. 나는 홀로 앉아 한숨을 쉬며 세상이 비좁다는 것을 한탄했다. 그 뒤 나이를 먹으며 나는 점점 이성적인 인간이 되어 갔다. 경계를 정하고 가능한 것과 불가능한 것을, 인간적인 것과 신적인 것을 가르고, 그 연이 날아가지 않도록 꼭 붙잡았다.

그때 커다란 별똥별 하나가 하늘을 가로질러 사라졌다. 조르바는 벌떡 일어나 눈을 크게 뜨고 쳐다보았다. 마치 태어나 처음 유성을 보는 사람 같은 표정이었다.

"별똥별 봤어요?" 그가 내게 물었다.

"네, 봤어요."

그리고 우리는 다시 침묵에 잠겼다. 조르바가 앙상한 목을 뽑고 가슴을 내밀더니 거칠고 절망적인 비명을 질렀다. 그 절규는 조르바의 내면에서 솟아나 열정과 슬픔과 절망으로 그리고 터키어로 변했다. 조르바의 가슴속에서 오래된 단음으로 된 외로운 노랫가락이 올라왔다. 대지의 심장이 두 쪽으로 갈라지며 달콤한 독약이 흘러나왔다. 나를 묶어 놓은 희망과 덕의 실을 모조리 무력하게 만들었다.

이키 크를릭 비르 테페데 오티기요르,

오트메 데, 크를릭, 베님 데리팀 에티기요르,

아만! 아만!

절망, 끝없이 펼쳐진 모래, 공기는 파란색과 장밋빛과 핑크색, 노란색으로 흔들거린다. 영혼은 광기의 소리를 지르고, 아무 목소리도 화답이 없는 것에 기뻐 날뛴다. 적막. 고요. 그러다가 내 눈에는 눈물이 가득 고였다.

언덕배기에서 자고새 두 마리가 노래했다네.

울지 마라. 자고새들아. 그리움은 내 것으로도 충분하다.

아만! 아만!

조르바는 노래를 끝내고는 아무 말도 하지 않았다. 그는 손가락으로 이마의 땀을 훔치고는 땅바닥에 휙 던졌다. 그러고는 고개를 숙여 모래를 내려다보았다.

"무슨 노래인가요?" 한참 후에 내가 그에게 물었다.

"낙타 몰이들이 부르는 노래예요. 사막을 지날 때 부르죠. 몇 년 동안 부르지 않아 잘 기억이 나지 않아요. 그런데 지금 문득……." 그의 목소리가 둔탁했다. 목이 메었던 것이다.

"보스, 이제 주무셔야 할 시간이오. 내일 카스트로로 가는 배를 타려면 일찍 주무시오."

"졸리지 않아요. 여기 있을래요. 우리가 함께하는 마지막 밤이잖아요."

"그래서 후딱 끝내야 합니다." 그는 술을 더 마시고 싶지 않은 표정으로 술잔을 엎어 놓았다. "보세요. 진짜 사나이들은 담배, 술, 노름을 끊을 때처럼 모든 것을 빨리 끝내야 해요. 우리 아버지는 진짜 사나이였소. 나를 쳐다보지 마요. 나는 그의 고목에서 돋아난 작은 가지일 뿐. 나는 그 사람 발꿈치도 못 따라가요. 우리 아버지는 사람들이 말하는 옛날 그리스 사나이였죠. 그 양반은 악수하면 손이 부러질 듯 잡아 버립니다. 나는 점잖게 얘기하지만, 우리 아버지는 울부짖거나 웅얼거리거나 노래를 합니다. 그분 입에서 제대로 된 사람의 말은 거의 나오지 않았어요. 아버지는 여러 가지에 중독됐지만 끓을 땐 단칼이었죠. 담배를 굴뚝같이 피워 댔습니다. 하루는 아침에 일어나 밭을 갈러 나갔어요. 워낙 골초시니 일을 시작하기 전에 울타리에 기대어 담배를 피우려고 혁대 뒤로 손을 넣은 채 담배쌈지를 꺼냈죠. 그런데 담배쌈지가 비어 있는 것 아니겠어요. 집에서 담배를 채우는 걸 잊었던 거지. 그러자 입에 거품을 물고 으르렁거리며 날쌔게 마을로 달려갔죠. 중독돼서 참을 수 없었던 거죠. 그런데 인간이란 참 알 수 없어요. 이 양반이 갑자기 걸음을 멈추고 부끄러움을 느낀 거예요. 화가 난 아버지는 쌈지를 이빨로 물어 찢고 화를 내며 땅바닥에 내팽개쳤다는군요. '더럽다, 더러워.' 아버지가 소리쳤죠. '빌어먹을!' 이랬답니다. 그리고 평생 다시 담배를 입에 대지 않았어요. 보스, 진짜 사나이란 이런 겁니다. 안녕히 주무세요."

조르바는 일어서서 해변의 자갈밭을 지나 어둠 속으로 사라졌다.

그 뒤로 나는 조르바를 두 번 다시 보지 못했다. 닭이 첫 울음을 울기 전에 노새 몰이꾼이 와서 나는 노새를 타고 그곳을 떠났다. 내 생각이 틀렸을 수도 있지만, 조르바는 그날 어디에 숨어 내가 떠나는 모습을 지켜보았을 것 같다. 어쨌든 그는 판에 박힌 이별의 말을 나누고 눈을 붉히고 손과 손수건을 흔들고 맹세를 다짐하러 달려 나오지 않았다.

우리의 이별은 이렇게 단칼이었다.

나는 카스트로에서 전보 한 장을 받았다. 나는 그 전보를 오랫동안 바라보았다. 손이 떨렸다.

나는 전보의 내용을 확신하고 있었다. 나는 끔찍한 확신으로 몇 마디, 몇 글자인지까지 볼 수 있었다.

나는 전보를 펼치기 전에는 북북 찢어 버리고 싶은 충동마저 느꼈다. 뻔히 아는 내용일 텐데 내가 왜 읽어야 하나. 하지만 불행히도 우리는 우리의 영혼에 대한 믿음이 없었다. 우리의 이성은 꾀죄죄한 식품점 주인이라서 악령을 쫓고 마술을 부리는 노파들과 무당들을 비웃는다. 나는 전보를 펼쳤다. 트빌리시에서 온 것이었다. 순간 글자들이 내 눈앞에서 춤추는 바람에 글자를 알아 볼 수 없었다. 하지만 이내 글자가 천천히 자리를 잡기 시작했다. 그리고 나는 전보문을 읽었다.

"어제 오후, 스타브리다키 급성 폐렴으로 사망."

그 뒤 끔찍한 5년이 흘렀다. 길고 긴 공포의 5년 동안 지리적 국경은 춤을 추었고, 시간은 가속도가 붙은 것처럼 지나갔다. 국가와 국가들은 아코디언처럼 늘어났다 줄어들기를 반복했다. 순식간에 나도 조르바와 폭풍의 시간에 휩쓸려 연락 없이 지냈다. 처음 3년은 짧게 쓴 엽서를 받았다.

언젠가 조르바는 아기온오로스에서 엽서를 보냈다. 서글

폰 눈에 결의에 찬 턱을 가진 성모 마리아가 그려진 그림엽서
였다. 조르바는 늘 종이를 찢을 정도로 힘에 찬 필체로 이렇
게 써 보냈다.

"보스, 여기서는 사업이 잘 안 됩니다. 이곳 수도승들은 너
무 영악해서 벼룩의 간도 빼먹을 놈들입니다. 다른 곳으로 갑
니다."

그리고 며칠 뒤 엽서가 또 날아왔다.

"복권을 파는 것처럼 앵무새를 들고 수도원을 돌아다닐
수가 없소. 그래서 신신한 수도승에게 주었소. 그 수도승은
성가대의 선창자처럼 '주여, 당신에게 부르짖습니다.'라는 노
래를 부르는 까마귀를 한 마리 키우고 있소. 그 수도승은 우
리의 가여운 앵무새에게도 성가를 가르치겠답니다. 내가 살
면서 별 괴상한 것을 다 봤지만, 이젠 앵무새가 신부가 된다
고요? 그 앵무새도 저주받은 운명이라 그렇겠죠. 무한한 포
옹과 키스를 담아 보냅니다. 외톨이 수도승 알렉시오스 신부
가."

그로부터 예닐곱 달이 지났다. 이번에는 루마니아에서 가
슴이 훤히 드러난 드레스 차림의 뚱뚱한 여자가 그려진 엽서
가 왔다.

"아직 살아 있수다. 마말리가를 먹고 맥주를 마시며 유전

에서 일하는데 영락없는 시궁창의 쥐 같죠. 여기는 마음이 원하는 것, 배가 원하는 것이 풍성해요. 나 같은 늙은 건달에겐 낙원이죠. 무슨 말인지 알죠? 인생과 닭과 거룩하신 하느님에게 감사하오. 건투를 빕니다. 유전 생쥐 알렉시스 조르베스코가."

그로부터 또 2년이 지난 뒤 새 엽서를 받았다. 이번에는 세르비아에서 온 엽서였다.

"아직 살아 있습니다. 이곳은 오라지게 추워서 하는 수 없이 결혼했습니다. 이 엽서를 뒤집으면 그녀를 볼 수 있죠. 끝내주죠? 지금 배가 조금 부른 건, 그녀가 나를 위해 조르바 2세를 준비하고 있기 때문이죠. 당신이 준 양복을 입고 있는데, 손에 낀 결혼반지는 가엾은 부불리나가 준 것이죠. 그녀의 영혼을 하느님께서 돌봐 주시기를. 내 마누라의 이름은 리우바예요. 내가 지금 입고 있는 여우 목도리 외투는 아내의 결혼 지참금이죠. 거기다가 암퇘지 한 마리를 일곱 마리 새끼와 가져 왔어요. 전남편 사이에서 낳은 아이 두 명도 데려왔죠. 과부가 된 거예요. 저는 이곳의 가까운 산에서 마그네슘 광산을 발견해서 또다시 자본가들과 얽히게 되었죠. 그럼 건투를 빕니다. 전에 홀아비였던 알렉시스 조르비에츠가."

엽서 앞면에는 조르바의 사진이 있었다. 털모자에 최신 유행 스타일의 외투를 입고 멋쟁이 지팡이까지 쥐고 있는 건강해 보이는 조르바의 모습이었다. 스물다섯쯤으로 보이는 예쁜 슬라브 여자가 그의 한 팔에 기대고 있었다. 굽 높은 장화를 신고 가슴이 풍만한 그녀는 궁둥이가 크고 야생마처럼 보였다. 사진 밑에는 조르바의 꼬부랑글자가 적혀 있었다. "나 조르바의 영원한 사업은 여자입니다. 이번 사업은 리우바입니다."

이 기간 동안 나는 유럽을 돌아다녔다. 내게도 끝나지 않은 사업이 있었다. 내게는 풍만한 가슴도, 외투도, 돼지 새끼들도 없었다. 어느 날 베를린으로 갔을 때, 나는 내가 맨 처음 프롤로그에서 언급한 전보를 받았다. "아주 멋진 초록빛 돌을 발견했음. 즉시 오기 바람. 조르바."

나는 모든 것을 중단하고 내 인생 단 한 번 과감한 짓을 해 볼 용기를 내지 못했다. 그리고 조르바가 나를 두고 가망 없는 먹물로 여긴다고 쓴 짧은 편지를 받았다. 조르바가 옳았다.

조르바는 그 뒤로 내게 편지를 보내지 않았다. 전 세계의 엄청난 사건들이 우리를 갈라놓았다. 세상은 부상당한 듯이, 취한 듯이 계속 휘청거려서 개인의 사랑이나 관심사는 뒷전이었다.

그러나 나는 이따금 친구들과 대화하며 내 안에 잠들어 있는 그 위대한 영혼을 되살려 내곤 했다. 나와 내 친구들은, 배우지 못했지만 긍지와 논리를 초월한 자신감으로 가득 친 조르바의 행보를 자랑스러워했다. 쉽게 내뱉는 몇 마디 말로 그는, 다른 사람이라면 엄청난 시간과 노력을 퍼부은 다음에야 닿을 수 있는 지적인 정상에 도달했다. 그래서 우리는 이렇게 부르짖곤 했다. "조르바는 위대한 영혼이야." 그는 정상을 훨씬 뛰어넘었다고 생각하며 이렇게 부르짖곤 했다. "조르바는 미친놈이야!"

이렇게 세월은 달콤한 추억과 함께 흘러갔다. 또 다른 그림자, 크레타의 바닷가를 덮었던 죽은 나의 친구가 내 영혼에 그늘을 드리웠다. 어쩌면 내가 떠나는 걸 바라지 않아서였을지도 모른다. 그러나 나는 이 그림자에 대해 남들에게 이야기하지 않았다. 그것은 내가 둑의 저편과 나눈, 그리고 나로 하여금 죽음과 화해하게 해 준 최고의 대화였다. 내 친구의 죽은 영혼이 다리를 건널 때, 그 얼굴이 창백하고 손을 잡을 수 없을 만큼 지쳤다는 것을 알 수 있었다.

나는 가끔 끔찍한 생각을 할 때가 있다. 내 친구가 지상에서 보낸 짧은 생은 그의 육체를 완벽하게 변화시키지 못해 자신의 영혼을 굳건하게 만들지 못한 채 공중으로 분해되어 버린 것이 아닐까. 그에게는 그럴 만한 능력이 있었는데 다만 시간이 없었던 게 아닐까. 나는 이런 생각을 거듭했다. 그러다가 그는 날벼락처럼 갑자기 강하게 올 때도 있었다. 과연그가 내 친구였을까? 아니면 갑자기 애정을 느낀 것이 나 자신이었나? 그가 강해지고 다시 젊어져서 내게 다가오는 것인가. 계단을 올라오는 그의 발걸음 소리가 들릴 만큼 그것은내게 가까이 다가왔다.

얼마 전, 나는 눈 덮인 엥가딘으로 여행을 갔다. 내 친구와나, 그리고 우리가 사랑했던 한 여인과 함께 황홀한 시간을보냈다. 나는 그때 묵었던 호텔에 방을 잡았다. 열린 창으로달빛이 쏟아졌고, 산들과 수정처럼 빛나는 전나무들과 아주깊은 푸른 밤이 나의 잠으로 들어왔다.

나는 잠 속에서 행복한 시간을 보냈다. 잠은 조용하고 깊은 바다 같았고, 나는 그 밑에 가만히 행복하게 누워 있는 듯했다. 그 기쁨이 너무 커서 내 위쪽 수천 길의 바다 수면 위로배 한 척이 지나가며 내 몸에 길쭉한 선 하나를 긋는 것만 같았다.

그러다가 문득 그림자 하나가 나를 덮쳤다. 나는 그게 누구인지 알았다. 불만에 가득 찬 목소리가 들려왔다.

"자네, 자고 있나?"

나도 질세라 불평 섞인 목소리로 대답했다.

"늦었군. 벌써 몇 달째 네 목소리를 기다렸는데. 도대체 어디를 방황하고 있었던 건가?"

"나는 항상 네 곁에 있었어. 하지만 넌 나를 잊었지. 자네가 나를 계속 떨쳐 버리려 했잖아. 난 언제나 자네를 찾을 수 있을 만큼 힘이 남아 돌지는 않아. 달도 좋고, 눈 덮인 나무들도 좋고, 지상의 삶도 좋지만 나를 잊지 마."

"자네를 어찌 잊겠어. 알면서 그러는군. 그리스를 떠나 서유럽으로 갔던 초기, 나는 거친 산들을 돌아다니며 내 육체를 지치게 만들었어. 나는 너를 사랑했고 너 때문에 울었지. 고통에 빠지지 않기 위해 시를 썼다네. 그러나 그 시들은 고통을 덜어 주지 못했어. 한 노래는 이렇게 시작되네.

> 그대가 죽음 옆에 가는구나. 나는 감탄했네.
> 가파른 오르막길을 오르는 그대의 가벼움에
> 새벽에 깨어난 길동무처럼 가는구나.

그리고 또 다른 노래에서도 자네를 이렇게 노래했네.

> 정신을 차려라, 친구야. 영혼이 흩어지지 않도록."

그가 쓴웃음을 지었다. 그리고 내 위로 얼굴을 숙였다. 나는 그의 창백한 얼굴을 보고는 소름이 끼쳤다. 그는 말없이 텅 빈 눈으로 나를 바라보았다. 눈에는 눈동자 대신 작은 흙덩이 두 개가 채워져 있었다.

"지금 무슨 생각을 하나?" 그가 물었다. "아무 말이나 해봐."

다시 한번 그의 목소리가 한숨처럼 들렸다.

"아, 세상이 좁았던 이 영혼은 이제 이 세계에 맞지 않는구나. 지루하고 가치 없는 온전한 4행시도 못 끝낸 다른 사람의 시 구절 몇 개뿐. 나는 대지를 오가며 사랑하는 사람들 주위를 배회하지만, 그들의 가슴은 닫혀 있어. 어디에서 문을 찾아 들어갈 수 있을까. 주인 잃은 강아지처럼 그렇게 맴돌고 있네. 물에 빠진 사람처럼 살아 있는 그대들의 몸을 잡지 않고 자유로이 살 수 있다면 얼마나 좋을까." 그의 동공에서 눈물이 떨어졌고, 눈 속의 흙은 진흙이 되었다.

그러나 그의 목소리는 침착해졌다.

"네가 내게 준 가장 큰 기쁨은 언젠가 취리히에 머물 때였지. 기억하나? 자네는 내 이름에 대해 말했어. 다른 사람도 있었지."

"물론 기억하지." 내가 대답했다. "우리가 숙녀라고 불렀던 영혼이었지."

우리는 둘 다 입을 다물었다. 그렇게 몇 세기가 지났던가. 취리히. 눈이 펑펑 쏟아졌고, 우리 셋은 따뜻한 방 안에 둘러

앉아 내 친구의 이름에 대한 찬사를 늘어놓았다. "나의 스승이여, 무슨 생각을 하는가?" 그림자가 비꼬듯 물었다.

"별별 생각을 다 한다네. 이런 생각, 저런 생각."

"나는 지금 네 마지막 말들을 생각하지. 자네는 술잔을 들고 이렇게 말했지. '사랑하는 나의 숙녀여. 스타브리다키가 아기였을 때 그의 할아버지는 한쪽 무릎 위에 그를, 다른 쪽 무릎에 크레타 리라를 얹고 사나이다운 노래를 연주했죠. 오늘 저녁 그의 건강을 위해 건배합시다. 운명이 그로 하여금 항상 하느님의 무릎에 앉히시기를.'"

"나의 스승이시여. 하느님께서 너의 기도를 빨리 들어주셨네."

"상관없어." 내가 소리쳤다. "사랑은 죽음을 이기니까."

친구는 쓸쓸한 미소를 짓고는 아무 말도 하지 않았다. 나는 어둠 속에서 그의 뼈마디가 부서지고 해체되는 것을 느꼈다. 그리고 흐느낌과 한숨이 비웃음으로 변해 어둠 속을 헤매고 있다는 것을 알아차렸다.

며칠 동안 죽음의 맛이 내 입술에 남았다. 내 마음은 가벼워졌다. 죽음은 다정한 연인처럼, 나를 데리러 와 내가 일을 마칠 때까지 구석에서 기다려 주는 친구처럼 그렇게 내 삶으로 들어왔다. 내 정신은 죽음의 이 같은 친근한 의미를 이해하고 평온을 느꼈다.

죽음은 시도 때도 없이 어지러움을 느끼게 하는 것처럼 나를 어지럽게 했다. 혼자 있을 때, 하늘에 달이 떠 있을 때, 침묵이 감돌 때, 몸을 씻고 난 뒤 영혼에게 방해받지 않고 잠을 청할 때, 그럴 때면 삶과 죽음의 장벽이 투명해져서 대지 밑에 무슨 일이 일어나는지 보게 되었다.

모든 것이 가벼워지고 내가 가벼운 외로움을 느끼는 순간에 조르바가 꿈에 나왔다. 그의 모습이 어땠는지, 무슨 말을 했는지, 무슨 이유로 찾아왔는지는 기억나지 않았다. 잠에서 깨어나자 내 가슴이 뛰었다. 눈에서는 영문 모를 눈물이 흘렀다.

바로 그 순간 강렬한 욕망, 아니 절실함이 나를 감쌌다. 나는 모든 기억을 짜내서 여기저기 흩어진 대화들과 그의 목소리, 손짓, 몸짓, 웃음, 울음 그리고 조르바의 춤을 되살리고 우리 둘이 살았던 크레타의 삶을 되살리고 싶었다.

이 욕망은 너무 강렬해서 지구 어딘가에서 조르바가 죽음의 고통을 당하고 있는 건 아닌지 하는 생각이 들었다. 내 영혼과 그의 영혼은 매우 밀접해서 어느 한쪽이 죽으면 다른 한쪽이 고통에 빠져 비명을 지르게 할 것이라는 생각이 들었기 때문이다.

한동안 나는 조르바의 추억을 모아 언어로 표현하는 것을 주저했다. 어린애처럼 치기 어린 공포가 있어서 나는 자신에게 말했다. "만약 내가 이 일을 하면 그건 조르바가 정말로 위험에 처했다는 것을 의미하는 것이다. 나를 떠미는 손에 저항해야 한다."

나는 이틀, 사흘, 일주일을 버텼다. 다른 글을 쓰는 것에 집중하거나 온종일 쏘다니거나 책을 읽었다. 보이지 않는 존재를 그렇게 속여 보려고 했다. 하지만 내 정신은 조르바에 대한 생각으로 가득 찼고 불안했으며 마음이 무거웠다.

어느 날, 나는 우리 집 옥상에 앉아 있었다. 한낮이었고 태양이 뜨거웠다. 나는 앞에 보이는 살라미스섬의 옆구리를 바라보았다. 그 순간 갑자기 나는 종이를 펼치고 조르바에 대한 이야기를 썼다.

나는 조르바를 통째로 기억하고 보존하며 과거를 되살려 내기 위해 미친듯이 글을 썼다. 만약 그가 사라지면 그 모든 책임은 내게 있다는 생각이 들었다. 나는 조르바의 사람됨을, 내 스승의 인격을 되살리기 위해 밤낮없이 썼다.

나는 꿈에 본 조상의 모습을 동굴에 생생하게 그려 놓으면 그 조상의 혼령이 자기인 줄 알고 그 그림 속으로 들어간다고 믿었던 아프리카의 원시 부족처럼 열심히 썼다.

몇 주 지나지 않아 조르바의 전설은 완성되었다.

글쓰기를 마친 나는 여느 날처럼 옥상에 앉아 바다를 보았다. 내 무릎 위에는 탈고한 원고가 놓여 있었다. 아기를 순산한 엄마처럼 가뿐한 기분이 들었다. 해가 막 떨어지려는 그때, 시내에서 우편물을 날라다 주는 농가의 여자아이 소울라가 올라왔다. 맨발에 생기발랄한 소녀였다. 그녀가 편지를 건네고 도망치듯 사라졌다. 나는 알고 있었다. 적어도 알았음에 틀림없다. 박차고 일어나 소리를 지르거나 놀라지도 않았는데 말이다. 탈고한 원고를 놓고 지는 해를 바라보는 순간, 나는 이 편지를 받으리라고 확신했던 것이다.

나는 눈물을 흘리지 않고 조용히 편지를 읽었다. 편지는 세르비아의 스코피아에서 멀지 않은 마을에서 온 것이었다. 괴발개발인 독일어로 쓰여 있었다.

저는 이 마을의 교사입니다. 저는 이곳에서 마그네슘 광산을 운영하는 알렉시스 조르바가 지난 일요일 오후 6시에 세상을 떠났다는 슬픈 소식을 전하려고 이 편지를 씁니다. 임종을 맞이하기 직전, 그는 죽음과 싸우며 저에게 이렇게 부탁했습니다.

"선생님, 내게는 그리스에 친구가 있는데, 내가 죽는 순간 정신이 말짱했고 그를 기억했다고 편지를 보내 주시오. 그리고 난 내가 평생 한 짓들에 대해 후회하지 않는다고 전해 주시오. 또 그 사람의 건투를 빌고 이제 좀 철이 들 때가 되었다고 말해 주시오. 그리고 만약 어떤 신부가 내 고해 성사를 듣고 종부 성사를 하러 온다면 내쫓고 내가 저주한다고 전하시오.
난 평생 하고 하고 또 했지만 못한 게 아직도 있소. 나 같은 인
간은 1,000년을 살아야 하는데. 그럼 살 시내시오."

이게 그분의 유언입니다. 그러고는 베개에 기대 일어나서
는 침대 시트를 벗어 던지고 위로 펄쩍 뛰었습니다. 그의 부인
리우바와 나, 그리고 이웃 몇몇이 그를 말렸습니다. 그러나 그
분은 우리 모두를 한쪽으로 밀고 침대에서 뛰어내려 창가로
갔습니다. 거기에서 그분은 창틀을 꽉 잡고 똑바로 서서 죽었
습니다.

그의 미망인 리우바는 당신께 인사를 전하라고 하며 자기
대신 경의를 표해 달라고 했습니다. 고인이 계속 당신에 대해
이야기했고, 자기가 죽으면 당신께서 고인을 기억하도록 산투
리를 드리라고 유언했습니다.

혹 선생님께서 이 마을을 지나게 되면 그녀의 집에서 머
물기를 바라며 아침에 떠날 때는 산투리를 가져가시기 바랍
니다.

그리스인 조르바

Zorba
the Greek

작품 해설 및 작가 연보

『그리스인 조르바(Víos ke politía tu Aléksi Zorbá)』작품 해설

1. 작가의 생애

현대 그리스 문학을 대표하는 시인이며 소설가이자 극작가인 니코스 카잔차키스(Nikos Kazantzakis, 1883~1957)는 1883년 2월 18일, 그리스 크레타의 이라클리온에서 태어났다. 당시 크레타는 터키의 지배하에 놓여 있었고 그리스에서는 반란이 거듭되고 있었기에 카잔차키스와 그의 가족들은 낙소스섬으로 피신해야만 했다. 그곳에서 그는 프랑스 수도사들이 운영하는 학교에 입학해 프랑스어를 배우고 이라클리온에서 중등 교육을 마친 뒤 1902년, 아테네로 돌아와 법학을 공부한다. 1906년, 소설 「뱀과 백합(Ofis ke kírno)」을 출간하고 희곡 「동이 트면(Ksimerónei)」을 집필하게 되는데, 1907년에 「동이 트면」으로 희곡상을 수상하며 문단의 주목을 받기 시작한다. 카잔차키스는 그해 신문사 편집부에서 일하다가 파리로 유학을 떠나게 되는데, 그곳에서 앙리 베르그송(Henri Louis Bergson)과 니체(Friedrich Wilhelm Nietzsche)의 철학을 공부한다. 니체의 사상에 가장 큰 영향을 받았던 그는, 니체를 젊은 시절 자신에게 가장 큰 정신적 지주가 된 인물이라고 말한 바 있다. 또한 불교에도 심취하며 부처(Buddha)의 가르침에 큰 영향을 받는다.

1908년에는 소설 「부서진 영혼(Spasménes psihés)」을 완성하고 1909년에는 니체에 관한 학위 논문을 발표한다. 1911년에는 고향 크레타로 돌아와 갈라테아 알렉시우와 결혼한다. 그러다가 1912년, 발칸 전쟁이 발발하자 육군에 자원입대하게 된다. 1914년 이후 카잔차키스는 이스라엘, 독일, 러시아, 이탈리아, 스페인 등을 여행하고 그리스 정교의 성지인 아토스산의 수도원에 머물며 단테, 복음서, 불경 등을 탐독한다. 1917년에는 소설 「그리스인 조르바(Víos ke politía tu Aléksi Zorbá)」의 주인공이자 실존 인물인 기오르고스 조르바와 펠로폰네소스에서 갈탄 채굴 작업을 시작한다. 광산 사업은 결국 실패로 끝나지만, 이때의 경험은 훗날 『그리스인 조르바』(1946)가 탄생하는 토대가 된다. 1919년에는 그리스 공공복지부 장관에 임명되어 볼셰비키에게 처형될 위기에 처한 그리스인 15만 명을 송환하는 임무를 맡기도 한다.

1923년에는 「신을 구하는 자(Askitikí)」를 완성하고 희곡 「붓다(Vúdas)」를 집필하기 시작하며, 1925년에는 장편 철학시 「오디세이아(Odíssia)」를 집필하기 시작한다. 그러다가 1926년, 부인 갈라테아와 이혼하게 된다. 그리고 그해 신문사 특파원으로 팔레스타인과 키프로스로 떠난다. 1928년에는 러시아 여행을 다녀온 뒤 아테네에서 두 권의 러시아 여행기를 출간하며, 1929년에는 프랑스어 소설 「토다 라바(Toda-Raba)」를 집필한다. 1932년에는 단테의 『신곡』 전편을 번역하고, 1937년에는 『스페인 기행(Taksidévondas: Ispanía)』을 출간한 뒤 희곡 「멜리사(Mélissa)」를 집필한다. 1938년에는 『오디세이아』 제7권의 집필을 마침으로써 전편이 완성된다. 1939년에는 희곡 「배교자 율리아누스(Iulianós o paravátis)」, 그다음 해에는 「영국 기행(Taksidévondas: Anglia)」을 집필한다.

그의 활발한 창작 활동은 계속 이어진다. 1943년, 「그리스인 조르바」와 「붓다」를 완성하고, 호메로스의 『일리아스』를 번역한다. 1945년에는 그리스 정무 장관에 취임하게 되며 엘레니 사미우와 재혼한다. 그러다가 1946년, 장관직에서 사임하고 그해 그리스 작가 협회가 카잔차키스를 노벨 문학상 후보로 추천한다. 1947년에는 유네스코에서 고전 문학 번역 고문을 맡으며 동서양 문학의 가교 역할을 하기도 한다. 그해 『그리스인 조르바』가 파리에서 출간된다. 그러다가 1948년, 그는 자신의 희곡들을 지속적으로 번역하고 집필에 전념하기 위해 유네스코에서 사임한 뒤, 희곡 「소돔과 고모라(Sódoma ke Gómora)」를 집필한다. 그리고 영국, 미국, 스웨덴, 체코슬로바키아의 출판사에서 「그리스인 조르바」를 출간하기로 결정한다. 1949년에는 그리스 전쟁을 소재로 한 소설 「전쟁과 신부(I aderfofádes)」와 「미할리스 대장(O Kapetán Mihális)」을 집필하기 시작한다.

1950년에는 스웨덴에서 『그리스인 조르바』와 『수난(O Hristós ksanastavrónetai)』을 출간한다. 이렇듯 『그리스인 조르바』는 여러 나라에서 출간되며 많은 사랑을 받는다. 1951년에는 그리스도에 관한 소설인 「최후의 유혹(O teleftaíos pirasmós)」 초고를 완성하고, 노르웨이와 독일에서 『수난』을 출간한다. 그러다가 1953년에 그는 심한 감염으로 오른쪽 눈의 시력을 잃게 된다. 그해 카잔차키스는 카크리디스 교수와 함께 공동 작업 중이던 「일리아스」를 완성하고 『미할리스 대장』을 출간한다. 하지만 『미할리스 대장』 일부와 『최후의 유혹』이 신성을 모독했다는 이유로 그리스 정교회의 혹독한 비난을 받게 된다. 또한 뉴욕에서 『그리스인 조르바』가 출간되지만, 교황이 『최후의 유혹』을 금서로 지정하면서 카잔차키스는 작가로서 큰 타격을 받게 된다.

그럼에도 불구하고 그는 꾸준하게 집필 활동을 이어 간다. 1955년, 자서전인 『영혼의 자서전』을 집필하기 시작하고 『일리아스』를 그리스에서 출간한다. 1956년 6월에는 빈에서 평화상을 수상하며, 그해 줄스 다신이 『수난』을 바탕으로 한 영화 〈죽어야 하는 자(Celui qui doit mourir)〉를 제작한다. 다음 해그는 칸에서 상영된 〈죽어야 하는 자〉를 관람하고 프랑스어로 전집을 출간할 계획을 세운다. 그리고 정부의 초청으로 아내와 함께 중국을 방문한다. 하지만 백혈병 진단을 받았던 그는 아시아 독감으로 쇠약해지면서 1957년 10월 26일, 독일의 병원에서 생을 마감한다. 그 후 그의 시신은 아테네로 운구되지만, 그리스 정교회에서 그의 시신을 아테네에 안치하는 것을 거부해 다시 크레타로 운구된다.

이렇듯 카잔차키스는 시와 희곡, 여행기, 소설 등 여러 장르를 아우르며 수많은 작품을 남겼다. 카잔차키스의 작품 중에서 그의 사상이 가장 잘 집약되어 있으며 그의 이름을 세계적으로 알린 대표작이 바로 『그리스인 조르바』다.

2. '자유'와 '열정'으로 점철된 삶 – 『그리스인 조르바』의 탄생

이 작품의 주인공인 알렉시스 조르바는 카잔차키스에게 큰 영향을 준 실존 인물이다. 『그리스인 조르바』는 카잔차키스가 크레타섬에 머물 당시에 알게 된 기오르고스 조르바와의 만남과 발칸 전쟁에 직접 참전했던 작가의 체험을 바탕으로 재구성된 소설이다. 이 작품에는 앙리 베르그송의 자유 의지와 니체의 초인주의, 그리고 부처의 무소유 사상에 영향을 받은 카잔차키스의 사상이 잘 드러나 있다.

이 작품의 화자인 '나'는 책 속에 모든 진리가 담겨 있다고 믿는 젊은 지식인이다. 어느 날, '나'는 자신의 생활에 회의를 느끼며 새로운 곳으로 떠날 준비를 한다.

　　친구의 말이 맞았다. 인생을 사랑한다고 말하면서 나는 왜 종이와 잉크에만 찌든 자신을 그대로 두었을까? (…) 그의 말은 내 내면에서 은밀히 커져 갔다. '책벌레'라는 형편없는 짐승을 내 내면에서 키운다는 것은 수치스러웠다. 나는 종이를 버리고 행동으로 보여 줄 기회를 찾아다녔다. 한 달 전에 마침 기회가 왔다. 바다를 사이에 두고 리비아 해안에 있는 폐광으로 가기로 했다. 책벌레들과 떨어져 노동자, 농부 등 평범한 사람들과 살기 위해 나는 크레타섬으로 향하고 있다.

　　나는 이 여행이 갖는 의미를 떠올리며 떠날 준비를 했다. 새로운 삶으로의 길이 펼쳐진다고 생각했다. '나의 영혼아. 너는 그림자를 보고도 만족했었지? 이제 넌 너의 삶의 실체 앞으로 가게 될 것이다.' 나는 나에게 속으로 말했다.

　　책을 읽고 글밖에 쓸 줄 모르는 책상물림이었던 '나'에게 친구는 '책벌레'라고 조롱하고, 이에 자극을 받게 된 '나'는 때 마침 글을 통해서 배우는 인생이 아닌 몸으로 부딪치는 삶을 살아 보기 위해 크레타섬으로 떠날 결심을 한다.

"여행 중이오?" 낯선 사람이 내게 물었다. "어디로 가시나요?"

"크레타로 갑니다. 왜 물으시죠?"

"날 데려가겠소?"

나는 유심히 그를 살폈다. 움푹 팬 뺨, 발달된 턱, 불거진 광대뼈, 반백의 곱슬머리, 빛나는 두 눈을.

"왜 그러시죠? 당신과 내가 할 수 있는 일이 있나요?"

그는 어깨를 들썩해 보였다.

"왜냐고, 왜! 왜냐고 묻지 않으면 아무것도 못하나요? 이유 없이 기분 따라 할 수도 있죠. 날 요리사로 데려가죠. 난 수프를 만들 수 있으니까."

'나'는 그곳에서 탄광 채굴 사업을 시작할 계획이었다. 탄광에서 십장(일꾼들을 감독·지시하는 우두머리) 경험이 있던 조르바는 '나'와 동행하기를 원하고, '나'는 그의 제안을 흔쾌히 수락한다. 아테네의 피레에프스 항구에서 처음 만난 그리스인 조르바는 깡마른 체구에 큰 키, 반백의 곱슬머리, 냉소적이며 타오르는 듯한 오묘한 눈빛을 지닌 60대 남자였다. 단호한 말투, 엉뚱하고 제멋대로인 그가 마음에 들었던 '나'는 그와 함께 크레타섬으로 향한다.

"산투리를 배운 후 나는 다른 사람이 되어 버렸소. 가난뱅이가 되어도 산투리를 치며 위안을 얻죠. 내가 산투리를 치는 동안 내게 말을 걸어도 난 듣지 못해요. 들어도 대답할 수 없죠. 정말로 하고 싶어도 할 수 없소."

"조르바, 왜죠?"

"잘 모르시는군. 그게 상사병과 같은 거요."

나는 내가 오랫동안 찾았지만 찾지 못했던 사람이 조르바라는 것을 깨달았다. 살아서 뛰는 심장, 따스한 온기를 가진, 아직 어머니에게서 탯줄을 자르지 못한 길들여지지 않은 영혼이었다. 이 사람은 내게 예술, 사랑, 아름다움, 순수, 열정이 무엇인지 알려주었다.

"내가 아까 모든 일을 해 봤다고 했잖소. 도자기 빚는 일을 했었죠. 흙덩이를 갖고 바라는 걸 만드는 기분을 아쇼? 난 그 일을 미친 듯이 좋아했었죠. 진흙덩이를 물레 위에 놓고 신나게 돌리며 생각하죠. 항아리를 만들어야지, 접시를 만들어야지, 주전자를 만들어야지, 모든 것을 만들 거야. 그렇게 생각하면 그것이 만들어집니다. 이건 무엇이었냐면 자유였소! (…) 어느 날 물레질을 하는데 손가락이 자꾸 거치적거리더군요. 내가 만들려던 걸 망쳐 버리지 뭡니까. 그래서 손도끼로 그만……"

"아프지 않던가요?"

"난 목석이 아니오. 당연히 아팠지! 하지만 이게 자꾸 방해해서…… 잘라 버렸소."

자유와 열정으로 가득했던 조르바는 도자기를 빚다가 걸리적거린다는 이유로 손가락을 잘라 내고, 산투리를 가지고 즉흥적으로 연주하며 춤을 즐겼다. 산투리를 연주하고 춤을 출 때면 그는 세상의 모든 근심을 잊을 수 있었고 무아지경에 빠지곤 했다. 이렇듯 산투리와 춤은 조르바의 지친 영혼을 위로해 주며 삶의 원동력이 된다.

"당신은 배를 주린 적도, 누굴 죽여 본 적도, 물건을 훔쳐본 적도, 간통해 본 적도 없죠? 그러니 세상에 대해 알 수 없죠. 당신 머리는 순진한데……." 그는 은근슬쩍 나를 무시했다.

나는 내 고운 손, 창백하게 하얀 얼굴, 순진한 나의 삶이 부끄러웠다.

"정말로 믿는 게 없어요?" 나는 화가 나서 물었다.

"그래요. 없소. 몇 번을 말해야 하나요? 난 이 조르바를 빼곤 아무것도 믿지 않아요. 조르바가 제일 잘나서가 아니죠. 하

지만 내가 믿는 이유는 유일하게 내가 마음대로 할 수 있는 짐
승이기 때문이오. 그 외의 존재들은 죄다 유령이오. 나는 조르
바의 눈으로 세상을 보고, 듣고, 이 내장으로 소화하죠. 나머지
는 헛것일 뿐. 내가 죽으면 모든 게 사라지죠. 조르바의 세계
전체가 사라지죠." (…) 조르바의 말들이 채찍처럼 내 몸을 아
프게 했다. 나는 사람들을 지겨워하면서도 강인하게 그들과
싸우고 열정을 붓고 섞여서 살아가는 그가 존경스러웠다. 나
는 수도승이 되거나 사람들과 살기 위해 가짜 날개로 꾸미는
것밖에는 할 줄 몰랐다.

전장에서 싸우며 수많은 사람을 죽인 경험이 있던 그는,
전쟁을 해 봤느냐는 '나'의 질문에 아무 말 없이 옷을 벗어 상
처투성이가 된 몸을 보여 준다. 이렇듯 조르바의 삶은 경험으
로 이루어진, 몸으로 체득한 삶이었다.

매일 밤마다 조르바는 나를 그리스, 불가리아, 콘스탄티노
플의 여기저기로 데리고 가 주었다. 나는 가만히 눈을 감은 채
그 장소들을 보았다. 그는 수많은 고난을 겪은 발칸 반도의 혼
란을 보았다. 조르바는 늘 반짝이는 작은 눈으로 매섭게 모든
것을 본다. 우리가 무심코 넘기는 것들도 조르바에게는 수수
께끼가 되었다.

"저건 터키 놈, 불가리아 놈, 이건 그리스 놈 하던 시절이 있었어요. 보스가 들으면 머리카락이 설 정도로 소름끼치는 짓도 저질렀죠. 먹을 따고, 약탈하고, 마을을 불태우고, 강도짓과 강간을 하고, 일가족을 몰살시키기도 했어요. 왜냐고요? 불가리아 놈 아니면 터키 놈이었기 때문이죠. 나는 때로 자신을 질책했어요. '이 악당아, 죽어서 지옥에나 가라. 이 새끼야.' 요새는 이 사람은 좋은 사람, 나쁜 사람인가만 묻죠. 그리고 나이를 먹을수록 점점 더 아무것도 묻지 않습니다. 좋다, 나쁘다 구분하는 것도 잘 맞지 않아요. 난 모든 사람이 불쌍해요. 누구나 먹고 마시고 사랑하고 두려워한다. 이 사람 안에도 하느님과 악마가 있고, 때가 되면 다 죽는다. 그러면 땅에 묻히고 구더기가 그 살을 파먹고. 아, 불쌍한 인생. 우리는 모두 형제간이에요. 구더기 밥이 될 고깃덩어리들!"

반짝이고 날카로운 그의 눈에 비친 세상은 때로는 너무도 순수하고 아름답기에 경이롭기까지 하다. 조르바는 늘 자유롭게 살면서 때로는 방탕한 생활도 하지만, 본성은 누구보다 순수한 사람이었던 것이다. 약탈과 살육을 일삼던 전장에서 온갖 경험을 한 그였지만, 그래서 악인을 증오하기도 했지만, 그는 누구보다 사람을 사랑하고 그들에게 연민을 느끼는 가슴 뜨거운 사내였다. 그는 현재 크레타섬의 여관 주인이자 과거 카바레 가수였던 오르탕스 부인을 만나 열정적인 사랑을 나누기도 한다. 결혼에 실패한 경험이 있던 그는 결혼이라는 제도에 속박되지 않는 자유로운 삶을 추구하지만, 누구보다 여자를 좋아하는 본능에 충실한 사내였다. 이렇듯 자유롭고 열정적인 조르바의 모습은 보통 사람들의 눈에 기인으로 비치기도 하지만, 병에 걸린 오르탕스 부인의 곁을 떠나지 않고 끝까지 그녀를 지키는 순애보적인 모습을 보이기도 한다.

나는 쉽게 잠이 오지 않았다. 인생을 허비했다는 생각이 들었다. 걸레를 하나 찾아 그동안 학교에서 배웠던 모든 것을 지워 버리고 조르바라는 학교에 들어가 알파벳부터 다시 배우고 싶었다. 그렇다면 나는 달라질 것이다. 내 모든 감각을 완벽하게 갈고닦아 몸이 즐기고 몸이 이해할 수 있었을 것이다. (…) 나는 침대에 앉아 허비한 내 인생을 생각했다. 열린 문을 통해 조르바의 모습을 바라봤다. 나는 그가 부러웠다. '조르바는 진리를 발견했다.'라고 생각했다. 그가 가는 길이 옳은 길이다.

남풍이 아프리카에서 불어왔다. 채소, 과일, 그리고 크레타의 가슴을 부풀게 하는 바람이었다. 나는 이마에서 입술, 목으로 그 바람을 받았다. 어떤 과일처럼 껍질이 터지며 나의 뇌가 부푸는 것 같았다.

나는 잠을 잘 수 없었지만, 잠을 자고 싶지도 않았다. 나는
아무것도 생각하지 않았다. 그저 이 밤에, 나의 내면에서 누군
가가 성숙해 가고 있다는 것이 느껴졌다. 나는 내가 변하고 있
다는 기적을 또렷이 보았다.

조르바와는 달리 인생의 진리는 책 속에 있다고 믿었던
'나'는 자유롭고 열정적이며 현재에 충실한 행동가였던 조르
바의 모습을 보며 그에게 감화되기 시작한다.

평화로워 보이던 크레타섬에서도 많은 일이 벌어진다. 이
마을에는 아름다운 과부가 살고 있었는데, 대부분 남자가 그
녀를 흠모하며 욕망을 품는다. 그녀는 다른 남자들과는 달리
자신에게 신사적으로 대하는 '나'에게 호감을 느끼고, '나' 역
시 그녀에게 연민을 느끼며 그녀와 하룻밤을 보낸다. 그러던
어느 날, 과부를 짝사랑하던 청년 파블리스가 자살하는 사건
이 벌어진다. 마을 사람들은 과부가 불행의 원흉이라고 여기
고, 그녀에게 돌을 던지며 마녀사냥을 시작한다. 조르바가 나
서서 사람들을 말려 보지만, 파블리스의 아버지인 마브란도
니 영감이 결국 그녀를 죽인다.

한편, '나'와 조르바는 고가 케이블 설치를 위한 임야 계약
을 위해 수도원을 찾아간다. 하지만 그곳의 수도승들은 노골

적으로 돈을 요구하고 음식을 탐하며 여자를 원하는 타락한 모습을 보인다. 게다가 수도원 안에서는 수도승들 간에 서로를 탐하는 추태가 벌어지고, 이는 결국 살인으로 이어지게 된다. 이렇듯 마을에서는 잇단 비극이 발생한다.

시간이 흘러, 수많은 노력 끝에 고가 케이블 설치를 위한 정확한 경사면의 각도를 찾게 된 조르바는 수많은 사람이 지켜보는 가운데 개통식을 시작한다. 이것만 성공하면 마을에 큰 기여를 하게 될 뿐만 아니라 큰돈을 벌 수 있게 되는 것이었다. 마을 유지들과 사람들, 수도승들은 기대를 품고 시운전을 지켜본다. 하지만 고가 케이블 시운전은 결국 실패로 끝나고 만다.

나는 새벽에 일어나 바닷가를 따라 마을로 갔다. 내 마음은 가벼웠고 기뻤다. 내 생에 이러한 기쁨은 누려 본 적이 없었다. 기쁨이라기에는 숭고하고 이상한, 설명할 수 없는 열정이었다. 설명할 수 없는 것을 넘어서 설명할 수 있는 모든 것과 대척하고 있는 그런 것이었다. 나는 모든 것을 잃었다. 인부도, 케이블도, 짐수레도 다 잃었다. 우리는 조그만 항구를 만들었지만, 수송해야 할 물건이 없었다. 모든 것이 날아간 것이다.

그렇다. 나는 뜻밖의 자유를 느끼고 있다. 마치 어렵고 어둡기만 한 곳에 있다가 좁은 구석에서 자유가 행복하게 놀고 있는 것을 발견한 느낌이었다. 그리고 나도 자유와 함께 놀았다.

모두가 심혈을 기울였던 광산 사업은 그렇게 실패했으나, 조르바는 절망하지 않고 오히려 고기를 굽고 술을 마시며 춤판을 벌인다. 모든 것을 잃게 되었지만 '나' 역시 조르바와 마찬가지로 절망보다는 오히려 묘한 해방감을 느낀다. '나'는 조르바에게 춤을 배우며 그와 함께 자유롭게 춤을 춘다.

"아니요. 보스, 보스는 자유롭지 않아요. 당신이 묶인 줄은 다른 사람들의 줄보다 조금 더 길지만, 그뿐이오. 당신의 고귀한 줄은 깁니다. 당신은 마음대로 오가니 자유롭다고 생각할 수도 있죠. 하지만 당신은 그 줄을 잘라 내지 못합니다."

"언젠가는 잘라 낼 거요." 내가 오기를 부리며 말했다. 조르바의 말이 내 상처를 건드려서 아팠다.

"보스, 그건 어려워요. 아주 어려워요. 그러려면 바보가 돼야 합니다. 모든 것을 걸어야 하는 거죠. 하지만 당신은 머리가 좋고, 그것이 당신을 갉아먹고 있죠."

그러나 나는 이따금 친구들과 대화하며 내 안에 잠들어 있는 그 위대한 영혼을 되살려 내곤 했다. 나와 내 친구들은, 배우지 못했지만 긍지와 논리를 초월한 자신감으로 가득 찬 조르바의 행보를 자랑스러워했다. (…) "조르바는 위대한 영혼이야." 그는 정상을 훨씬 뛰어넘었다고 생각하며 이렇게 부르짖곤 했다. "조르바는 미친놈이야!"

조르바는 '나'의 친구이자 스승이었으며 동경의 대상이었다. 그는 '나'가 갖고 있지 못한, 삶에 대한 치열한 열정과 순수함, 때로는 모든 것을 다 포기할 줄 아는 대담한 용기를 지닌 자유로운 영혼이었다. 하지만 조르바는 '나'에게 모든 것을 속박하고 있는 줄을 끝내 잘라 내지 못할 것이라고 말한다. '나'는 그런 조르바의 말에 상처를 받으며 반박하지만, '나' 역시 그 줄을 자를 수 있다고 스스로 확신하지 못한다.

'나'와 조르바는 크레타섬을 떠날 준비를 한다. 두 사람은 누구보다 서로의 마음을 잘 알고 있었기에 헤어지기 싫었으나 깨끗하게 이별한다. 그 후로 '나'는 조르바와 몇 년간 편지로 서로의 안부를 주고받는다. 그러던 어느 날, '나'는 조르바가 병으로 죽었다는 편지 한 통을 받게 된다. 조르바에 대한 이야기를 글로 정리하고 있던 '나'는 그의 죽음을 이미 예견하고 있었다. 두 사람은 그만큼 교감했던 것이다. 편지에서 조르바는 마지막 순간까지 '나'를 잊지 않았다며, 자신의 분신이었던 산투리를 '나'에게 전해 달라는 유언을 남긴다.

3. 마치며

조르바는 죽어 가는 마지막 순간에도 자리에서 일어나 창가에 서서 담담하게 죽음을 맞이한다. 그는 최후의 순간까지 자유로웠고, 더 큰 자유를 꿈꾸었던 것이다.

이렇듯 조르바는 현실이라는 굴레에서 벗어나 자유롭고 가슴 뜨거운 삶을 살았다. 지나친 자유로움과 열정 때문에 때때로 기인으로 비치기도 했지만, 그는 자유를 위해 누구보다 열심히 살아갔다. 사람들 속에 뛰어들어 부딪치고 다치며, 또 그들에게 연민을 느끼면서 열정적으로 사랑했다.

책 속에서 진리를 구하고 그 안에서만 머물던 '나'에게 조르바는 두렵고 낯설지만 유혹적인 새로운 세상이었다. 어떤 것에도 얽매이지 않고, 때로는 가지고 있는 모든 것을 다 내려놓고 포기할 줄 아는 조르바의 대담한 용기와 자유를 향한 열정이 늘 부러웠던 '나'는 그의 삶을 동경했으며 그에 대해 더 많이 알수록 감화되어 갔다. 그는 그저 현실에 순응하며 안정되고 올바른 생활을 이어 나갔던 '나'의 인생을 좀 더 즐기는 인생으로 변화시켜 주었던 것이다.

Den elpizo tipota(I hope for nothing), Den forumai tipota(I fear nothing), Eimai eleftheros(I am free).

나는 아무것도 바라지 않는다, 나는 아무것도 두려워하지 않는다, 나는 자유다.

작품 속 '나'의 실제 인물인 카잔차키스의 묘비문이다. 조르바가 마지막 순간까지 '나'를 잊지 못했던 것처럼, 카잔차키스의 마지막 순간에도 조르바가 함께했다. 이렇듯 조르바는 카잔차키스와 평생을 함께한 정신적 지주였다.

'자유'와 '열정'이라는 말은 현실이라는 무게에 짓눌려 점점 그 힘을 잃어 가고 있으며 청춘 드라마나 책 속에서나 나오는 젊은이들의 패기쯤으로 여겨지는 요즘이다. 하지만 자유와 열정은 간절히 원하고, 또 약간의 용기가 있는 사람이라면 누구나 가질 수 있고 누릴 수 있는 그리 어렵지 않은 행복일지도 모른다.

오늘도 자신의 삶을 묵묵히 꾸려 가고 있는 모든 사람이 이 작품을 만나는 순간만큼이라도 조르바와 함께 열정적이고 자유로워지기를 소망해 본다.

작가 연보

1883년 크레타 이라클리온에서 출생. 아버지 미할리스는 바르바리 출신으로, 곡물과 포도주 중개상을 함.

1889년 크레타에서 터키의 지배에 대항하는 반란이 일어났으나 실패함. 카잔차키스 일가는 그리스 본토로 피함.

1897~1898년 크레타에서 두 번째 반란이 일어남. 자치권을 얻는 데 성공함. 프랑스 수도사들이 운영하는 학교에 입학.

1902년 이라클리온에서 중등 교육을 마치고 법학을 공부하기 위해 아테네 대학교에 진학함.

1906년 대학 졸업 전에 에세이 『병든 시대』와 소설 『뱀과 백합』을 출간함. 희곡 「동이 트면」을 집필함.

1907년 「동이 트면」이 희곡상을 수상하며 아테네에서 공연됨. 파리로 유학함. 이곳에서 작품 집필과 저널리즘 활동을 병행함.

1908년 앙리 베르그송의 강의를 듣고, 니체를 읽음. 소설 「부서진 영혼」을 완성함.

1909년 니체에 관한 학위 논문을 완성하고 희곡 「도편수」를 집필함. 이탈리아를 경유해 크레타로 돌아감.

1910년 이라클리온 출신의 작가이며 지식인인 갈라테아 알렉시우와 동거에 들어감. 프랑스어, 독일어, 영어와 고전 그리스어를 번역하는 것으로 생계를 유지함.

1911년 갈라테아 알렉시우와 결혼함.

1912년 발칸 전쟁이 발발하자 육군에 자원해 베니젤로스 총리 직속 사무실에 배속됨.

1914년 시인 앙겔로스 시켈리아노스와 함께 아토스산을 여행함. 여러 수도원을 돌며 40일간 머무름. 이때 단테, 복음서, 불경을 읽음.

1915년 시켈리아노스와 함께 다시 그리스를 여행함. '나의 위대한 스승 세 명은 호메로스, 단테, 베르그송'이라고 일기에 적음.

1917년 전쟁으로 석탄 연료가 부족해지자 기오르고스 조르바라는 일꾼을 고용해 펠로폰네소스에서 갈탄을 캐려고 시도함. 이 경험은 1915년 벌목 계획과 결합해 뒷날 소설 「그리스인 조르바」로 발전함.

1918년 스위스에서 니체의 발자취를 순례함. 그리스의 지식인 여성 엘리 람브리디를 사랑하게 됨.

1919년 베니젤로스 총리가 카잔차키스를 공공복지부 장관에 임명함.

1920년 베니젤로스가 이끄는 자유당이 선거에서 패배함. 카잔차키스는 공공복지부 장관을 사임하고 파리로 떠남.

1922년 불경을 연구하고 부처의 생애를 다룬 희곡을 집필하기 시작함. 또한 프로이트를 연구하고 「신을 구하는 자」를 구상함.

1923년 「신을 구하는 자」를 완성함.

1925년 「오디세이아」 1~6편을 씀. 엘레니 사미우와의 관계가 깊어짐.

1926년 갈라테아와 이혼함.

1927년 잡지 〈아나예니시〉에 「신을 구하는 자」가 발표됨. 그리스계 루마니아 작가 파나이트 이스트라티를 만남. 이스트라티와 카잔차키스는 소련에서 정치적·지석 활동을 함께하기로 맹세함.

1928년 러시아 혁명에 관한 영화 시나리오를 집필함. 모스크바에서 이스트라티와 동행해 고리키를 만남.

1929년 체코슬로바키아의 한적한 농촌에서 첫 번째 프랑스어 소설인 「토다 라바」를 씀.

1930년 돈을 벌기 위해 두 권짜리 『러시아 문학사』를 아테네에서 출간함.

1931년 순수어와 민중어를 포괄하는 프랑스-그리스어 사전 편찬 작업에 착수함.

1935년 여행기 집필을 위해 일본과 중국을 방문함.

1936년 소설「돌의 정원」을 집필함.

1937년 『스페인 기행』이 출간됨.

1939년 비극「배교자 율리아누스」를 집필함.

1940년 「영국 기행」을 쓰고 「아크리타스」의 구상과 「나의 아버지」의 수정 작업을 계속함. 10월 하순, 무솔리니가 그리스를 침공함. 카잔차키스는 그리스 민족주의에 대한 새로운 애증에 빠짐.

1941년 독일이 그리스를 점령함. 「붓다」의 초고를 완성함.

1943년 「그리스인 조르바」와 「붓다」의 두 번째 원고 및 『일리아스』의 번역을 완성함.

1945년 다시 정치에 뛰어들겠다는 결심에 따라, 흩어진 비공산주의 좌파의 통합을 목표로 하는 소수 세력인 사회당의 지도자가 됨. 엘레니 사미우와 결혼함.

1946년 장관직에서 물러남.

1947년 유네스코에서 일하게 됨.

1948년 창작에 전념하기 위해 유네스코에서 사임함. 영국, 미국, 스웨덴, 체코슬로바키아의 출판사에서 「그리스인 조르바」 출간을 결정함. 「수난」 초고 완성.

1951년 「최후의 유혹」 초고 완성.

1953년 눈의 세균 감염이 낫지 않아 파리의 병원에 입원함. 결국 오른쪽 눈의 시력을 잃음. 뉴욕에서 『그리스인 조르바』가 출간됨.

1955년 엘레니와 함께 스위스 루가노의 별장에서 한 달을 보냄. 이곳에서 자서전인 『영혼의 자서전』을 쓰기 시작함.

1957년 중국 정부의 초청으로 중국을 방문함. 아시아 독감이 쇠약한 그의 몸을 순식간에 습격해 독일 병원에서 사망함. 시신은 크레타로 운구되어 안치됨.

생각뿔 | 세계문학 미니북 클라우드 라이브러리

거장의 숨소리를 만나는 특별한 여행

생각뿔 세계문학 미니북 클라우드 라이브러리는 계속 출간됩니다.
*** 근간 목록은 발간 순에 따라 변경될 수 있습니다.

옮긴이 | 안영준

고려대학교를 졸업했다. '언어적 감각'이 뛰어난 IQ 158 멘사 회원이다. 공립 중등국어교사로 8년 동안 근무했으며 대치동에서 논술 전임강사로 활동하기도 했다. 현재는 1인 지식 창업 및 책 쓰기 코칭을 하며 영한 번역을 하고 있다. 옮긴 책으로는 『1984』, 『데미안』, 『위대한 개츠비』, 『노인과 바다』, 『동물농장』, 『오만과 편견』, 『이방인』 등이 있다.

해설 | 엄인정

국민대학교 국어국문학과를 졸업한 후 동 대학원에서 국어교육학을 전공했다. 현재 단행본 편집과 영한 번역 업무를 병행하며 프리랜서로 활동 중이다. 옮긴 책으로는 『데미안』, 『톨스토이 단편선』, 『오만과 편견』, 『카프카 단편선』, 『그리스인 조르바』 등이 있다.

그리스인 조르바 2

1판 1쇄 발행 2018년 10월 10일
1판 2쇄 발행 2018년 8월 15일

지은이 니코스 카잔차키스
옮긴이 안영준
해설 엄인정
펴낸이 생각투성이
편집 장기은, 안주영
디자인 생각을 머금은 유니콘
마케팅 김사랑

발행처 생각뿔
주소 서울시 서초구 반포동 66-1 코웰빌딩 102호
등록번호 제233-94-00104호
전화 02-536-3295
팩스 02-536-3296
커뮤니티 www.facebook.com/tubook2018(페이스북)
e-mail tubook@naver.com
ISBN 979-11-89503-05-5(04890)
       979-11-964400-8-4(세트)

생각뿔은 '생각(Thinking)'과 '뿔(Unicorn)'의 합성어입니다.
신화 속 유니콘의 신성함과 메마르지 않는 창의성을 추구합니다.